村山由佳

PRIZE《プライズ》

文藝春秋

PRIZE

装画　オカダミカ
装幀　大久保明子

初出　オール讀物
二〇二三年九・十月合併号
〜二〇二四年九・十月号

1

ざわめくフロアに、また同じアナウンスが流れ始めた。

「本日のご来店・誠にありがとうございます」

天井に埋め込まれたスピーカーから、若い女性書店員による案内が訥々《とつとつ》と響く。

「このあと・午後五時より・八階のイベントスペースにおきまして・天羽《あもう》・カイン先生の・サイン会が・開催されます。本日・サインの対象となります書籍は・七月に『南十字《みなみじゅうじ》書房』より刊行され・早くも話題沸騰中の・『月のなまえ』・です。ご購入いただきましたお客様・先着百名様に・サイン会整理券を・お配りしています。この機会に・ぜひご参加ください」

担当編集者の緒沢《おざわ》千紘《ちひろ》は、思わず息を吐いた。

(よかった。今度はつっかえなかった)

聞いているこちらのほうが緊張する。なんでもここ一週間ほど放送を担当していた女性が今日になって病欠、交代したのが今の彼女らしい。一度など、

「天羽サイン先生のカイン会が……、えっ、あっ」

と流れてきて肝《きも》が冷えた。当の作家が到着する前でぎりぎり助かった。

百貨店の八階、上りエスカレーターを降りてすぐのイベントスペースに、書店のロゴの入った

大きな衝立《ついたて》が据《す》えられている。手前には白いクロスのかかった長テーブルとパイプ椅子が置かれ、上部には、

『天羽カイン先生　新刊発売記念サイン会』

と大書された横長の看板がかかっている。

そのすぐ下に、愁《うれ》いを帯びた面持ちでこちらを見つめる著者の近影と、プロフィール紹介のパネルも掲げられ、来歴や主な著作などが列記されていた。

ライトノベル作家の登竜門〈サザンクロス新人賞〉において、史上初めて最優秀賞と読者賞をダブル受賞してデビュー。三年後には初の一般小説を上梓《じょうし》し、同作品でその年の〈本屋大賞〉を受賞。以来絶え間なくベストセラーを生み出し続け、ドラマ化・映画化作品も多数。現在は長野県軽井沢《かるいざわ》に暮らす——。

生年月日は本人の意向で公表していないが、近しい編集者だけは、彼女が今年四十八歳になることを知っている。デビューから干支がひとめぐりし、近年は賞レースに絡むことも増えた。ここ五年以内に限っても、吉川英治《よしかわえいじ》文学新人賞、山本周五郎《やまもとしゅうごろう》賞、大藪春彦《おおやぶはるひこ》賞、それに直木《なおき》賞にも二度ノミネートされている。

全国の書店員から選ばれる本屋大賞においては毎回候補に挙がるほどの常連なのに、プロの作家が選考委員を務める名のある文学賞が、もう一歩というところで獲《と》れない。「無冠の帝王」などという呼び名を当人がどう感じているかは想像がつくが、いずれにせよ今現在、最も脂の乗った作家の一人であるのは間違いない。

千紘は、長テーブルの端に飾られた盛り花を見つめた。濃いピンクの薔薇《ばら》をメインに白いカー

ネーションやガーベラを組み合わせたアレンジが華やかで、作家のイメージにぴったりだ。本人の顔立ちはどちらかというときつくて寂しげで、いわゆる〈雰囲気のある〉タイプなのだが、堂々としたふるまいのおかげで女王然として見える。たぶん世間からのイメージとしては陰よりも陽のほうだろう。

その他、椅子席の右手に置かれたトレイには当人指定の銀ペンが五本用意され、さらにそのそばに、ユーカリオイルを一滴垂《た》らしたおしぼりと、コバルトブルーのペットボトルに入った〈ソラン・デ・カブラス〉のミネラルウォーターと……。

「あのう、大丈夫っスよね」

不安げな声に目をあげれば、この書店を担当する販売部の吉田《よしだ》だった。針金ハンガーにスーツを着せかけたような身体《からだ》が今日はなおさら頼りなく見える。

「え、何が?」

「大丈夫っスよね、今日の集客」

入社して二年以上たつくせに、そして歳は三つしか違わないのに、新入社員当時の教育係だった千紘に対していちいち判断を委《ゆだ》ねてくる感じが苛立《いらだ》たしい。ふと意地悪な気持ちになり、

「さあ、どうだろねえ」

千紘は言った。

「ちょ、頼みますよ緒沢さぁん。できるだけのことはしたんですから」

「わかってるよ。でも結果出せなきゃ意味ないでしょ」

「そうですけどさあ」

腕時計を覗《のぞ》けば、四時二十分。五時までまだ間があるのに、エスカレーター脇にはすでにけっこうな長さの列ができている。風が通らず蒸すのだろう、手にした扇子やチラシなどで顔を扇《あお》いでいる姿を見ると、この残暑厳しいさなかにわざわざ足を運んでくれただけで拝《おが》みたい気持ちになる。

吉田をそこに残し、千紘は上階の喫茶店へとって返した。奥の個室のドアをノックし、中からの応《いら》えを待って開けると、作家は狭いテーブルに自著を積み上げ、書店用に五十冊のサイン本を作っているところだった。肥《ふと》り肉《じし》の副店長が向かいに座り、本を開いては差し出している。

もう一人の担当である藤崎新《ふじさきあらた》の姿が見えない。まさか二人きりで作業させていたのだろうか。強めに効かせた冷房のせいばかりでなく、背中がすーっと冷えてゆく。

と、

「新くん今、例の新人作家さんを迎えに下りたところ」

天羽カインが、肩までの髪を耳にかけながら言った。

「そうでしたか。すみません」

「いいけど、私のサイン会なんか見学して、ほんとに勉強になるのかなあ」

「なりますよ、もちろん。天羽さんのファン対応は神がかってますから」

「そうなの？　新くんもさっき同じようなこと言ってたけど」

千紘は作家の左側に立ち、ちょうどサインを終えた一冊を横合いから引き取った。

二年先輩の藤崎が文芸単行本の担当で、小説誌「南十字」編集部所属の千紘は連載の担当だ。この個室にはつい先ほどまで、文芸の役員や編集長をはじめ六名ほどが顔を揃えてひしめき合っ

ていたのだが、

〈酸素が薄いんですけど〉

作家に冗談とも何とも判別のつきかねる真顔で言われ、退出していった。イベントの間はフロアのどこかに待機して見守り、終了後にまた挨拶《あいさつ》に来ることにしたようだ。

狭いことは狭いけれども、窓からの眺望のおかげで圧迫感はない。そもそも、こうして控え室が用意されているだけありがたいのだった。商業ビルのテナント書店には通常、ごく小さな会議室さえないことが多く、作家を伴っての挨拶回りの際など、恐縮しきりの店長にバックヤードの片隅、参考書やコミックスの在庫が天井近くまで積み上げられた倉庫のような場所へ案内されたり、事務所の誰かのデスクの上でサインすることもあるほどだ。こちらもわかっていて訪ねるわけだから文句はない。

「お客さんたち、もう大勢並んでらっしゃいましたよ」

千紘の報告に、

「そう、よかった」ふふ、と作家が微笑《ほほえ》んだ。「こういうイベントばかりは何回やってもドキドキするよね」

「またまたそんな」

「いやほんとに。だって、ねえ？　前もって整理券がいくら捌《さば》けたからって、当日来てくれる保証はどこにもありませんものねえ？」

水を向けられた副店長が、

「まあ確かにそうですね」

と、正直過ぎる答えを返す。

「でも、」千紘は急いで割って入った。「これは書店さん皆さん驚かれるんですけど、天羽さんの場合、整理券の回収率がダントツなんですよ。百五十枚配って、当日一枚残らず回収したこともあったくらいで」

「え、それは凄いな」

「百パーセントはなかなか聞いたことないですよね」

「ちなみに、どこでした？」

「〈ダリアブックス〉みなとみらい店さんなんですけど」

「横浜！　そりゃますます凄い」

地方ならばまだしも、読者の多くがイベント慣れした東京近郊で、前もって整理券を受け取った全員が当日も並びに来るというのはたしかに珍しい。

頭上で交わされるやり取りをよそに、天羽カインは着々とサインを進めている。今日の装いは、新刊の装幀に合わせたミッドナイトブルーのタフタ地のワンピースに、三日月をかたどったゴールドのネックレス。そのどちらもが、彼女の青白いような肌をなおさら白く見せている。左手にシンプルなマリッジリング、人差し指には大ぶりのクリスタルの指輪。完璧に調《ととの》えられた爪は、直前にネイルサロンでケアしたのだろう。サインの際にもっとも見られるのは手元だ。

本が崩れないよう五冊ずつ互い違いに積んだ書籍の山を、丁寧にカートへ戻してゆく。予定していた五十冊が揃ったところで、副店長が大きな息をついた。

「いやあ、お疲れさまでした」

と、ノックが響いた。藤崎新が顔を覗かせ、するりと入ってくる。

「すみません天羽さん、ひとつご相談が」

「なに？」

「今日の今日になって本を購入していくお客さんが、予想以上に増えてるようなんです。それで書店さんから、整理券をあと二十枚くらい増やしてもかまわないでしょうか、とのことなんですが」

「いいよ」

即答だった。

「三十枚でも五十枚でも、この際だもの、上限なんか設《もう》けなくていいよ」

「えっ、そんな。よろしいんですか」

と副店長。

「もちろん。お客さんがいちばんですから。なんなら整理券なしの飛び込みだって、列の後ろにさえ並んでもらえるなら私は全然」

そしてふいにふり返った。

「千紘ちゃん、時間まだあるでしょ？」

「はい、あと三十分足らずですが」

「下の吉田くんに言って、お店にある私の本、他社のでもかまわないから運んで来させてよ。あるだけサインするよ」

一瞬、千紘と藤崎の視線が交叉《こうさ》した。

副店長が、いやいや、そこまでして頂いては、と慌てる。

「いいんですよ。そちらのご迷惑にさえならなければですけど」

「まさかそんな。え、そうですか、じゃあ、ほんとにお言葉に甘えて……」

恐縮しながらも副店長がスマホでスタッフに連絡を取り始めたのを見て、千紘も藤崎もゆっくり息を吐き出した。

「そういえば新くん、新人さんはどうしたの？」

天羽カインが訊《き》く。自分の担当編集者のことは基本的に下の名前で呼ぶのが彼女の流儀だ。

「とりあえず会場のほうに待機してもらってます」

「なんだ。ここへ連れてくるのかと思ってたのに」

「お邪魔ですし、終わった後に改めてご挨拶させて頂ければと」

ふうん、と鼻を鳴らす。

「千紘ちゃん、お客さんはどんな感じ？　先頭はまたいつもの面子《メンツ》？」

「ですね。十人目ぐらいまでは親衛隊の人たちでした」

「え、何の話です？」通話を終えた副店長が怪訝《けげん》な顔をする。「親衛隊？」

「僕らが勝手にそう呼ばせてもらってるだけなんですけどもね」と、藤崎。「すごく熱心な人たちなんですよ。どうやらオフ会の交流もあるらしくて、天羽さんのイベントの時は必ず誘い合って来て下さるんです。開店前から花を持って並んだりとか」

「へーえ、さすが根強いファンがいらっしゃる。それに、女性作家の方であれだけ男性読者が多いっていうのも珍しいんじゃないですかね」

天羽カインが微笑んだ。「そうね、よく言われます」

「でしょう。ふつう女性の作家さんの読者は八割以上が女性って印象ですけど、先生は半々くらいですもんね。やっぱあれですよ。男が読んでも、どうしてここまで男性心理がわかるんだろうって、この人ほんとは男なんじゃないかって思うくらいですもん」

ずいぶん饒舌《じょうぜつ》な副店長だ。

「そんなの、私に限ったことじゃないですよ」と、天羽カインは言った。「女性の作家なんて、中身はみんな男だと思うけど」

そこへ、カートに積まれた本が二十冊ばかり届けられた。複数の出版社の著作が入り混じり、中には文庫本もある。

副店長と持ち場を代わった藤崎が本を開き、天羽カインが見返しに署名をしては左へ滑らせ、千紘が四切りの半紙を挟んでゆく。閉じてもインクがつかないようにするためだが、上に少しだけはみ出させることで〈サイン本です〉という目印にもなる。

他社から出た本であろうと、どれもが作家の産み落とした大切な子どもたちだ。むろん担当者はすべての著作に目を通している。

今日、この店にまとまった数の在庫があってほんとうによかった、と千紘は思った。天羽カインが全部持ってくるよう言った時は、ちょっとしかなかったらどうしようと思って心臓がヒュッとなった。

書店にもそれぞれ事情がある。在庫をよけいに抱えたくない店にとっては、必ず売れるとわかっている本でない限り、サインなどむしろ迷惑なのだ。著者サイン本は基本的に版元への返品不可・書店側の買取となるので、作家本人が善意で申し出ても、場合によっては単行本の本体でなくカバーを折り返したソデ部分に書いてくれと言われたりする。売れなかった時は外側だけ剝《は》がして捨て、カバー汚損本としての返品が可能となるからだ。

それが、天羽カインともなれば、書店側も大喜びで約七十冊――。この店だけではもったいないと、系列店舗にも少しずつ配られるのかもしれない。

藤崎が用意周到に持ってきていた黒い筆ペンと三菱《みつびし》マーカーの金と銀のペンを、各作品の見返しの色に合わせて持ち替えていた作家が、おしまいの一冊を書き終えて千紘の前へ滑らせる。

「お疲れさまでしたー！」

副店長含め、三人の声が揃った。

「せめてちょっとでもお休みになってください。紅茶のおかわりは？」

「欲しい。すぐ来るかな」

「急いでもらいますね」

もうあと十分後に迫ったサイン会では、署名のほかに〈為書《ためが》き〉といって購入者の名前を入れ、場合によっては日付も書くことになる。時には、本を贈りたい誰かの名前を所望される場合もある。

入社してすぐ今の編集部に配属されて早五年、千紘はけっこうな数のサイン会を見てきた。人当たりの柔らかい作家もいれば、終始無言を貫く強面《こわもて》の作家もいるが、皆それぞれに〈らしい〉イベントで、間近にファンの熱い想いを感じられるのが嬉しかった。

そんな中でも、天羽カインのサイン会ばかりはちょっと特別なのだ。冒頭には必ずマイクを持っての短いスピーチがあり、そのあと二時間にもわたって初対面の相手と澱《よど》みなく話しながら、手だけは名前や日付を間違えずに書き続ける。書き損じはめったとない。目を見交わして言葉を交わし、一緒に写真など撮ってもらったファンはもれなく、それまで以上に彼女のことを大好きになって帰ってゆく。当日のＳＮＳにアップされた感想を拾っても、ネガティヴな発言など目にした例《ため》しがない。

「先生の読者さんは、熱心だけどマナーがきちんとしていらっしゃるから」と、副店長が言う。

「こちらも準備のし甲斐がありますよ」

「ということは、きちんとしてないお客さんもいるわけなのね」

「まあ、中にはスタッフに乱暴な口をきく人とか、極端なワガママを言うとか、待ち時間が長過ぎるって怒り出す人なんかもいますからね。作家さんの作風によってもファン層はいろいろですし。あ、そういえば前に馳川周《はせがわしゅう》先生のサイン会で、刑務所の蔵書をかかえて並んだ人がいた、なんて話を聞きましたけど、あれほんとなのかなあ」

「刑務所？　つまりその人、出るとき勝手に持ってきちゃったってこと？」

天羽カインがおかしそうに笑いだし、顔を振り向ける。

「あなたたち知ってる？　その話」

千紘が答えた。

「聞いたことはありますね」

「どうせ都市伝説の類いだろうけど、よくできてるわあ。あの馳川さんだといかにもありそうだからおっかしいよね」

馳川周の作品には裏社会を扱った骨太なノワールが多いとあって、ファンの中にはたまに正真正銘のホンモノもいる。そういう人物ほどサイン会の列に並ぶと礼儀正しく、作家本人の前へ出たとたん恐縮して口を真一文字に結び、最後に握手してもらうと感激のあまり目の縁が真っ赤になっている……というような、まことによくできた、いかにもありがちな噂――は、しかしたいがい本当の話なのだった。

塀の中から出てきたばかりなのを自己申告した男が、刑務所の蔵書印の捺《お》された代表作を差し出した時、馳川氏がこんこんと説教をしたのを千紘は知っている。なぜなら、その時両側に立っていたのは藤崎新と千紘だったからだ。

けれどここでは言わない。他の作家の噂を広めるようなことをすれば、天羽カインに何を言われるか……。自分の秘密もそうやってあちこちでべらべら喋っているのだろうなどと勘ぐられてては目も当てられない。

またドアがノックされ、吉田の顔が覗いた。

「先生、そろそろよろしくお願いします」

「あら、もうそんな時間？」

衣擦《きぬず》れの音とともに立ち上がった作家が、タフタのワンピースの裾《すそ》に寄った皺《しわ》を払うようにして直し、千紘をふり返った。

「ずいぶんぎりぎりみたいだけど、これからお手洗いに行ってる暇あるかしらね」

口から心臓が出そうになる。

「す、すみません！　うっかりしてました」

早くご案内すべきでしたのに私の気が利かなくて……。

狼狽《うろた》える千紘に、作家は、無言の微笑で応えた。

終了後の食事会はいつものことだが、

「いいじゃないですか、今日はさんざんお世話になったんですし」

まさか主役自ら、店長と副店長、文芸の売り場スタッフまで誘うとは思わなかった。

「いえいえ、私どもは」

「人数増えたって全然問題ないですよ。個室で中華だそうだから」

ね、と千紘を見る。当然これくらいのことは前もって計算に入れてるよね、という笑顔だ。

「いえ、ほんとうにお気持ちだけで。まだ仕事も残っていますので」

遠慮する三人を天羽カインは執拗《しつよう》に誘ったが、それより強く固辞されてとうとう引き下がった。

「そうですか、残念。じゃあ次の機会にはきっと」

隣で一緒に微笑みながら、どんなにほっとしたかしれない。個室で中華、なるほど円卓だけに詰めれば座れるかもしれないが、名だたる高級店でいちばん高いコースを人数分、ひと月近くも前から予約してある。そう簡単に変更はきかない。

「だったらあの新人さんを誘ってあげればよかったね」

店まで移動するタクシーの中で、天羽カインは言った。自分が無理を言っているとは微塵《みじん》も思っていない。あくまで良かれとの気持ちからなのだ。だから困る。

「彼女、感激してましたよ」

助手席に座った藤崎が、少しだけ首を捻《ひね》るようにして言う。

「そう？」

「将来のための勉強になったらいいと思って、まずはいちばんのプロフェッショナルのサイン会を見せたわけですけど、あんな神対応は自分にはとうてい無理だって、ちょっと自信なくしてました」

「逆効果だったってことじゃないの」

「いやいや、そんなことはないです。彼女にとってはなんたって憧れの大先輩ですから、モチベーションは上がりまくりでしょう。もっと厳しい感じの人かと思ってたらしくて、それが会ってみたらすごく気さくで優しくて、いっぱい話しかけていただきました、どうしよう今夜は眠れないかも、って」

「へえ。それならよかった」

「でも、ちゃんと釘《くぎ》刺しときましたから」

「何て」

「『ああ見えて、仕事となったらおそろしく厳しい人なんだぞ』って」

「よけいなこと言わなくていい」

「彼女、そこはちゃんとわかってましたよ」

「ふうん。賢い子なんだ」

「そうですね」

「じゃあ新くん、きっちり面倒見てあげなくちゃね。さくっと大きな賞が獲れるように」

「――がんばります」

生きた心地がしないままようやく市《いち》ヶ谷《や》の店に着くと、文芸担当の原田《はらだ》専務と小説誌「南十字」編集長の佐藤《さとう》、そして宣伝部と販売部からそれぞれ部長の上野《うえの》と山本《やまもと》が先に来て待っていた。部長たちもぜひ一緒にと言ったのは作家本人だ。千紘が連絡し、サイン会の晩は体を空けておいてほしいと頼んだ時、二人ともが何とも形容しがたい唸《うな》り声を発した。

「先生、どうもお疲れさまでした！」

「いやあ、いつもにも増して盛況でしたね」

やけに明るく青島《チンタオ》ビールで乾杯した後は、天羽カインの好きな紹興酒の古酒をオーダーする。酒にあまり強くない千紘が桂花陳酒《けいかちんしゅ》のソーダ割りを頼むと、めずらしく藤崎新もそれに倣《なら》った。

「あらなに、二人ともおとなしいじゃない」

「や、ゆっくりいきます。こういう日は、調子に乗って呑んだら早く回りそうで」

大皿に載った冷菜の盛り合わせが運ばれ、一旦披露された後、美しく取り分けた皿が一人ひとりの前に置かれる。くらげの甘酢も皮蛋《ピータン》も煮豚もそれぞれこぢんまりとしたサイズ感だが、これまでどこで食べたものより旨い。

天羽カインも美味しい美味しいと上機嫌で、千紘はようやく身体の奥でこわばっていた芯のようなものがほぐれていくのを感じた。ふわふわと、ほのかな酔いが回りだす。

大きな海老《えび》を雲丹《うに》のクリームと和《あ》えたもの、白身魚と薬膳の蒸し物、器からはみ出しそうなフカヒレのスープ、と続いて、いよいよ北京《ペキン》ダックが出てきた。つやつやの琥珀《こはく》色に焼かれた丸ごと一羽分のダックから、表面の皮だけを剝がして食べるのだ。

皆さまのぶんをお作りしてよろしいですか、と店のスタッフが訊く。間もなく、薄餅に細切りの胡瓜《きゅうり》や白髪葱《しらがねぎ》、甜麵醬《テンメンジャン》が添えられてそれぞれに供された。クレープのような薄餅に甘味噌を塗りのばし、ダックの皮と薬味をくるんで口へ運ぶ。歯ごたえの異なるそれぞれが口の中で主張し、そして渾然と溶け合う。

「こういう究極に旨いものを食べてる時は、もうなーんも考えたくないですねえ」

呆けたように上野部長が言い、皆が同意する。一人あたま、ほんの二きれ。飲み込んだあとは夢幻のようだが、こればかりを満腹になるほど食べたのではありがたみも薄れるのだろう。

何度か酒の注文も重ねながら、アワビのオイスターソース煮込み、和牛の炒め物、そして蟹肉《かににく》のあんかけ炒飯、とすっかり胃袋が満たされ、残るはデザートのみとなった。好きなものを何品か自由に組み合わせられるとのことで、スタッフがそれぞれに好みの注文を訊いてまわる。

そこで、天羽カインが言った。

「すみませんけど、デザート、ちょっとゆっくり出してくれません？」

承りました、よろしければお呼びくださいと応じたスタッフが、ぱたん、とドアを閉めるまで待って、彼女は言った。

「じゃ、佐藤編集長。今のうちに終わらせときましょうか」

「何をです？」

「反省会」

とたんに全員の顔から表情がかき消えた。図《はか》ったようにげっぷをした上野部長が慌てて、「失礼」と口もとを押さえる。

「あのですね。私、いつも同じことを、ほんとに同じことだけをお願いしてるはずなんだけど、どうして時によってばらつきがあるのかわからないんですよね」

編集長、専務、販売部長、宣伝部長、藤崎、千紘。順繰りに全員の顔を見やった後、言葉を継ぐ。

「まず基本中の基本、銀のサインペンですけど、あのメーカーのもので私がちゃんと気持ちよく書けるのは、一本につき六十人から七十人めまでなんですよ。その後はペン先が潰れて太くなってきて、書いてててもすっきりしないの。このことは再三言って、余分に用意してくれるようにお願いしてきました。ですよね？　で、今日並んでくれたお客さんが最終的に約二百人。だったらせいぜい四本あれば充分じゃないかって？　それがですよ、五本のうち一本は、最初からペン先が潰れてたんです。インクを出す時に誰かが乱暴にごんごん押しつけたんでしょうね。私、今日、一冊だけそのペンでお客さんの名前書きましたよ。一画目を書き始めるまでわからなかったからしょうがないんだけど、できることなら今からでもあのお客さんに謝りたいです。書き直したい。字が変に太くなっちゃって、はっきり憶《おぼ》えてるけど〈齋藤《さいとう》〉さん、難しいほうのね、画数の多い漢字だからよけいにぐちゃぐちゃになっちゃって。ねえ皆さん、今、たかがそんなこと、って思ってます？　そんな小さいこと、って。皆さんにとっては二百冊のうちの一冊ですもんね。だけどあのお客さんにとってみたら、一生残るかもしれない一冊なんですよ。そのためだけに、今日も暑い中をわざわざ出かけてきて、汗だくで列に並んでくれたわけですよ。そうでしょ？　今日ペンを用意してくれた誰かだって、悪気があってやったことじゃないのはわかってます。きっと事情があったんでしょう。たまたま急いでるか何かしたんでしょう。だけどね、そういうのって、空気から伝わるものだと思うのね。こちらが、つまり『南十字書房』側の全員が、ほんとうに私のサイン会を大切に思っていて、お客さんに感謝していて、今日という日を絶対にかけがえのないものにしなくては！　っていう空気がちゃんと正しくまっすぐ伝わっていたら、準備してくれるスタッフだってペン一本の果てまで神経を行き届かせてくれただろうと思うんですよ」

編集長も部長たちも顔を上げない。目の前の白いテーブルクロスを黙って凝視している。

「あとそれからね、あのお花。綺麗に飾っていただきながら申し訳ないんだけど、何ですか、あの下品なピンク色。サイン会の間じゅう視界の端に映ってるせいで、ずっと気分悪かった。私が濃いピンクを好きじゃないってこと、前もって伝えといてくれてもよかったんじゃないのかな、ねえ千紘ちゃん」

「えっ。……あ、す、すみません」

蚊の鳴くような声しか出てこなかった。濃いピンク色については今初めて知った。言われてみればなるほど、天羽カインが暖色系の服を着ているのを見たことはないかもしれない。

「それとね、お客さんとのツーショット撮影。新くん、手間どり過ぎじゃない？」

「それは、はい。申し訳ありませんでした」

反省もあったのだろう、藤崎が低い声で言う。

「そりゃね、スマホにもいろんな機種があってややこしいのはわかるけど、あなたが操作に迷うたんびにお客さんの流れが滞《とどこお》るんだよね。私の座ってる席からは後ろにまだまだいっぱい並んでるのが見えてて、その人たちの苛立ちも伝わってくる。その状況で、スマホの持主であるお客さんがあなたのとこ行って、ここをああしてこうしてとかやってるのを、こっちは笑顔で見てなきゃいけない。後ろの人たちには目顔で謝りながらさ。ツーショットを許可した時点でこういうことになるのは充分予想できたはずなのに、どうして家電ショップへでも行っていろんな機種を触っとかなかったの？　そうすればもうちょっとくらいはマシな対処ができたんじゃないの？」

千紘は、藤崎のほうを見られなかった。どうして三十も過ぎた一人前の編集者をこんなふうに、それもわざわざ人前で面罵《めんば》するのだろう。

「あとそれからね、二人とも」

はっと身を固くする。

「お客さんが持ってきてくれた贈り物を受け取る時、何考えてる？　その人がどんな思いで一つひとつ選んだかって、ちゃんと汲《く》み取ってるのかな。私はサインで手がふさがってて、直接受け取れたとしてもすぐあなたたちにバトンタッチしなきゃいけない、そういう状況で、もしも自分が贈り物をする側だったら、あんなに無造作に足もとの箱へ入れられて、心配にならない？　終わった後ちゃんと私に持って帰ってもらえるだろうか、どこかバックヤードでほっとかれて迷子になっちゃわないだろうかって、私だったら気になってたまらないよ。そういう、お客さんを不安にさせるような扱いはやめてほしいのよね。右から左へぽいぽいと、相手に失礼でしょう。思いやりがないっていうか、想像力がなさ過ぎるよ」

息が詰まりそうだ。千紘は、藤崎と揃って頭を下げた。

「……すみませんでした」

そんなつもりはまったくなかった。一人ひとりの目を見て、丁寧に御礼を言い、「お預かりしておきますね」と声をかけてから受け取って、なくさないように後ろの箱へまとめていた。しかし、当の作家の目からそのように見えていたのなら、言い訳の余地はない。実際、中には不安になった客もいたかもしれない。

「あとは、原田さん、佐藤さん、上野さん、山本さん。とりあえず、こっち見てもらえますか」

四人の目がぱっと跳ね上がる。

「今回の『月のなまえ』、初版は三万部でしたよね。なんでそんなに絞ったんですか。ねえ、山本さん」

「いや、絞るというか……」おしぼりで汗を拭いながら、山本部長は言った。「すぐに二刷、三刷と重版をかけていくほうがかえって宣伝になると」

「それはわかりますけど、まずは初版をしっかり積んでくれないと全国へ行き渡らないじゃないですか。今回だって『王様のブランチ』が特集を組んでくれたおかげですぐ火がついて、だけど田舎じゃなかなか手に入らない、大型書店へ行かないと買えない、アマゾンでも品切れ。ネットでずいぶん不満が出てましたよね。ご存じでした？」

部長は黙っている。

「若い人は今日買えなかったら明日には忘れちゃうし、年輩の方は一人で街まで出かけられなかったりするし、そもそもネット注文だってできませんよ。それにアマゾンの品切れ、テレビのあと十日ぐらいずっと補充されないまんまだったんですよ。いったいその間にどれだけ売り逃したと思います？　私だけじゃなく藤崎くんも緒沢さんも、毎日苛々しながら何度もサイトを覗いては、まだかまだかって……。あんなことやってたら、せっかく効果の見込めるパブリシティを仕掛けても全部台無しじゃないですか」

「おっしゃることはわかりますが……ただ、アマゾンの在庫はこちらが細かくコントロールできるものでもなくてですね、」

「そんなこと言ってるんじゃありません。たとえばこれが最初っから五万部刷ってたら、アマゾン側だってもっと多く仕入れるかもしれない。あるいは在庫が切れたとしても、御社の倉庫からすぐそっちへ回せたりするわけでしょ。これ、前々から思ってたんですけど、すごく不公平ですよね。小さくても熱心な書店がぜひ仕入れたいっていくら言ってきても応じない。売れなかった場合の返本が怖いからってね。同じ理由で、わざと全国津々浦々にまで配ることをせずに都会の大型書店にばっかり百冊単位で卸《おろ》して、在庫は、そういうとこから追加注文が来た時に備えてちょっとだけ確保しといて。そんなみみっちい考えで貧乏くさい商売してるから、爆発的なヒットが飛ばせないんですよ」

「いや天羽さん、まったくその通りで……」

「編集長は黙っててよ。私は今、物事を決める権限のある人に話してるんだから」

佐藤が憮然《ぶぜん》とした面持《おもも》ちで口をつぐむ。

千紘は、たまらずに唾を飲み下した。石ころを飲んだように硬いものが食道に滞って、なかなか胃の底へ落ちていかない。天羽カインの言葉の多くは核心をついているし、常から自分たち担当編集者が焦《じ》れったく思っていることでもあるけれども、しかし物事には言い方というものが……。

「この秋に、文春《ぶんしゅん》から新刊が出る予定なんですけど」

と、天羽カインが続ける。

「初版は最低でも五万部から、と申し入れてあります。それ以下だったら出すつもりはないので」

「もし……文春が出さないと言ったら、どうされるおつもりですか」

と原田専務が訊く。

「あら。ずいぶん失礼なことおっしゃいますね。私の作品に、初版五万部の値打ちがないとでも？」

「いや、うちなら今度こそ五万刷りますよ、と申し上げたかったんです」

「残念。ご心配頂かなくても、もう内々で了解はもらってます。あとはその五万部に対して、どれだけ強力なパブリシティを展開してくれるのかを、これから相談していかなきゃいけませんけどね。私は自分の作品のためなら何でも協力しますよ。テレビにだってラジオにだって出て宣伝します。必死です。だって、読んでほしいもの。命がけで書いて、担当編集者たちととことん話し合って、一切の妥協なく作りあげた作品ですよ？　彼らだって自分の時間を、というか身を削って、私と一緒にこの一冊を作ってくれてるんです。なんとしてでも読者に届けなくちゃいけない。でないと、みんなの気持ちを無にすることになる」

誰も口をひらかない。

天羽カインが静かに息を吐いた。

「誤解しないでいただきたいんですけど、南十字さんのことは実家みたいに思ってるんです。『サザンクロス新人賞』でデビューさせてもらわなかったら、今の私はなかったんですから」

円卓の周りの全員を、もう一度ぐるりと見まわす。

「ただね、私も自分の子どもは可愛いんですよ。親ならば誰だって、我が子のポテンシャルを正当に評価してくれるところへ——評価した上でいちばん大事にして将来も伸ばしてくれるところへ、預けてやりたいと思うじゃないですか。それって当たり前のことでしょう?」

艶然《えんぜん》と微笑む。

「私、何か間違ったこと言ってます?」

2

タクシーを呼んだのは佐藤編集長で、アプリだったから請求は自動的に彼へ、すなわち『南十字書房』へ回る。

だったらいっそ軽井沢まで、二百キロほどをこのまま乗って帰ってやろうかと思ったが、運転手がお喋りだったのでやめた。道中ずっと話しかけられたのではたまらない。喋るなと叱って、高速で居眠りされるのも怖い。

東京駅八重洲《やえす》口で車を下りたのが午後九時半過ぎ、最終の新幹線まで三十分ばかり間があったので、酔いを覚ましがてら地下の惣菜売り場で日持ちのしそうなものを見繕《みつくろ》い、ついでに幕の内弁当とヒレカツサンドも買った。今は喉元までいっぱいで何を見ても食指が動かないが、明日になれば必ず腹はすく。〆切間際はとにかく台所に立つ時間さえ惜しいのだ。

東京の街は、夜になっても街の熱が引かない。ホームへ上がるとおそろしいほどの温気《うんき》が全身の毛穴を塞ぎにかかる。張りのあるタフタのワンピースなど今ここで脱ぎ捨ててしまいたい。

こんなところに、数年前まではよく住んでいられたものだ。あの頃ももちろん昼間はとうてい外へ出る気がせず、夜も寝苦しくてたまらなかったが、慣れというのか諦めというのか、耐えているうちにいつしか毎年の夏が終わっていた。

今はもう、戻る気がしない。新幹線で一時間と十分乗れば軽井沢だ。夏も冬も、東京とは朝晩の気温がほぼ十度違う。氷点下にまで冷え込む冬は厳しいが、夏場の恩恵を考えればおつりがくる。

全身にじっとり汗をかき、ぶら下げた惣菜の重さに指が攣《つ》りそうになってきた頃、車内の清掃がようやく済んだ。いちばん先頭、十二号車に乗り込む。十一号車がグリーン車、この車両はそれより上のグランクラスだ。ゆったりとした座席は通路を挟んで片側に二列、反対側に一列。ハイシーズン以外はたいていガラガラの貸し切り状態なので、二つ並んだ席の窓側に座り、荷物を隣の席に置く。

以前はグリーン車に乗っていた。座席そのものは充分快適で不満はなかった。

ただ、家と同じで隣を選べない。混んでいる時、すぐ隣の席にいかにも品のない女が臭い香水をぷんぷんさせながら乗ってきたり、いかにも苦労の足らなさそうな若者がイヤフォンからシャカシャカと音漏れさせていたり、あるいはガサツな家族連れが乗ってきて、何もしない父親がスマホをいじるそばで子どもらが奇声を発したり通路を歩き回ったりとやりたい放題、たまりかねて注意すれば母親からものすごい眼で睨《にら》まれる……といったことが度重なるうち、つくづく厭気《いやけ》がさしてしまった。

子どもをグリーン車に乗せるな、と思う。ＳＮＳなどに書けば炎上することがわかりきっているが、一方で賛同してくれる人も大勢いるような気がする。

特別車両というのは本来、大人のための場所であるはずだ。仕事や日常に疲れた大人がひととき の快適を確保するため、相応のプラスアルファを支払って乗るのだ。

伯母《おば》の家族などはかつて、旅行の時でも大人たちだけが特別車両に乗り、高校生以下の子どもらはまとめて普通車両だった。目的地までおとなしく座っていられるだけの分別がつかないうちはどこへも連れて行ってもらえなかった。じつに清々《すがすが》しい教育ではないか。

ようやく汗が引いてきた。ボタンを操作して背もたれを倒し、フットレストを上げ、しっとりふかふかとしたシートに全身を預けると長い息がもれた。

ゆうべ念のために前泊した都内のホテルと、昨日今日と往復したチケットは『南十字書房』持ちなので、よけいに心置きなく寛《くつろ》げる。堕落《だらく》したグリーン車に比べれば、グランクラスはまだいくらかましだ。座席の並びからして家族連れには向かないし、小金持ち程度が乗るにはいささかハードルが高いとみえる。たった一時間ほどの移動に片道数千円の差額はたしかに贅沢だが、自腹の時でもあえて乗る。静けさと心の平穏を手に入れるための必要経費と思えば高くない。

心の、平穏――。

望みはたったそれだけなのに、なぜか邪魔ばかり入る。この世で担当編集者だけは自分の味方のはずだが、それでも時々信じられなくなって苛々する。今日もそうだった。

常日頃、藤崎新も緒沢千紘も、〈天羽カイン〉の作品を読者に届けようと全身全霊で尽力してくれている。そのことを疑ってはいない。

しかし組織の中で働く若い彼らに、会社の方針を覆《くつがえ》すほどの力はまだなく、もちろん決定権もない。作品を読者に届けるためにやるべきことははっきり見えていて、それを形にすればきっと効果が出るとわかりきっていながら意見が通らない。状況を最も正確に把握しているにもかかわらず、だ。

彼らの前に立ち塞がる者は誰か？　わからんちんの上司たちだ。保身ばかり考えて情熱を忘れてしまった燃え滓《かす》どもだ。

誰にも言えない不平不満を、編集者たちはこっそり打ち明けてくれる。だから、彼らのために今夜は偉いオジサンたちをまとめて呼び集めた。自分さえ先陣を切って言うべきことを言えば、途中からは彼らも加勢して、この時とばかりにいつもの熱い理想を語ってくれるだろうと思った。けれど、新も千紘もうつむいたままだった。

通じなかったのだろうか。サイン会での細かな落ち度を重箱の隅をつつくがごとく指摘したのは、先にそうしておくことで、オジサンたちとの間に対立構造を作らないでおくためだ。〈お前らはどっち側の人間なんだ〉などと、後から二人が虐《いじ》められずに済むようにだ。その戦略がどうしてわからない？

車窓の外、大きな川と鉄橋が見えてくる。等間隔に並んだ街灯やマンション群の窓明かりが川面に映り、橋の上を行き交う車のライトがそこに動きを添えている。いま初めて気づいたが、今夜は満月のようだ。あるいは一日前の小望月《こもちづき》だろうか。

十五夜の次が十六夜《いざよい》、それから立待月《たちまちづき》、居待月《いまちづき》、寝待月《ねまちづき》、更待月《ふけまちづき》……。最新刊の『月のなまえ』には各章の副題にそれらの名を配してある。

自信作、だった。先ほど部長たちにも言った通り、何ひとつとして妥協はしていない。

これまで以上に心理描写に力を入れたから、読者は最低でも誰か一人は自分に似た登場人物を見つけて感情移入するだろう。物語の構造そのものにも工夫を凝《こ》らし、容易には見抜けない謎をちりばめながらも、読んでいてつまずく箇所がないよう状況説明のわかりやすさに気を配った。ハラハラしながらストーリーに没入した先で、誰も予想のつかなかったどんでん返しと大きな感動が待っている。一度でも愛する誰かを喪《うしな》った経験のある者なら泣かずに読み通せるわけがないし、読み終えた後にはうっとりするようなカタルシスがいつまでも残るだろう。

発売日より十日ばかり早く見本が上がってきた時の感激はひとしおだった。だからこそ藤崎新と緒沢千紘に訊いたのだ。

「ね、今度こそいけるよね？」

「え？」

「直木賞」

——もちろん！

——絶対ですよ！

という返事しか予想していなかったから、二人の目が揃って泳いだことにびっくりした。

一拍以上おいてから、

「そうなるよう、全力で読者に届けます」

千紘が言った。

「これほどの作品なんですから、覚悟はきっと伝わるはずですよ」

新も言った。

そんな言葉を聞きたいのではなかった。二人には、せめて直接の担当者であるこの二人にだけは、

〈絶対この作品で獲りましょうね！〉

そう言いきってほしかった。

〈これの値打ちがわからないような奴は大馬鹿野郎だ！〉

〈選考委員の目が節穴なんですよ！〉

あるいはまた、

〈大御所は耄碌《もうろく》しちゃって長いものが読み通せねえんじゃねえのか？〉

ぐらいのことはがんがん言ってくれてよかった。どれもこれも、今まで賞の候補になっては落ちるたび、こらえきれずに担当者たちにぶつけてきた言葉ばかりなのだから。

——私の、何が駄目なの？

心にそうくり返すたび、奥歯がすり減る。胃の底がじりじりと焦げて炭化しそうになる。

自分の作品は、本になった後はまず読み返さない。初校や再校の段階で、いや、そもそも入稿の段階で一点の後悔もなく仕上げたものを、もう一度読み返す必要はない。そのぶんの時間は、次なる作品に注ぎ尽くす。だからこそ今のうちに知りたいのだ。いったい何が足りないのか。

窓の外を凝視していると眼窩《がんか》の奥が痛み出し、目頭をゆっくりと揉《も》んでいるうちに意識が遠のいて、車内放送にハッと目を開けると早くも軽井沢だった。さすがに疲れていたらしい。

急いで荷物をまとめ、幅広の乗降口からホームへ出るなり、ふう、と思わず声がもれた。涼しい。夜気がみずみずしい。このためだけにでも移り住んでよかった。

しかし毎回思うが、なぜエスカレーターまで遠いのか。グランクラスが十二号車、グリーン車は十一号車、なのにエスカレーターはホームの中央にあり、真横に停まるのは普通席の八号車だ。納得がいかない。

各車両から、浮かれた観光客たちが続々と吐き出されてくる。キャリーケースを引きずって下りてきた彼らの最後尾につき、苛々とエスカレーターの順番を待つ。進みが遅いのは、その必要もないのに右側をあけて一列で乗るせいだ。

(阿呆《あほう》どもめ、帰れ)

と口の中で呟《つぶや》く。

(山で蜂にでも刺されたらいいのに)

中には、見るからに日本人でない人々もいる。死体を運べるほど巨大なトランクを各々が最低でも二つずつ転がして、喧嘩《けんか》腰《ごし》の大声で何やらまくしたてながらぞろぞろ歩く。お目当ては駅に隣接した広大なアウトレット。飛行機を使ってまでブランド品の買い出しに来るとは、日本も舐《な》められたものだ。

コロナ禍の間はせっかく静かだったのに、鎖国が解かれたとたん、また喧《やかま》しい町になってしまった。耳を覆《おお》いたくても両手は荷物でふさがっている。一刻も早く家にたどりつきたい。今日一日で二百人もの人々にいちいち完璧な笑顔を向けたのだ、人の姿なんかこれ以上見たくない。声も聞きたくない。

やっとの思いで改札口を抜けると、探すまでもなく正面の壁際に立っていた。

昼間は草刈りでもしていたのだろう、茶褐色のシミが点々と飛んだ作業服から着替えもしないで、仁王立ちで腕組みをしている。年齢がいっているわりには長身なので目立つ。それがまた神経に障《さわ》る。

そばまで行くと、なめし革のように日に灼《や》けた手がのびてきて荷物を受け取った。ごま塩頭がひなたくさい。校庭で走り回って遊んだ子どものようなにおいだ。

「迎えに来る時はちゃんと着替えて、って言ったはずよね」

あ、という顔をして自分の服を見おろす。忘れていたらしい。ぺこりと頭を下げる。

「もういい。早くして」

うなずいた男が急ぎ足で先に立つ。追いかけることはせず、ゆっくり後からエスカレーターを下りてゆく。

どうしても人に説明しなくてはならない時は、お手伝いとか庭師とか、留守番とか運転手とか適当に言っているが、要するに下男《げなん》だ。歳はたしか六十八で、名はサカキという。

見おろすロータリーには迎えの車がこれまた列をなしていた。サカキが白のアウディをエスカレーターの降り口付近に停めていたので、とりあえず文句を言わずに済む。

後部座席に乗り込み、ドアを閉めるとようやく静かになった。外界から遮断された空間が何より心地いい。アウディを選んだのはこれ見よがしのベンツが下品に思えたからで、最近は猫も杓子《しやくし》もSUVにばかり乗りたがるからあえてセダンにした。雪道などの悪路に強いところも気に入っている。ここでの暮らしにふさわしい車だ。

サカキが運転席に乗り込み、シートベルトを締め、左右を確認して車を出す。

と、すぐさま急ブレーキをかけた。

「何、どうしたの」

駅のトイレから飛び出してきた中年女の三人組が、こちらを見もしないで道路を斜めに渡ってゆく。

「びっくりするじゃない。あんなの轢《ひ》いてやりゃいいのに」

サカキが頷《うなず》きもせずに再び無言で車を出すのを見たら、わけもなく腹が立ってきた。溜まりに溜まっていたもやもやが沸騰したかのようにこみ上げてくるのに任せ、運転席の後ろから靴底で腰のあたりを思いきり蹴《け》りつけてやる。どごっ、と鈍い音がしても、彼は何も言わず、停止線できっちり三つ数える間停まり、ロータリーからなめらかに滑り出た。もっと腹が立ち、もう一回蹴ってやる。

そういえばこんな女性議員がいた。あの記事を読んだ時には、なんて慎みのない女だ、ああは決してなりたくないと思ったのに、まるで同じことをしている。

東へ向かうバイパスを途中から南に折れ、アウディはカーブと坂の多い道を走ってゆく。街灯の数がめっきり減り、木立《こだち》が深くなる。

運転免許を持っていないわけではなかった。自分でハンドルを握りたい時には迷わずそうしている。が、

〈せめて仕事の行き帰りくらいは送り迎えしてもらいなさいよ〉

そう言ったのは夫だった。

〈駅前駐車場に長いこと車を置きっぱなしにしとくのは物騒だし、きみも疲れてるだろうし。坂木にだって仕事をさせてやらないとね〉

サカキ――坂木武雄《たけお》は、もともとは渋谷区松濤《しょうとう》にある夫の生家の運転手だった。歳は歳だが技術は確かだし、本人ももうしばらく働きたいようだからと言われれば、無下にもできなかった。あまり固辞すれば変に勘ぐられそうだった。

夫とはもう何年も、東京と軽井沢に離れて暮らしている。そのことをエッセイに書いたり講演などで話す時は、別居婚、通い婚、といった表現を使う。

お互い仲は良く、ふだん別々に過ごしているぶん会うたび新鮮で、なんだかずっと恋人同士のよう。二人で選び取った新しい夫婦の形も、〈老後〉がどんどん長くなってゆくこれからの時代にはしっくり馴染むのでは……。

〈で、ほんとのところはどうなんですか？〉

いつだったかインタビューの時、つっこんで訊いてきた猛者《もさ》がいた。こちらより年上の女で新聞記者だった。

〈ほんとのところ、親友みたいな感じですよ〉

と答えた。

〈離れてる時間は多いけど、それでもお互いのことは誰よりもよく知ってるっていうか〉

そう、とてもよく知っている。

夫は、軽井沢の家にはめったに来ない。が、軽井沢に来ていないわけではない。若い女を連れてゴルフをし、最近新しくできた馬鹿高いホテルに逗留《とうりゅう》して、美食と情事に耽《ふけ》っている。

なぜ知ったかといえば、共通の知り合いから、旦那さんが今ホテルのラウンジで若い女をくどいているが奥様はご存じか、とご注進のＬＩＮＥが届いたからだった。

空っ風に吹かれた心地がした。あまりにも脇の甘い夫が恥ずかしく、かわりに身をよじりたくなった。オス犬が衆人環視の中でもかまわず、桃色のちんちん丸出しでメス犬にすり寄っているも同じだ。そういうことは人目に付かないところでこっそりやれ、間抜けめが。

それでも、別れるつもりはなかった。ダメージが怖かった。

これまでさんざん新しい夫婦の形を説き、大人の幸せをアピールしてきたのに、今さら〈離婚〉はいただけない。作家にとってイメージは大事だ。憧れを持って受け止めてくれていた人々は、裏切られた気がするだろう。

アウディは、湖畔をぐるりと迂回《うかい》するように走っていた。冬は真っ白に凍《い》てつく湖が、今は月の影を映して静まりかえっている。東京はまだ夏の気配が濃かったが、こちらの季節はせっかちだ。

スピードをゆるめ、轍《わだち》の深くえぐれた私道に入ってゆく。見慣れた落葉松《からまつ》の大木がヘッドライトに照らし出され、続いて白いフェンスと、敷地の隅に停めた軽トラックが浮かび上がる。

切妻屋根の瀟洒《しょうしゃ》な家の明かりは二階まで煌々《こうこう》と点《とも》されていた。迎えに出かける前にサカキがつけておいたのだ。エンジンを切ると、とたんに静けさに包まれた。ガーデンライトにほんのり照らされた足もとの草むらで、コオロギやウマオイが鳴いている。

先に降り立ったサカキが、助手席に置いてあった荷物を下ろし、玄関の鍵を開けて運び込んだ。車のキーを渡してよこし、上目遣《づか》いでこちらを見る。

「もういいから。おやすみ」

男が頭を下げ、踵《きびす》を返した。暗がりを庭の奥へと歩いてゆく。そろそろ老境に入ろうという年齢で、娘ほど年下の女に顎《あご》で使われるのはどういう気分のものなのか。

「サカキ」

呼ぶと、ふり向いた。

「……悪かったわね」

頷いたのか、首をかしげたのかわからなかった。


玄関ドアをしっかりと施錠し、まずは買ってきた惣菜の類いを整理して、冷蔵庫と冷凍庫に分ける。それから洗面所でうがいをし、ふき取りローションで化粧を落とした。顔から膜を一枚剝がしたようにすっきりする。

バスタブに湯を溜めている間に、冷蔵庫からミネラルウォーターを取り出し、立ったまま飲む。食道と胃袋の輪郭がわかるほど冷たい。生き返る。透きとおったコバルトブルーのペットボトルは飲み口が広く、それだけでも水が美味しく感じられるのだ。

留守中に届いていた郵便物と、ここ数日忙しくて積んだままになっていた雑誌の束をかかえてリビングへ行く。外には鼻の先も見えないような闇が広がっているが、ここで暮らすようになってすぐラルフローレンでオーダーしたシックな花柄カーテンのおかげで、包まれ、守られている心地がする。

高かった。およそカーテンとも思えない、重厚な家具を買えるくらいの値段だった。似たテイストのものは国内メーカーの生地にもあるのだが、それでは駄目なのだった。ブランドの名前や格は畢竟《ひっきょう》、所有する者の自己満足のためにある。

インタビューを自宅で受ける時など、背後に映るのはこのカーテンでありリビングなのだし、貧乏くさい生活をしていると貧乏くさい小説しか書けなくなる。清水《きよみず》の舞台から飛び降りる前に、そう自分にこんこんと言い聞かせたのを憶えている。これが夫なら、葛藤とは無縁だろう。必要な局面で微塵も迷わずカードを切れるかどうかで、ほんとうの金持ちとの〈格〉の違いが露呈してしまうのだ。

地元の不動産会社のチラシや、宅配ピザのクーポン券などに混じって、いくつかの出版社から印税振込の通知や増刷の報告が届いていた。

連載小説の第一回が載っている「オール讀物《よみもの》」。挿画を担当するのはおなじみのイラストレーターだから、とやかく指示を出さなくても安心して任せられる。それから、『月のなまえ』に関するインタビューが掲載された本の情報誌、今回は見開き二ページではなく片側一ページの分量だ。不服だが仕方がない。次は交渉の必要があるかもしれない。他に、エッセイを寄せた女性誌「CREA」と、前に連載して以来欠かさず送られてくる「週刊新潮《しんちょう》」と「週刊文春」と……。

雑誌の入っていた茶封筒やビニールの包みを、この手間がいちいち面倒くさいのだとうんざりしながらびりびり破って捨てていると、いちばん下からディーラーのロゴの入った水色の封書が現れた。アウディの車検に関するリマインドだ。

白いシールに印字された宛名に、のばしかけた手が止まる。封筒に触れないままじっと見た。

〈天野《あまの》佳代子《かよこ》様〉

ほとんどが〈天羽カイン様〉に宛てて送られてくる郵便物の中に、たまにこの宛名が混じっている。当たり前だ。何しろ本名なのだから。

それなのに、今日だけでも合計で三百回近く、天羽カイン、天羽カイン、天羽カイン、天羽カイン、天羽カイン、天羽カイン、とゲシュタルト崩壊を起こしながらもひたすら書き殴っていたせいか、ほんとうの名前が妙によそよそしく見える。

——あもう、かいん。

——あまの、かよこ。

誰かに呼ばれるために名前はある。夫に「佳代子」と呼ばれている間は妻をやってきたし、「天羽さん」「カイン先生」と呼ばれる場面では作家をやっている。

天使の羽根の儚《はかな》く白いイメージに、旧約聖書に登場する人類初の殺人者——弟ばかりが神に愛されることに嫉妬して殺した兄——の名を組み合わせた筆名は、自分では気に入っているが、あくまで作りものでしかない。けれど、こうして森の奥深く一人きりでいるとわからなくなってくる。ほんとうはどちらが自分なのだろう。いや、この自分はいったい誰なのだろう。

ふいに、大音量で〈主よ、人の望みの喜びよ〉が流れだした。風呂だ。

「ああびっくりした」

帰ってきて初めてひとりごとを言い、その声を耳が聞いたらようやく〈自分〉が戻ってきた気がした。

そう、さっさとするべきことをして、早く寝なくてはいけない。次の〆切も近いのだ。疲れを明日に残したのでは執筆に差し支える。

熱めのシャワーを浴び、髪と身体を〈サンタ・マリア・ノヴェッラ〉のシャンプーやソープで念入りに洗い、何やら皺の伸びない感じの気分ごと排水口へ流してからバスタブに浸かる。真っ白なバスタブに金色の猫脚、成金趣味すれすれじゃないかと夫は眉をひそめたが、憧れを形にする誘惑には抗えなかった。

最初から金持ちに生まれついた者にはわからないのだ。想像したこともないだろう。欲望が、胃袋の飢《う》えにそっくりだなんて。

換気扇の低い唸りに眠気を誘われ、つい舟を漕ぎそうになる。こらえて湯の中で膝立ちになり、細く開けた窓から外を窺《うかが》うと、裏庭の奥、離れの明かりは消えていた。サカキはもう寝たようだ。

同じ敷地内に建つ平屋で寝起きする彼は、日中は草刈りや薪《まき》割り、建物や外構の修繕などの作業をこなしている。メモを渡せば日常の買物くらいはしてくれるし、私道脇の一角を耕して菜園にし、毎朝、採れた野菜のうちきっかり半分が母屋のキッチンの勝手口に置いてある。

この土地で暮らすようになって五年、今では周囲の別荘が長く留守にしている間のメンテナンスも請け負っているようだ。合鍵を預かり、たまに窓を開けて風を通したり、外水道が凍らないよう気を配ったり、下草を刈ったりする程度だが、小遣い稼ぎにはなるらしい。

三度の食事はすべて別々、何より会話をしなくていいのが楽だった。女一人きりで暮らすのが難しい環境だけに、現実問題として彼の存在に助けられてはいる。

だが、どうしても、姿を見るたび苛立つのだ。

夫は、いつのまにかずいぶん稼ぐようになった妻が羽目を外すのを警戒したらしい。別居はかまわないが、この軽井沢の〈別荘〉に若い男を引っぱりこむなどされては外聞が悪い。そこで、いわばお目付役としてあてがわれたのがサカキだった。過去に大病を患《わずら》ったため発声が困難になり、しかもネット社会についぞ順応できなかった男は、夫の思惑にうってつけだったのだ。なんたる馬鹿ばかしさだろう。

〈人気なんてどうせ一過性のものなんだから、あんまり調子に乗らないようにね〉

小説が売れ始めた頃、夫はよく言っていた。

〈でも羨《うらや》ましいよな、小説家って。連載の時は一枚いくらで原稿料がもらえて、それが単行本になれば一割の印税が入ってきて、文庫本になったらなったでまた一割だろ？　一粒で二度も三度もおいしいなんて、そんな楽な商売ないよ〉

楽なんかしていない。連載をまとめて本にする時も、二年から三年後に文庫本にする時も、必ず新たに校閲のチェックが入るし、こちらも頭から一字一句読み逃さずに直しを入れる。大幅に書き直すことまである。思ったが、言わなかった。

〈いいんじゃない？　やれるうちは頑張りなよ。どういうものが世間にウケるかリサーチして、確実にそこを狙って書くの、きみ昔から得意だったもんな〉

大手の広告代理店に勤めていた頃、こちらの考えたキャッチコピーを気に入って採用してくれたのが、クライアントである夫だった。都内の一等地に屋敷を構え、親の代で大きくなった輸入会社をさらに成長させて上場まで果たし、あとはあくせく働かなくとも資産運用だけで充分食べていけるお大尽だった。

請《こ》われて結婚した。中身も好きだがそれ以上に顔が好みなのだと告白され、思わず吹きだすと同時に妙に救われるものがあって、うっかりオーケーしてしまった。

勤めを辞めて家庭に入ったのも、夫にそうしてほしいと言われたからだ。望んでいたようには子どもを授からないまま数年がたち、また働きたいと頼めば渋い顔をされて、苦肉の策で最初の小説を書いた。家に居ながらにしてできる仕事に就けば文句は言われまいと思った。

文章を書くことは得意だったが、原稿用紙にして数百枚の物語を最後まで書き上げるのには別の能力と努力が要るはずだ。何年かはあきらめずに投稿を続けなくてはと覚悟していたところ、初めて書いたその作品が新人賞に選ばれた。受賞の報《しら》せを受けた日は、奇《く》しくも三十六歳の誕生日だった。自分の作品が認めてもらえたことを手放しで喜ぶ妻を、夫は醒《さ》めた微苦笑を浮かべて眺めながら言った。

〈落ち着きなさいよ、佳代子。たかがライトノベルだろ？ それに作家になろうって人間なら新人賞ごとき、誰でも獲れるんだからさ。言っとくけどアイドルと同じで、デビューしても売れなきゃすぐ消えるよ。出版社から次の注文が来なかったら、そこでもう終わりだもんな〉

出版社からの注文は、しかし途切れなかった。それどころか、いつの頃からか本を出せば必ず、ベストセラーリストの一位に長く君臨するようになり、ここ数年はこれまた必ず、いずれかの賞の候補に挙げられるようにもなった。

それなのに——獲れない。〈誰でも獲れる〉新人賞で、最優秀賞と読者賞をダブル受賞した後は、どこに何度ノミネートされても落とされてばかりいる。ふり返ればデビュー以来、書店員の選んでくれる「本屋大賞」以外は獲っていない。全国の書店員が最も売りたい本、という栄誉は晴れがましいものの、アンケートで選ばれるだけではもはや満足できない自分がいる。

こんなに世間から支持されているのに、どうして獲れないのだろう。自分の作品のどこがいけないのか、文学賞を受けるのに何が欠けているのかわからない。

そもそも、失礼ではないか。候補作を公表するということは、世間の注目が集まるということだ。賞を勝ち得た作家はいいが、落ちた作家は生きながら恥を忍べとでもいうのか。

選考に当たった作家たちの選評を読んでも、書いてあることが抽象的すぎてさっぱりわからない。勉強のつもりで編集者に訊いてみたが、彼らも首を捻るばかりだった。

〈もうさ、嫉妬なんじゃないの？〉

腹立ちまぎれに、担当者にこぼしたことがある。

〈自分より売れてる作家に賞をやろうなんて思わないよね。よけいなライバルを作るだけだもの〉

すると彼も、はっきり同意したものだ。

〈まあ確かに、そういうこともまったくないとは限りませんよね〉

出せば売れる、というだけではもう足りないのだった。身体じゅうの全細胞が、正当に評価される栄誉に飢えて餓《かつ》えている。世間や書店のお墨付きは得た、あとは文壇から、同業者から、作家としての実力を認められたい。いや、認めさせたい。これ以上〈天羽カイン〉を軽んじることは許さない。夫にも、誰にもだ。

方法はきっと何かあるはずだった。自分だけがその方法を知らず、誰かが陰でうまいことやっているに違いないのだ。

今回の作品か、あるいはこの十月に『文藝春秋《ぶんげいしゅんじゅう》』から出る新刊を、何としてでも候補にねじ込んでもらわなくてはならない。どちらか一冊というなら十月の文春刊のほうに目があるだろうか。毎回五作から六作挙げられる候補作を見渡すと、中にはたいてい文春の本が一、二冊は入っている。それもそのはず、直木三十五《さんじゅうご》賞と芥川龍之介《あくたがわりゅうのすけ》賞を管理している『日本文学振興会』は、実質

『文藝春秋』社内に置かれた組織なのだから。

ぬるくなってきた湯に肩まで浸かる。これまでに何度も飲まされてきた煮え湯、味わってきた悔しさのすべてが、身体の中でぐるぐると渦《うず》を巻いて鎮《しず》まらない。

足をはね上げて後ろへ倒れると、湯が勢いよく溢《あふ》れた。

大の字に浮かんで天井を睨みつける。


――直木賞が欲しい。

他のどの賞でもなく、直木が。

3

今どき、初版三万部刷れる作家はめったにいない。二万部ですらほんの一握りに過ぎず、ほとんどは数千部からのスタートだ。この業界、筆一本で食っていける作家のほうがはるかに少ない。

自分が新入社員だった頃はまだましだったのだ――二十年あまり前、『文藝春秋』に入社した当時を思い出し、石田三成《いしださんせい》は何とも言えない心持ちになった。

毎年デビューする新人作家に対し、いま編集担当者がまず口にするアドバイスは、

〈お勤めは辞めないで下さいね〉

これに尽きる。

〈堅実な収入は確保しながら、当面は二足のわらじで行きましょう〉

そう釘を刺しておかないとえらいことになる。

世間では作家になりさえしたらたちまちウン千万稼げるといったような幻想がいまだ根強いようだが、デビューする新人が百人いたとして、三年後まで生き残れる作家は一人か二人。現実は非常に厳しく、しかも出版不況の深刻さは年々その度合いを増している。

入社した頃はまだ、「週刊文春」の売れ行きも絶好調だったし、社内で「本誌」と呼ばれる「月刊文藝春秋」は国民雑誌の名をほしいままにしていた。「オール讀物」や「文學界《ぶんがくかい》」といった文芸誌が足を引っぱったところで、そのぶんの赤字を充分に補えるだけの勢いがあった。社への毀誉褒貶《きよほうへん》は激しく、常に名誉毀損だ何だと裁判沙汰をいくつも抱えていたが屁でもなかった。〈文芸を含む芸術は、その芸術性を追求することで部数も獲得できる〉といった美々しい理想がまだそれなりの説得力を持っており、石田自身、自分が担当する新刊文芸書の初版部数を営業部が低めに見積もろうとするたびにとことん闘《たたか》い、実際に「これ、誰が読むの?」と面と向かって言われた本をヒットさせたこともあった。

しかし、これだけ出版不況が続くと武勇伝ばかりも口にしていられなくなる。最近では部数決定会議においても諦めが先に立ってしまう。「オール讀物」編集長という立場のせいもあるかもしれない。作家をじかに担当するよりも編集部全体に目配りする仕事のほうが増え、考えたくもない収支のことまで視野に入れて編集方針を立てなくてはならず、そうそう自分の身辺にばかりかまけていられなくなった。

初版部数は、多くても少なくても悩みの種だ。

いずれかの雑誌に連載された作品なり、掲載された短編が何本か集まるなりして仮に初版七千部で単行本化されたとする。予想以上にヒットすれば、最初からもっと刷っておけばよかったと責められるが、そちらはまだいい。予想より売れ行きが芳《かんば》しくなく重版がかからないとなると、なぜこんな原稿をとってきたのだと雑誌の編集部が怒られる。

とどのつまり、あまりにも売れない作家には、そもそも書いて下さいと声をかけるわけにいかなくなってゆく。本にしたところで会社として利益が見込めないのなら、雑誌に掲載する際の原稿料すら無駄と判断されるわけだ。もっと言えば、その原稿料にも大きな幅がある。駆け出しの新人と売れっ子作家とでは当然違ってくるし、掲載媒体によっても変わる。

たとえば一人の中堅作家にエッセイを依頼するとして、文芸誌での原稿料が四百字詰め原稿用紙一枚につき五千円とするなら、新聞はその二倍から三倍、名のあるグラビア誌や週刊誌、専門誌などはさらにもう少し上だろうか。一流企業の宣伝を兼ねて依頼されるコラムなどはスポンサーが付くだけに破格だが、いかんせん不況の折から広告そのものがめっきり減っている。

いずれにせよ、新聞やグラビア誌や企業から声のかかる作家そのものが限られているわけで、多くの作家は文芸誌の原稿料だけでは暮らしていけない。依頼が毎月途切れず続く保証はない上に、ひと月に書ける枚数にはおのずと限界があるからだ。

作家に訊くと、書き溜めたものが無事に単行本化され、新刊発売日の翌月になって〈定価の十パーセント×初版部数＋消費税〉から源泉徴収税を差し引いた金額が銀行口座に振り込まれているのを見た時、ようやくひと息つけるという。といっても本体価格二千円の本ならば印税は一冊につき二百円、つまり初版五千部スタートであれば収入は百万円。執筆に半年かかったとして、年に二冊本が出ても二百万円ぽっきりだ。後から出るかどうかもわからない文庫を加えてみたところで、とうてい割の良い仕事とは言えまい。

おまけにボーナスはない。福利厚生もない。出版社との雇用契約も何もない。そんな中、いったいどれだけの作家が、せめて初版一万部、と願ってやまないことだろう。

それを、

――五万部、か……。

「はい？」

訊き返され、石田ははっとなって目を上げた。

ホテルのフロント、小柄な女性スタッフが慇懃《いんぎん》な笑みを浮かべてこちらを見つめている。どうやら声に出てしまっていたらしい。

「いえ、何でも」と顔の前で手を横にふる。「すいません」

「では、恐れ入りますがこちらの端末にフルネームでサインをお願いします」

促され、専用のタッチペンを走らせる。石、田、三、成。紙の上とは勝手が違い、うまく書けた例しがない。

三成は〈ミツナリ〉ではなく〈サンセイ〉と読むのだが、初対面の相手からはたいてい失笑される。子供の頃はそれが嫌でたまらず親を恨《うら》んだものだけれども、今はむしろ助かっていた。数多《あまた》ある出版社の、数多いる編集者の中で、作家に一発で名前を憶えてもらえるというだけで大きなアドバンテージではないか。若手の頃、気難しいことで有名な歴史作家に名前を褒められ、関《せき》ヶ原《はら》の戦いを描いた原稿をもらえたことで、石田は社内で一目置かれるようになった。

自分のクレジットカードで決済を済ませ、会社宛ての領収書を発行してもらう。

「本日は十八階の一八二六号室、ダブルの禁煙のお部屋をご用意致しました。こちらがカードキーになっております。どうぞごゆっくりおくつろぎ下さいませ」

ホテルのロゴが入った二つ折りの紙片を受け取り、石田は同じフロアのロビーラウンジへ小走りに急いだ。

肩からずり下がってきた黒いバックパックを揺すり上げると、中に詰めこんだ三冊の単行本がごりごりと背中に当たる。今夜はそれらを家へ持ち帰り、きっちり読みきった上で週明けの班会議に臨まなくてはならない。上半期の芥川賞・直木賞贈賞式が執り行われたのが八月の終わり、それからまだふた月とたたないが、次の候補作品を絞り込んでゆくための予備選考はすでに佳境を迎えているのだ。

ラウンジの広いティールームで、天羽カインはハーブティーを飲みながら待っていた。グレーともモスグリーンともつかない微妙な色合いのワンピースはシンプルだが、質の良さは一目でわかる。他の編集者や役員らと食事をしたフランス料理店からここまで移動するタクシーの中、金《きん》木犀《もくせい》を思わせるコロンがかすかに香っていた。

薄手のコートをきちんと畳んで隣に置き、ソファにゆったりと身体を預けて手帳を開いていた彼女は、近づいてゆくと顔を上げて石田を見た。

「お待たせしてすみませんでした」

キーを挟んだ紙片を差し出す。

「ご宿泊の支払いは済んでますので、明日のチェックアウトの時はもうそのままで。ルームサービスでも何でも、必要なものはどうぞ部屋付けにして下さい」

「あら、悪いわね」

ふだん彼女が暮らす軽井沢以外にも、東京には大きな家があって夫が暮らしている。世間に対してはお互い自由に行き来する恋人夫婦、ということになっているが、実際は、東京で泊まる際にはたいていこうして出版社が宿を取る。不規則な時間に出かけたり帰ったりすると夫に気を遣う、と彼女が言うからだ。

「今日は、ご無理をお願いしてすみません。本当にお疲れさまでした」

石田が差し出したカードキーを受け取ってテーブルの右端に置くと、天羽カインは手帳を閉じ、それも脇へ押しやった。

「すぐ帰らなきゃいけないの？　三《サン》ちゃんもコーヒーくらい飲んでいきなさいよ」

機嫌良く言われたので、じゃあ、と荷物を置き、向かいのソファに腰を下ろす。

毎月の原稿やゲラ戻しのスケジュール、イベントの予定などが書き込まれた縦長の手帳に、彼女はふだん取材の際のメモも取れば、ふと浮かんだアイディアなども書き込む。青いリザード革のカバーは〈エルメス〉のもので、専用のレフィルを毎年入れ替えて使っているようだ。

合図に応えて滑るように近付いてきた初老のスタッフに、ホットのブレンドを頼む。このところの校了作業で会社に泊まり込む日が続いていたので少しでも早く家に帰りたい気持ちはあったが、同じくらい、この昂揚《こうよう》を作家と分け合いたい気持ちも強かった。

「オール讀物」に一年以上連載していた長編小説『楽園のほとり』がいよいよ一冊にまとまり、刷り上がってきたばかりの新刊本一千部を会議室にずらりと並べて、一冊また一冊とサインを入れてもらったのが今日の午後。休憩を挟みながらではあるが、担当以外の編集部員まで梱包などの手伝いに加わってなお四時間以上かかった。

今夜の会食はその打ち上げだった。さっそく次の短編連作も始まっており、個室での会話は大いに盛り上がった。

「腕、お疲れでしょう」石田は言った。「指とか痺《しび》れちゃってませんか。よかったらお部屋にマッサージを呼んで頂いて」

「大丈夫、慣れてるから」作家が、どこかあどけない顔で笑う。「だけどほんと、ありがたい限りだよね。あれだけの本の山っていうか山脈？　あれを全部、あちこちの書店さんが買い取ってくれると思ったらさ」

付き合いはもうじき十年、他社を含めた編集者たちの誰と比べても、自分への口のきき方はフランクで心を許してくれている感じがする。

「そりゃそうですけど、天羽さんの場合はサイン本でなくたって必ず売れるわけですから。実質、書店さんサービスじゃないですか」

「あとは読者のためだね。作家の生殺与奪《せいさつよだつ》の権を握ってるのは書店と読者だもの」

こういうことを口にする時の彼女に嘘はないのだと石田は思った。常に、真剣すぎるほど読者のことを考えている。物語の構想が頭に浮かんだ瞬間から、言葉を織り上げて文章を綴《つづ》る間も、あるいは本の装幀や帯を決めてゆく時でさえ、必ず〈読者〉が念頭にある。そういうタイプの作家はめずらしくはないが、天羽カインほど徹頭徹尾そこにこだわる作家を、少なくとも石田は他に思いつかなかった。

コーヒーが恭《うやうや》しく運ばれてくる。天羽カインが丸いポットからハーブティーを注ぎ足すのを見ながら、熱く苦い液体をすする。さすがに旨い。

「やっとだねえ」

ぽすん、とソファの背にもたれた彼女が呟いた。

「ほんとですねえ」

「あの装幀なら絶対いけると思ってたけど、並べて見るとやっぱり壮観だったね」

「迫力ありますよね。あれは目立ちますよ」

カバーはマットな温かみのある白、タイトルと著者名はエンボス加工の上から金と銀の箔押しで、おまけに雫《しずく》のかたちにくり抜かれた窓からは本体のブルーが覗くようになっている。

「あんな凝った作り、今どきあり得なくない？」

それこそ初版が大部数であればこそ許される贅沢だ。つく予算からして違う。石田が担当したのは連載だけで、一冊にまとめたのは別の編集者だが、本が形になってゆく過程をそばで見ているのは愉《たの》しかった。

「電子書籍化も許可して頂いてますけど、この本はどうしても紙で持っていたくなるようなものにしよう、って」

「誰の意見？」

「編集部みんなです。あと弊社のデザイナーも」

「そう」天羽カインが微笑した。「ありがとう、嬉しい」

書き手の満足の度合いがストレートに伝わってくると、こちらも報われて、心臓の温もる心地がする。

「こちらこそですよ」石田は頭を下げた。「明日も長丁場ですけど、よろしくお願いします」

「全部で八つだっけ？」

「はい、すみません」

午前十時の朝日新聞文化面を皮切りに、一時間刻みのインタビューが合計八媒体。わざわざそのために何度も上京しなくて済むよう、取材日をできるだけまとめた結果がそれだった。

取材記者は皆、前もって作品を読了した上で質問を携えてくる。いざ新刊本の現物が上がってから読んで記事にしてもらったのではスタートダッシュが遅れるので、発売日よりひと月以上早く、校閲と著者とがそれぞれ二度にわたり目を通した再校ゲラをもとに「プルーフ」と呼ばれる簡易本を作成し、文芸評論家や各新聞文化部の記者、雑誌の書評ページ担当者やいわゆるカリスマ書店員などに配っておくのだ。ホチキスで留めたゲラの束を配るより、曲がりなりにも製本されたもののほうが手に取ってもらいやすい。

「ちゃんとした記者が来てくれるといいけど。時々、テープ起こしをそのまま記事にするような輩《やから》がいるでしょ」

「気をつけます。天羽さんに御負担をかけないようにこちらで直しましょうか」

「いい、自分で目を通す。〈我が子〉のためだもの、頑張りましょ。それより、そっちこそ頑張ってきっちり売り込んでよね」

――そうだった。

石田は背筋を伸ばした。五万部ごときに腰が引けていてどうする。営業部と連携してどんどん売り伸ばし、なお重版がかかるよう努めなければいけない。

「はい。もちろんです」

精いっぱい声を張って答え、コーヒーをすする。冷めてもやはり旨い。

目を上げると、天羽カインが鼻白んだ様子でこちらを見ていた。ぎくりとなってカップを置く。

「三ちゃんさ」

「……はい」

「『もちろんです』って――私の言ってる意味、わかってるよね？」

「え」

「え、じゃないでしょう。いったいどこへ売り込むつもりよ。『楽園のほとり』は、書店とかに頑張って売り込まなきゃ売れない作品なわけ？」

温もりかけていた心臓が、瞬時に凍り付く。

「いえ、そんなまさか」

「ねえ、私がさ、何のためにわざわざ文春で書いてると思ってる？」

「ええと」

「その先のことがあるからにきまってるでしょ」

――その先の、こと。

意味がようやく脳の芯に届くとともに、鈍い衝撃が来た。

「それについてもまあ……頑張りますけど、」

「ますけど？」ぴしゃりと遮《さえぎ》られた。「ますけど、何。気分悪い」

「あ、いや、すみません」

内心またかと思った。たまに、というかしばしばこういったことがある。ついさっきまで上機嫌でいたのにとつぜん雲行きが怪しくなって、気づいた時には頭上で雷鳴が轟《とどろ》いているのだ。見ると、天羽カインはテーブルの上に置いた自分の手帳のあたりを見つめていた。伏し目がちの半眼も相まって、慈悲など持たない神のように見える。

「次の選考会って来年の一月だよね」

「……はい」

「そのための下読みなんかは、もう始まってるんじゃないの？」

ちらりと見られるだけで、頬がぴりぴりする。空気が帯電しているかのようだ。

「そうですね」

「私だって何も、選考会本番でどうこうしてくれなんて言わない。だけど、最終候補の何本かの中に残してくれるくらいのことは三ちゃんならできるでしょ」

「え、なんで僕が」

「とぼけないでよ、編集長。直木賞選考会の司会は毎回『オール讀物』の編集長が務めるものなんでしょ？　だったら最終候補にねじ込むくらい……」

こみあげる不快さが、つい顔にまで出てしまったのだろう、天羽カインの目もとがさらにぐいぐいと険しくなっていった。

「なあに？　そんな顔されるほど、私、いじましいこと言ってるわけ？」

「いやいや、そういうことじゃなく、」

「あなただって自分の担当した作品が賞を獲ったら手柄になるでしょ」

「それはまあ、そうですけどね」

「知ってるのよ。こないだの『英談社《えいだんしゃ》』の賞は、いよいよ何作かに絞り込む段階で、部長だか局長だかの一声で最終候補が一作品増えたって」

押しひそめてはいても、彼女の声はよく通った。いいかげんな言い逃れなんかに騙されないからね、とその目が言っている。石田は視線を落とした。

プロの作家に与えられる文学賞は、対象も性質も様々だが二十以上あり、それぞれに選考の過程は違っている。下読みに文学部の学生が加わることもあれば、高校生が選ぶことも、また天羽カインが言うように、主催する出版社内で地位の高い人間が権限を持つ場合もあるようだ。

かつて担当していたとか個人的に仲がいいとか、そうした作家の作品がそこそこのところまで残っていれば、せめて選考会で議論の俎上《そじょう》に載せるまではとテコ入れしたくなるのは当然だ。編集者なら誰だって担当作家を候補に残したい。作家のためであると同時に自分のためでもある。手柄もそうかもしれないが、企画から連載の間じゅう必死に伴走した作品が大きな賞を獲得した時の嬉しさといったら口ではちょっと言い表せないほどのものなのだ。

しかし、直木賞の選考過程というのはかなり厳密に決まっている。作為を入れるのは、じつは難しい。

何しろ、他の賞と比べても、世間の注目度や認知度からして桁違《けた》いだ。受賞すれば新聞やテレビのニュースで大きく報道され、全国津々浦々の知り合いから花束や胡蝶蘭《こちょうらん》や祝電が届き、生まれ故郷の役場には垂れ幕が下がり、卒業以来会ったこともないクラスメイトから電話がかかってきたりもする。受賞作は即座に何万部と増刷され、「祝・直木賞！」の帯に掛け替えられて書店のいちばん目立つ場所に山積みになる。アマゾンの在庫は売り切れ、既刊本にまで重版がかかり、原稿料は上がり、受賞後第一作の初版部数も上乗せされる。そして何より、これからは折にふれて、筆名の前に「直木賞作家」という肩書きが付与される。

人ひとりの人生を大きく変えてしまうほどの力を持つ賞だけに、候補を絞り込んでゆく側としてはどこまでも慎重にならざるを得ない。そもそも『日本文学振興会』が仕切る予備選考は非常にシステマティックかつ厳正で、社員の誰がどの作品に○をつけたかまで記録されるのだ。

そのことを、しかし世間はあまり知らない。

〈どうせまた文春から出た作品がひいきされて選ばれるんだろう〉

くらいに思っている。目の前の天羽カインがそうであるように。

「何か言うことはないの?」

おそろしく低い声で促され、石田は目を上げた。ずっと睨まれていたらしい。もともと寂しげな面立ちのせいで、表情が消えると能面のように見える。

「はっきり申し上げていいですか」

「……何よ」

「僕は、『楽園のほとり』も、南十字から出た『月のなまえ』も、良い作品だと思ってます」

「あなたの感想が聞きたいわけじゃないんだけど」

「天羽さんの作品の優れてるところは、躊躇《ちゅうちょ》なく全力で推します。内容はもとより、売れる、というのも小説の大きな力のひとつですし」

「いいじゃない、そういうのが聞きたかったのよ。それで?」

「でも……これは信じて頂きたいんですけど、編集長である僕の持っている一票も、他の編集者が持っている一票も、重さはまったく同じなんです。若手であれ中堅であれ、あるいは賞を管理する『日本文学振興会』から加わる理事や評議員であれ、みんな一票。どんな小説に〇《マル》をつけるか、その考え方もばらばらです。このさき何ヶ月かにわたって班会議と全体会議とがくり返されて、もちろんそのつど話し合いは持たれますけど、決選投票の結果は〇の数がいくつ、と数字で出ます。いったん出た数字の結果が、あとからひっくり返ることはありません」

天羽カインは黙っている。

石田は、カップの底に残った泥のような滓《おり》を見つめた。

「だから、お約束はできないということはご承知おき下さい」

返事はない。

「ただ、天羽さんの作品が二つとも最後まで残った場合には……」

注がれる視線が痛い。

「そういう場合は、同じ作家の作品を両方残すわけにはいかないんでどっちか選ぶことになるんですけど、僕としては『楽園のほとり』を推すかな……。自社本だからではなく、明らかに小説の出来がいいから。担当者としては、やっぱりいい作品で受賞していただきたいですしね」

煮染めたような沈黙が流れる。おそろしく気まずい。

コーヒーを勧められた時、用事があると言って帰ってしまえばよかった。針の筵《むしろ》とはこのことだ。しかし、嘘やごまかしは何一つ口にしていない。これが長年の担当としての誠意だし、嘘さえつかなければ、いっとき嫌われても断絶はしない自信があった。

やがて、白い指がつぃと動き、テーブルの端のカードキーを取った。二つ折りの紙片を開いた天羽カインが、宿泊者カードを見るなり睫毛《まつげ》を閃《ひらめ》かせる。

「何、これ」

「……はい？」

「名前のところが『石田三成』になってるんだけど」

「えっ」

思わず身を乗り出して覗きこむと、彼女の言う通りだった。支払いは自分、宿泊するのは天羽カイン、とはっきり告げたはずなのだが、手続き上のサインがこちらの名前だったせいでフロント係が間違えたのだ。

「気がついたからいいようなものの、もしも私が家へこれ持って帰ってたら、間違いなく離婚騒動に発展するとこだったよね。だってこれじゃまるで、三ちゃんとホテルに泊まったみたいじゃない」

「も、申し訳ありません！」

慌てて腰を浮かせる。想像するだにいたたまれない。

「ほんとうにすみません。それちょっと貸して下さい、すぐに訂正してもらってきますので！」

何ごとかというふうに、奥のほうのテーブル席から他の客がこちらを見る。

と、噴きだしたのは天羽カインだった。うつむいて笑いを押し殺す。

「冗談よ」

「は？」

「いいったら、このままで。誰に見せるわけじゃなし」

苦笑いではあったが、おかげで先ほどまでの針の筵はどこかへ取り去られたようだ。まだ少し半信半疑でそろりと座り直した石田とは目を合わさないまま、彼女はキーを手帳とともにバッグにしまった。

ハーブティーを飲み干し、コートを腕に掛けて立ち上がり、支払いのため席に残る石田を見おろす。

「三ちゃんの言いぶんはまあ、一応わかったから」

「……はあ」

「だから――今の私の話はよそへ漏らさないでよね」

「もちろんです」石田は深く頷いた。「口が裂けても申しません」

再び苦笑した天羽カインが踵を返し、最後に何ごとか短く呟いて去ってゆく。

〈どうだか〉

と、言ったように聞こえた。

少し、傷ついた。内容はともかく、作家がここまで腹を割って話してくれたという事実そのものは、間違いなく嬉しいことだったのに。

4

行き合いの空、などと言うが、秋の来るのがどんどん遅くなっている気がする。もう十月だというのに空の半分は入道雲に占拠され、刷毛《はけ》がかすれたような筋雲は高いところに申し訳なさそうに散っているだけだ。

『南十字書房』の社屋を出て、横断歩道の信号が変わるのを待ちながら、緒沢千紘は腕時計を覗いた。隣に立つ藤崎新も同じく時間を確認している。出がけに編集長に呼び止められ、予定より遅くなってしまった。

「タクシー乗っちゃいます？」

「や、でも道混んでそうだし」

ですよね、などとふだんより早口に言い合い、ふだんより早足で道を渡り、二人して地下鉄への階段を下りる。足もとから澱んだ生ぬるい空気が身体を包み、構内のそこかしこにこびりついた埃《ほこり》と他人の汗の匂いが押し寄せる。

千紘は思わず口で息をした。月に一度、どうしても匂いに敏感かつ狭量になる。生理痛そのものよりも地味に辛い。

藤崎はスマートフォンをかざし、千紘は同じくSuicaで改札を抜ける。ホームに下りるとすぐに電車が滑り込んできた。

小説誌「南十字」編集部の千紘と、文芸単行本編集部の藤崎が組むのはめずらしいことではない。二人して担当している作家には、たとえば南方権三《みなかたごんぞう》や宮野《みやの》ゆきみといった押しも押されもせぬ大御所や、馳川周や天羽カインなどのベテラン勢もいるし、そうかと思えばつい先日決まったばかりの新人賞受賞者もいて、ちょうど今からその彼と会うことになっている。まずは二ヶ月先の「南十字」に受賞作品の抄録《しょうろく》を載せ、全体に手を入れた上で単行本化するための、今日が初めての打ち合わせだった。

『南十字書房』が主催する「サザンクロス新人賞」は、ライトノベル業界でも〈歩留《ぶど》まりの良さ〉で知られている。つまり、賞を獲った作家がその一作だけで終わらず継続的に活躍する確率が高いということだ。中には、映像化されるような話題作を生み出したり、シリーズ作品でヒットを飛ばしたり、あるいは一般小説へ移行して大きな文学賞を獲ったりする者もいる。

そうした越境がめずらしいことでなくなった昨今、ライトノベルだのボーイズラブ小説だのといったジャンル分け自体がもう古いのかもしれない、と千紘は思う。畢竟、小説には二種類しかない。良い小説と、そうでない小説。編集者の役割のひとつは、時にはほんのわずかな差で分かたれてしまうその境界線を見きわめることだ。

待ち合わせ場所に指定されたのは、上野駅から五分ほどの喫茶店だった。にぎわうアメ横を抜けてゆく道は渦巻く匂いのるつぼで、千紘には辛かったが仕方ない。藤崎の背中を追うばかりなのは癪《しゃく》だから、できるだけ肩を並べて歩いてゆく。

「お、渋いね、なかなか」

かなりレトロな佇《たたず》まいのドアを押して入ると、先方はすでに来ており、こちらを見てぺこりと会釈した。

ペンネームは市之丞隆志《いちのじょうたかし》、本名・鈴木隆《すずきたかし》、二十七歳、大手の文具メーカー勤務。

ひと月半ほど前、のちに受賞作となる「幻の鬼」が最終選考に残った時点で一度会っている。『南十字書房』のビルまで来てもらったあの時はまだ夏の盛りで、鈴木はそれでもスーツにネクタイを締めていた。藤崎が「暑いでしょう、楽にして下さい」と言うのに遠慮して、盛大に噴きだす汗を拭きながらも最後まで上着を着こんだままだった。

狭い喫茶店の奥まった席、オレンジ色のビニール張りの椅子を引いて座り、それぞれにコーヒーや紅茶を頼む。カウンターの端に客が一人いたが、店主と話し込んでいてこちらのことは気にもしていない。

藤崎と千紘は、居ずまいを正して言った。

「改めて、ご受賞おめでとうございます」

「あ、ども、ありがとうございます」

頭を下げた鈴木は、今日はロゴの入ったTシャツにデニム、上から薄手のパーカーを羽織っただけのカジュアルな姿だ。前髪も固めてはおらず、額に落ちかかっている。

「どうですか。少しは実感も湧きましたか」

藤崎が気さくに尋《たず》ねる。何しろ千紘が受賞を報せた時、電話口で何度も、嘘でしょ、マジですか、信じられない、と繰り返していたほどだ。

「まあ、そうですね。さすがにもう」

鈴木が苦笑いで応じた。これまでの印象に比べると、服装や髪型のせいもあってか、今日はどことなく尊大に見える。別にかまわない。作家自身のパーソナリティは作品とは関係がない。

「あのう」

と、鈴木が千紘の顔を見た。

「はい」

「ナポリタン頼んでいいですかね」

「どうぞどうぞ、お好きなだけ召し上がって下さい」

「すいません。ここのナポリタン旨いんですよ。藤崎さんもどうですか」

「自分は昼飯済ませちゃったんで。残念だな」

「じゃあ、すいませんけど僕だけ遠慮なく」

手をあげて店員を呼びつける鈴木を見ながら、千紘は小さな引っかかりを覚えた。打ち合わせの飲食代は経費で落ちるし、そもそも空腹なわけでもない。が、どうして藤崎にだけ食べないかと勧めるのだろう。その一方で、事務処理的なことはこちらに尋ねてくる。

受賞作を最初に読んだ時とよく似た違和感だった。主人公の男は大食らいで口が悪くて、でも性根は途轍《とてつ》もなく優しい。片やバディを組む女は気が強くて跳ねっ返りで、しかし時には姉のような包容力を見せる。事ほど左様に登場人物の性格付けがステレオタイプな上、今どき妙に古くさい価値観が垣間《かいま》見《み》えて、そのことは選考会の席でも討議された。もちろん物語全体にそれを超える魅力があったからこそ受賞したわけだが、最後まで×《バツ》をつけた選考委員がいたのも事実だ。

千紘は、作品そのものはとても面白く読んだ。文章は達者で、ドライブの利いたストーリー展開もなかなかだし、声をあげて笑ってしまったところもホロリとさせられたところもあった。これから手を入れていけばもっとよくなる。そのためにも、男に「男らしさ」を、女に「女らしさ」を背負わせるような書き方については一考の余地がある、今日はそれを伝えるつもりで来た。

藤崎には藤崎で考えがあるだろうが、単行本化の前に、とりあえずは発表号での抄録掲載に向けて前半を磨きあげる必要がある。そうしたやり取りの一つひとつが、鈴木を、もとい、市之丞隆志という新人を、一人前の作家へと導く足がかりとなるのだ。選考委員からも「まだまだだからしっかり育ててやってくれ」と仰《おお》せつかっている。責任重大だ。

鉄板の上で派手な音を立てるナポリタンは確かに美味しそうで、斜めに切った魚肉ソーセージと薄切りのピーマンが目にも懐かしかった。鈴木は口の周りをケチャップで汚しながら一心不乱に食べ、最後に水を飲み干すと、

「すいません、めっちゃ腹が減ってたもんで」

薄笑いを浮かべながらこちらを見た。鼻のあたまに汗の粒が浮いていた。

「それじゃそろそろ本題に入りましょうか」

千紘は、足もとに置いていたかばんの中から、分厚い茶封筒に入った付箋《ふせん》だらけのゲラを引っぱり出した。店員に片付けてもらったテーブルに広げ、続いて、伝えるべきことを書き込んできたノートも取り出して開く。隣に座る藤崎が目を丸くして覗きこんでくる。これを作っていたために、ゆうべはほとんど寝ていない。

最初から駄目なところばかり指摘したのでは自信をなくして凹《へこ》んでしまうかもしれない。まずは長所を褒めなくてはと息を吸い込んだ時だ。

「あ、その前に」と、鈴木が遮った。「ひとつご報告があるんですけど」

「何でしょう」

「僕、会社辞めました」

えっ、と叫んで、それきり藤崎が絶句した。

千紘のほうは声も出ない。テーブルがしんとして、カウンター席の会話ばかりが聞こえてくる。

「驚かせようと思って黙ってたんですけど、そこまで驚いてくれて嬉しいです」

「そ……そりゃ驚きますよ。……ちょ、まいったな」

藤崎が呻《うめ》く。

「なんでですか」

「え？」

「なんで藤崎さんが『まいったな』なんですか。『よく思いきったね』くらい言ってくれるかと思ったのに」

「や……。っていうか、なんで相談してくれなかったの」

「だから、びっくりさせようと思ったんですってば。相談しちゃったら台無しでしょ」

「辞めたのっていつです？」千紘も訊いた。「もしかして、受賞が決まってすぐですか」

「いや」鈴木がニヤリとする。「お二人と最初に会った次の日です」

耳を疑った。

「じゃあ、決まるかどうかもわからなかったのに、ってこと？」

「そうなりますよね」

「どうしてそんな無茶なことを」

「無茶かなあ。ほら、背水の陣っていうじゃないですか。なんかこう、そこそこ安泰なとこに勤めたまんまでいたら夢なんか叶わないような気がして。願掛けみたいなもんですかね」

思わず、藤崎と目を見合わせる。自分の顔が鏡に映ったかと思うほど、相手の顔も困惑している。

もっと早く、仕事だけは絶対に辞めないで下さいと伝えておくべきだった。臍《ほぞ》を噛んでも遅い。

せめて一言相談して欲しかった。

「その辞表は、撤回できないんですか」

思わず言うと、鈴木が乾いた笑い声をあげた。

「無理にきまってるでしょ。とっくに僕の机なんかないですよ。だいいち、そんなみっともないことできるわけないじゃないですか」

「みっともないこと」

「辞める時、作家になるってきっぱり言ってきましたからね。いやあ、賞が獲れてマジ良かったです。でっかい賭《かけ》に勝ったって感じかな」

隣で藤崎が、はーっと息をついた。長くて深いため息だった。

「あのですね、鈴木さん」

「市之丞です」

「市之丞さん。これだけは言っておきますが、この業界、そんなに甘いものじゃないです。新人賞を受賞したからといって最初から本が飛ぶように売れるわけじゃないし、二作目、三作目まで生き残れるかどうかもわからない。そういう厳しい世界なんです」

「わかってますよ、それくらい」

「や、わかってないから言ってるんですって。自分のほんとうに望む作品を、時間をかけてでもきっちり書いていくためにこそ、収入を別口で確保しておくことが必要なんです。家賃とか光熱費とかどうするんですか。たちまち食費だって切り詰めてるみたいじゃないですか」

「貯金くらいちょっとはありますよ。いざとなったら実家に帰るって手もあるし」

「それ、背水の陣っていうんですかね」

「細かいなあ。そんなこと今さら言ったってしょうがないじゃないですか、もう辞めちゃったんだから」

鈴木が苛立つ。

「だいたい、お二人は僕の才能を信じてくれないんですか」

「才能とは」

「作家としての才能ですよ。千二百編くらいの応募作の中から一作だけ選ばれたんでしょ？　寿《じゅ》卍《まんじ》あきらとか天羽カインとか、サザンクロスから出て売れっ子になった作家がいっぱいいるじゃないですか。僕だってそうなってみせますよ。そこは、嘘でも信じて欲しかったよなあ」

再び、藤崎が嘆息《たんそく》する。

「鈴木さん」

「市之丞です」

「いいえ、まだ違いますよ。一冊の本も出てないし、それどころか授賞式すら終わってないんだから。あのね、鈴木さん。さっき『賭に勝った』って言ってましたけど、会社を辞めた後で受賞が決まったのはたまたまです。あなたはまだ何ひとつ勝ってなんかいないです。そういうことは、五年十年とこの仕事を続けられた上で言って下さい。才能というのは、生き延びる力です」

完全に藤崎の言う通りで、千紘としてはこの先輩を見直そうかという気分にまでなったが、しかし駆け出しの鈴木には厳し過ぎる洗礼かもしれない。卵から孵《かえ》って初めて見たものを追いかける雛《ひな》のように、多くの場合、新人にとって担当編集者は親にも等しい存在なのだ。

「あの、とりあえず……」と、あえて明るく口を挟んでみた。「まずは目の前のことから考えましょうか」

「そうですよ、まったくもう」

と鈴木が呟く。憮然とした面持ちだが、千紘の助け船にほっとした様子も透けて見える。案外わかりやすいタイプかもしれない。

「鈴……市之丞さんにして頂きたいのは、」

「鈴木でいいですよ、まだ」

ふてくされた調子で言う。

「じゃあ、鈴木さんにして頂きたいのは、タイトルの再考です」

「さいこう？」

「はい。別のタイトルを考えて頂けないかと」

「なんで」

「選考会の席で先生方から指摘があったんです。全体的にせっかく素晴らしいのに、最後のほうで突然何度も出てくる『幻の鬼』とか『夢幻のようなもの』という言葉の繰り返しが、何というかこう、物語を説明臭くしてしまっていると。もうじき先生方から選評を頂けたらお目にかけますけど、きっとすごく勉強になると思います。毎年、私たちも目から鱗《うろこ》なんですよ。とにかく……ラストのこの部分はあえて説明をばっさり省いて、結末だけをぽんと差し出したほうが、ずっと余韻が深くなると思うんですよね。だとするとタイトルも再考の余地が、」

「やですね」

いきなり遮られた。

見ると、向かいの席で鈴木は真顔だった。

「直しませんよ、僕は。そのタイトルで、その内容で受賞したんですよね。直す必要はないです」

「……あのですね、鈴木さん」

「あ、もしかしてアレですか？　言われたとおりにタイトル変えなかったら、資格剝奪で受賞は取り消されるとか？」

「そ……ういうことじゃ、ないですけど」

「だったら直す必要ないですね。内容とかも、明らかな間違い以外は一切直しません。この小説はね、あっちこっちの賞に出したけど何回も落とされて、悔しくてまた何度も何度も書き直して練り上げたから、今が完璧な形なんです。一言一句変えたくありません」

「ちょっと待って」と藤崎が割って入る。「この一作だけを、何度も？」

「そうですよ」

「落とされるたびに、また同じものに手を入れて？」

「いけませんか。粘り腰には自信があるんだ」

鈴木の鼻の穴がふくらむ。

「その間に、他の作品を新たに書こうとは思わなかったんですか」

「そんな、途中で放りだすみたいな真似はしませんよ。完璧主義なんです、こう見えて」

ハハ、と自嘲めかして笑ってみせる鈴木を、千紘と藤崎は黙って見つめるしかなかった。

落とされて悔しかったら、別の作品を書いて叩きつけてくるのが作家だろう。落ちた手元の一作に固執するあまり二作目三作目に取りかかれないようでは、このさき職業作家としてやっていけるかどうか。自分の作品に誇りを持つのは大事だが、指摘を柔軟に受け止めて吸収するのも実力のうちだ。よほどの天才でもない限り、それができない書き手は消えてゆく。

「とにかく、僕の小説なんだから僕が決めます」

目尻に力の入った様子で鈴木は言った。

「タイトルは絶対変えませんから」

5

勝手口のドアを開けると案の定、山盛りの野菜が置かれていた。

サカキはこうして毎朝、庭先の畑で穫《と》れた野菜のうちの半分を置いていく。眩《まぶ》しい朝陽の中、あるいは立ちこめる霧の中、つくねんと鎮座まします竹かごを見るたび、

(ごんぎつねか)

と思う。季節によってはほんとうに栗やキノコが加わることもある。

天野佳代子はかがみ込み、朝露に濡れて光るキュウリを手に取った。指先に細かな棘《とげ》が刺さって痛い。

今日の収穫はしっかりと太いキュウリが二本に、内側からはちきれそうなナスとトマトが一つずつ、大ぶりのピーマンと黄色いパプリカ、両のてのひら一杯ほどのシシトウ、赤みが愛らしい

二十日大根に、ルッコラや青紫蘇《あおじそ》やバジルといった香味野菜。これで穫れ高の半分とは恐れ入る。毎日となると余ってもくるが、多いの少ないのと文句を言うつもりはなかった。こんなに野菜ばかりあったって食べきれないとでも言おうものなら、翌朝ドアの前にキジか野ウサギが置かれていそうだ。

ずしりと重たい竹かごをキッチンに運び込み、さっそく朝食にする。完全無農薬だから、どれも軽く泥を落とすだけでいい。昨日入っていたサニーレタスを手でちぎり、ルッコラも同じくちぎり、キュウリやトマトをのせる。青い、みずみずしい香りが立ちのぼる。彩りにパプリカと二十日大根も少々、そこへ向こうが透けるほど薄い生ハムをのせ、パルミジャーノ・レッジャーノを摺《す》りおろす。ドレッシングをかけるのは食べる直前だ。

山型食パンをトーストしている間に紅茶を淹《い》れる。〈マリアージュ フレール〉のマルコ ポーロ、ミルクは温めない。冷蔵庫から〈エシレ〉のバターをひとかけ小皿に出し、昔ロンドンの蚤《のみ》の市で求めたバターナイフを添える。レリーフのほどこされた銀のナイフに、柄《え》を覆うマザーオブパールの控えめな輝きが気に入っていて、使うたびに気分が上がる。

甘くこうばしい匂いとともにパンが焼けたところで、トレイをベランダの丸テーブルへと運んだ。まずはサラダからゆっくりと食べ始める。

夫と東京で暮らしていた頃は生野菜が苦手だった。かわりに市販の野菜ジュースを毎朝グラスに一杯ずつ飲んでいたが、空腹時にそれをすると血糖値が急激に上がると知り、慌ててやめた。軽井沢に来てからは野菜が驚くほど美味しく感じられ、その感激があまりにも強烈だったものだから、サカキが庭の一角を耕すことも黙って受け容れて今に至る。東京の店で出されるサラダなどは相変わらず苦手なままだ。

今年の夏野菜はもうそろそろ終わりだろう。落葉松林の間を通り抜け、髪をなぶって吹き過ぎてゆく風はもうずいぶんと冷たい。家の中にとって返し、柔らかなガウンを羽織って戻ると、すぐそこの椎《しい》の木を野生のリスが駆けのぼっていくのが見えた。どこかでコゲラかアカゲラが木をつつく音もする。

トーストは絶妙にこんがりと焼けていた。空腹の時は卵も添えるが、今朝はこれくらいあっさりでいい。会食が続いたせいで胃が疲れている。

一昨日の晩がフレンチだった時点で、翌日のインタビュー八件の後はイタリアンをやめて懐石料理にしてと言えばよかった。石田三成だったら二つ返事で手配しただろう。たとえキャンセル料をいくらか支払うことになったとしても。

古い付き合いの担当の、どこか河童《かっぱ》を思わせる飄々《ひょうひょう》とした風貌を思い浮かべたとたん、つい不愉快なことまで思い出しそうになり、急いで脳裏から追い出した。石田ごときのせいでせっかくの朝食が不味《まず》くなってはもったいない。

紅茶に少しのミルクを注いで飲むと、馴染んだ華やかな香りに包まれてほっと息が漏れた。やっぱり家はいい、としみじみする。

お気に入りの味、お気に入りの食器、お気に入りのリネンや衣服。いま着ているベージュ色のガウンは〈ロンハーマン〉のもので、駅の向こうのアウトレットモールで見つけた。羽毛のように柔らかくて、肌の上からじかに着たくなるほど心地よい。家が仕事場なのだから部屋着にはこだわっていいはずだ。

テーブルに肘をつき、ガラス越しに部屋の中を眺める。夫がこの家に寄りつかなくなって久しいが、寂しいなどと感じた例しがない。一度そこに置いたものは自分が動かさない限りずっとその位置にあるという、ただそれだけのことにこれほど心落ち着くとは思いもよらなかった。すべてが正しい場所に配置され、満ち足りた静かな空気が流れている。

リビングの真っ白な壁に大きなサイドボードが寄せてあり、コンパクトだが上質なオーディオシステムの横には洋書が並んでいる。おもに写真集や美術書などの大型本だ。ふだん頭の中に文字ばかり詰まっている反動で、息抜きの時には字のない美しい本を開きたくなる。

物書きなんて、と、背表紙の列を眺めながら思った。本を読まない人間からすれば、この世に存在しないも同然だ。

初めてのネイルサロンなどで職業を訊かれ、正直に作家だと名乗ると、

〈え、すごい。もしかして本屋さんへ行ったら自分の本が並んでたりするんですか？〉

などと無邪気に訊かれる。

書店の棚に自作が並んでもいない人間が、そもそも作家だなどと名乗るわけがないだろうとツッコみたくなるが、どうやら今どきは違うらしい。肥大した自意識をだらだらと書き連ねてネット上に公開するだけで、たちまちプロフィール欄に〈作家〉と書き込んで恥じない連中がざらにいるのだ。

デビューした当時から心に決めていた。〈プロ〉を名乗るのは、紙の本を少なくとも三冊出すか、この仕事を五年続けてからにしようと。ネット空間をどこまでも流れてゆく散文がいくら大勢の目に触れたとしても、それだけでは充分でない気がした。データではなくて紙の本を出版し、

一冊また一冊と世に残していきたかった。

残る仕事がしたい。そんなふうに考える自分が古くさいのだろうか。

子どもの頃から、いったいどれだけ紙の本に救われてきたか――読みながら主人公と同化して怒りに震えたこともある。涙でページがふやけた日も、読み終えた本を抱いて眠った夜もある。それは電子書籍では叶わない。かすかにきなくさいような古い紙の匂いを嗅《か》ぐこともできないし、ざらりとした手触りや分厚い重みに励まされることもない。折々の自分が胸に抱きしめていたのは、ページの中に広がる果てしない物語世界であったと同時に、〈本〉という実体を伴った宝物だったのだ。

今こうして小説を書いているのは、あの時の恩返しのようなものかもしれない。できるなら、誰かに抱きしめて眠ってもらえるような物語を書きたかった。叶うなら、誰かを慰《なぐさ》め、寄り添いたかった。

だからこそ、どんなに過酷でも最後には何かのかたちで報《むく》われる物語を書き続けてきたのだ。その祈るような想いが、どうして、〈作者の都合で書いている〉だの〈人間が書けていない〉だのと揶揄《やゆ》されなければならないのか。これまで目にした選考委員の評を思い出すと、またしても腹が煮えてくる。どいつもこいつも、酷《ひど》い目に遭《あ》えばいいのに。

一昨日の晩はしくじった。フレンチのフルコースとともにぱかぱかと空けた、馬鹿みたいに高いワインのせいだ。酔ってさえいなかったら、同じ話をするのでももう少し遠回しな言い方を選んでいた。

あんなにストレートに賞への欲望を語ってしまって、思い返すだけで恥ずかしい。死んでしまいたい。正直、石田の前だからとリラックスしすぎていた。ただ、向こうの物言いもたいがいだった気がする。直木賞がどれだけ特別か知らないが、人間が人間を評価するのだからあちこちに隙間はあるはずだ。「まかせて下さい」とでも言っておけばいいものを、「数字はひっくり返らない」とか、何を偉そうに。もっと他に言いようがあったはずではないのか。

我知らず奥歯を噛みしめながら洗いものを済ませ、紅茶をもう一杯淹れて、二階の仕事部屋へ上がる。万が一にも惨事を招くことのないよう、マグカップをキーボードより低い位置に置き、パソコンを立ち上げた。メールをチェックし、急ぎのものには返信してから今日の仕事に取りかかる。

机に広げたB4サイズの分厚い束は、来年二月に発売される長編小説の初校ゲラだった。掲載時のデータをもとにしっかりと手を入れ、完璧な状態で納めた原稿が、本になった際と同じ体裁で印刷されている。発売まで時間はまだ充分にあるが、早めの進行でプルーフを刷り、ほうぼうへ配るつもりらしい。書店員や書評家による口コミは、版元の打つ宣伝以上に効果がある。

赤ペンを手に、改めてじっくり読み進めてゆく。連載から時間がたっているものほど、新鮮な気持ちで読める。最後まで読み終えて、こんな凄いものを誰が書いたのだろうと感心できれば、それは傑作ということだ。この作品もそうなる予感がする。

ところがだ。

三ページ目でさっそく眉根が寄った。ぱらぱらとめくり、全体にざっくり目を通し終えたところでとうとう声が出た。

「ああもう、いいかげんにしてよ！」

要所要所に書き込まれた今回の校正担当者からのエンピツに、いらいら、ざわざわする。指摘がいちいち的はずれなのだ。大きな流れをまったく読み取ろうとしないくせに、おそろしくどうでもいいところばかり細かくつついてくる。

女性主人公の昏《くら》い心情を表そうと、あえて「彼女は獰猛《どうもう》な笑みを浮かべた」と書いたところへ、エンピツでわざわざ「獰猛な」を丸で囲んで、

〈トル？　形容矛盾？〉

馬鹿を言ってはいけない。ただ「笑みを浮かべた」では駄目なのだ。ここはあくまで「獰猛な笑み」でなければ意味がないのに、どうして〈トル？〉などという提案ができたものか、越権行為も甚《はなは》だしい。

主人公と深く関わる少女が、見知らぬ男に乱暴されかける。抵抗むなしく押し倒され、着ていたセーターをたくし上げられ半ば脱がされて、それが「首の周りでマフラーのように丸まった」と描写したところへ、またエンピツの矢印が入る。

〈そうなりますか？〉

やかましい。丸まった、と書いたからには丸まったのだ。そうなりますか、という指摘の仕方も人を小馬鹿にしているようで失礼極まりない。

さらには傷の手当ての場面、サイドテーブルの上で消毒薬の茶色い瓶が倒れて転がり、「床に落ちて割れた瞬間、鼻をつくアルコールの匂いがあたりに立ちこめた」という一文の横の白地部分に、なんとテーブルと床と瓶のへたくそな相関図が描かれ、矢印をして、こう書き込みがあった。

〈割れないかもしれません〉

もはや、ため息しか出なかった。ここより前のほうで、床にふかふかの絨毯《じゅうたん》が敷き詰められていたとか、サイドテーブルの脚がおそろしく短かったとか、うっかり描写してしまっていたのなら仕方ない、ご指摘ごもっともだ。しかしそんなことはどこにも書いていない。割れないかもしれないが、割れるかもしれないし、この時は割れたのだ。作者が神だ。

一文字も直さないまま赤ペンを放りだし、背もたれに寄りかかる。こういうケースは、これまでにもたまにあった。校閲の仕事には助けられているし心から尊敬し感謝もしているが、たままま相性が最悪だと、ゲラに手を入れている間じゅう苛立ちがおさまらない。

怒りはそして、担当編集者にも向く。校閲作業はありとあらゆる疑問点を洗い出して事実と照らし合わせる仕事なのだから仕方がない。編集者こそは校正者から戻ってきたゲラに目を通し、エンピツの一つひとつをチェックし、著者に見せる必要はないと思えば消しゴムできれいに消してから送ってくるべきではないか。それとも、今回のような瑣末《さまつ》な指摘をすべてもっともだと、著者自ら判断すべき重要事項だと、本気で思ったのだろうか。だとすれば担当の正気を疑う。

この苦行に、四百ページ余りも耐えろと？

考えたとたん、ゲラを閉じ、宅配で送られてきた時の封筒に突っ込んだ。このまま一切直さず担当に送り返してやる。何がまずかったか、考えて震えるがいい。

すっかり冷めたまま忘れていた紅茶を、いらいらと飲みながら窓の外へ目をやった。

まだ昼にもならない林に、遠く近く、モズの声が響く。ほんの数日見ない間に山桜の葉が色づいて、しっかり紅葉するより前から散り始めている。はらり、はらり、下の草地をでたらめに埋めていく枯葉を眺めるうち、怒りで速くなっていた心拍が徐々に落ち着いてきた。

デスク脇の本棚に手をのばし、ずしりと重い紙の束を取り出す。原稿を納める直前、パソコン画面ではなく紙の上で最終チェックするために全編をプリントアウトした時のものだ。

腹は立つけれども、これがいざ世に出る時の看板は自分の名前だ。読者は皆、〈天羽カイン〉の看板が掛かった新刊を心待ちにし、書店に並べば手に取ってわくわくしながら読んでくれる。何を犠牲にしようと、その人たちを裏切るわけにはいかない。そのままでは何の価値もない〈天野佳代子〉を、〈天羽カイン〉でいさせてくれるのは読者だけなのだから。

ペンを握り直し、まっさらな原稿の束に向かう。この作品をなお高めてゆけるのは自分だけだ。エンピツの雑音なんか要らない。この体の中で響く自分の声にだけ耳を澄ませていけばいい。

ページをめくってゆく。

そのうちに、鳴き交わす鳥たちの声さえ耳に届かなくなる。

連絡すれば集荷に来てもらうこともできるのだが、使用人はせいぜい使ってやらなければすぐに怠《なま》ける。真っ白なままのゲラの束を、佳代子はサカキに言って宅配便センターへ持ち込ませることにした。

丈夫な紙袋に入れ、一言の手紙も添えずに封をする。こんなくだらないゲラを送りつけてくる編集者にも一応、返送用の着払い伝票を添えてよこす程度のアタマはあったようだ。〈お届け先〉の欄にはクセの強い字で「『文広堂《ぶんこうどう》』出版部・竹田《たけだ》」と書かれ、ご丁寧に「様」を消して「行」に直してあった。どうせだったらついでに差出人欄の住所氏名まで記入しておいてくれればいいものを、気が利かない。田舎の住所はやたらと長々しく、一字一字筆圧を込めて書き込むのがほんとうに面倒くさいのだ。それなのに欄からはみ出したりすると破り捨てたくなる。

これを受け取った竹田が中身を取り出し、自分の書いた添え状すらそのままで突き返されたことに気づいた時、どれだけ狼狽えるかを想像すると、ざまあみろという気分になった。同時に、悲しくもあった。どうして自分にこんなことをさせるのか。そちらが編集者としての役目を果たしてくれさえすれば、こっちだって全身全霊で応える用意はあるのに。

氏名の欄に〈天羽カイン〉と書き込んだその手で、サカキをＬＩＮＥで呼びつける。まもなく母屋の玄関先に現れた男に、ずしりと重たい包みとオレンジ色の伝票を手渡した。

「出してきて」

今朝も早くから草刈り機の音が響き渡っていた。今の今までその後始末をしていたらしく、作業着のズボンには泥はねとともに得体の知れない種のようなものが点々とへばり付いている。

「その宛名のとこ、わざわざ竹田『様』に書き直す必要ないからね」

サカキが怪訝な面持ちでこちらを見る。

「いいから。そのまま送って」

猫背の長身をなお丸めるように頷くと、サカキは荷物を受け取り、古い軽トラックに乗り込んだ。身ごなしは常に俊敏で、七十近い年齢をまったく感じさせない。

発話が困難とはいえまったく声が出ないわけでもなかろうに、佳代子は彼の短い返事すら聞いたことがなかった。用事があれば向こうもＬＩＮＥの文面で送ってくる。大病を患う前はどんな声で話したのだろう——思いかけて、ふっと鼻から息が漏れた。どうだっていい。

かすかに黄色く色づき始めた落葉松林の中を、砂利《じゃり》を踏むタイヤの音が、今ではめったに聞くことのない三六〇ccのエンジン音とともに遠ざかってゆく。それ以外はまったく静かだ。

空気が澄み渡りつつ冷えてゆくこれからの時季、周囲にぽつりぽつりと点在する別荘の滞在者はさすがに少なくなる。子どもの騒ぐ声や、いかにも脳味噌の足りなそうな小型犬の吠え声などももう聞こえない。

これでやっと、軽井沢のいちばん良い季節を味わえるのだと思いながら胸いっぱいに深呼吸をして、佳代子は庭をぶらぶらと歩き始めた。自分のほか誰もいないとわかっているだけ、ふだんよりさらにリラックスできる。

サカキの菜園は、夏の盛りに比べると緑のボリュームがだいぶ減っていた。彼の寝起きする離れのずっと向こう、紅葉したドウダンツツジの生け垣に囲まれて、こじゃれた別荘がある。子どもも犬もいないのに、夏の間は金持ちのどら息子が女連れで集まってきてうるさかった。

――別荘族。

こちらとて住民票までは移していない以上、表立っては言わずに我慢しているが、昨今の連中たるや目に余る。

つい最近では主要道路からすぐの目立つ場所に、東京でもまず見かけないバブル期のラブホテルかと見紛《みまが》う家が建った。歴史ある避暑地にまったくそぐわない趣味の悪さに、前を通りかかるたびめまいと吐き気がする。ああいう家が増えては、もはや公害だ。町の条例で厳しく取り締まることはできないものか。

車の運転もそうだ。ペーパードライバーのくせに田舎なら安心とばかり、品川ナンバーのベンツやポルシェが傍若無人に走り回る。方向指示器なしの車線変更など当たり前、やみくもにスピードを上げたかと思えばブレーキばかり踏むし、まっすぐ走っていても右や左に寄りすぎるかふらふらと蛇行する。自分の車の内輪差が大型トラックくらいあるとでも思っているらしく、左折の際にいちいち右へ大きくハンドルを切ってふくらむので危なくてしょうがない。車幅すらわかっていないものだから狭い道でのすれ違いができず、停まったきり頑として譲らないので仕方なくこちらが広い場所までバックなどしてやれば、ものすごい目つきで睨みながら通り過ぎてゆく。夜道ですぐにハイビームにしては対向車の目をくらませるのも、必ずと言っていいほどあいつらだ。

あるいはまた、日々の買物。コロナ禍の真っ最中はとくに酷かった。地元民にとってのライフラインとも言えるスーパーに朝一番から大きなワゴン車で乗り付けて、娘にも送ってやんなきゃ！　などと大はしゃぎしながら何キロもの米、何箱ものペットボトルの水、野菜に肉に、トイレットペーパーやティッシュや洗剤といった日用品、もちろんマスクやアルコール消毒液の果てまで大量に買い占めてゆく。通常の時間帯に住民が出かけていく頃にはろくに品物が残っていないほどだった。

ついでに言うなら、別荘族だけでなく観光客もたいがい酷い。コロナ禍が少し落ち着いてから、たまたま自分で買物に出向いた佳代子がレジに並んでいると、カゴの中をジャムや野沢菜などの土産物でいっぱいにした母親が宣《のたま》った。

〈へーえ、ここって地元の人もふつうに買いに来るんだね〉

生返事をした夫も夫で、奇声をあげて店内を駆けずり回る子供らを放置したままスマートフォンをいじっている。所有するすべてのカードの磁気が駄目になる呪いにかかればいいのに、と思った。

「諸悪の根源は駅前のアウトレットだっておっしゃる方もけっこういますねえ」

以前、『南十字書房』の緒沢千紘から聞いた話だった。なるほど、駅からすぐのあのモールができる前の軽井沢は、今よりはるかに静かな町だったのだろう。

千紘によれば、古くから定住している某男性作家の奥方がそのようなことを口にした時、同席していた別の出版社の担当者は大きく頷き、そもそもブランド品を安く買おうだなんてさもしい限りですよ、あんな喧しいところへ行こうっていう人間の気が知れませんね、と言ったらしい。

「でも私、誰とは言いませんけどその担当者と、帰りにアウトレットでばったり会っちゃったんですよ。向こうもいろんな店の紙袋いっぱい提《さ》げてましたね。お互いに目を逸《そ》らして見なかったことにしましたけど」

ちなみに私はアウトレット大好きですけどねー、と話す千紘の口調がおかしくて大笑いしたものだ。

昨今では都会からの移住者も増え、なんと小学校の教室が足りなくなりつつあるらしい。町としては税収が増え、飲食店なども増えて便利になるのかもしれないが、静かな環境を求めて暮らしている人間にとってはありがたくも何ともない。便利さと住み心地は必ずしも比例しないのに――。

と、手の中でスマートフォンが振動した。見れば、まさに今思い浮かべていた顔、緒沢千紘からだった。

〈明日土曜日、十二時半頃に会場に到着の予定です。終了後お目にかかれるのを、桑原《くわばら》先生も楽しみにしていらっしゃいました！〉

二度読んでから、返事を書き送った。

〈了解。こちらも楽しみです〉

何を着てゆくかは決めてある。明日はサカキに頼まず、自分でアウディのハンドルを握るつもりだった。

6

「父の代から、軽井沢にはずいぶんお世話になっていますが、これからがいちばんいい季節なんじゃないでしょうか。夏もそりゃあ気持ちいいけれども、僕は冬の軽井沢がいちばん好きですね。とんでもなく寒いことは寒いんだけれども、それが清々しくて、いっそ潔《いさぎよ》く感じられてね……」

テレビでおなじみの低くソフトな声が、マイクを通して会場にしみわたってゆく。

舞台袖の音響スタッフが見つめるモニター画面では、小さすぎて客席の様子がわからない。緒沢千紘は舞台袖に用意されたパイプ椅子から立ち上がり、幕の隙間からそっと覗いてみた。

大学教授の講演会というとお堅い印象があるが、こと桑原龍彦《たつひこ》によるそれは別で、今日も会場を埋める観客の半分以上が女性や年輩者だ。

著名な歴史小説家を父に持ち、本人は現在五十代の半ば、近代日本文学の研究者だが月刊「南十字」には身辺雑記のような柔らかいエッセイを連載しているし、しばしば新聞に評論が載ったりコメンテーターとしてレギュラー番組に出演したりもする。

といってもメディアへの露出が多ければ必ず客が集まるとは限らない。桑原の場合、すらりとした長身に邪気のない面立ち、理知的な語り口はもちろんのこと、やはり生まれ持った声の魅力が何より大きいのではと千紘は思っている。

今も皆が聴き入るこのカシミアのようなソフトヴォイスの威力たるや、ほとんど兵器ではないか。去年、「南十字」誌上で若いノンフィクション作家との対談が行われた時など、関係ないはずの部署からも女性編集者たちが続々と見学に訪れて会議室の壁際が埋まるほどだった。

今回の講演は、大手チェーンの系列である町内の書店から『南十字書房』を通して依頼があり、担当の千紘が窓口になって実現したものだ。

軽井沢と作家たち、といった括《くく》りで話してもらえたらと頼まれたものの、それだけでは広がりに欠けるからと桑原が言い、演題を『作家という生きもの』と決めた。どんな内容になるかは、

「僕もわからないなあ」

とのことだった。

千紘が東京から付き添ってきたのは、マネージャーを持たない桑原を一人で行動させるわけにいかなかったからだ。主催者側の要望は得てして暴走しがちなので、本人の代わりに断る役目の人間が必要だし、それに稀《まれ》にだが距離感の微妙なファンもいる。しつこく付きまとったりふいに近寄ってきたりすればすかさず間に入って止めなければならない。

めったなことはないだろうけれども、藤崎新が別の用事で来られないのはいささか恨めしい……というようなことを、たまたま天羽カインとの打ち合わせの際にぽろりと漏らしたところ、

自分もぜひ講演を聴きたいから行く、と彼女のほうから言い出したのだった。先ほどから客席を探しているのだが、千紘の視力では後ろのほうの顔までははっきり見えない。

「昔からこの土地は、多くの文人に人気がありました」

桑原の話はゆったりと続く。

「たとえば別荘を持っていたのは有島武郎《ありしまたけお》、室生犀星《むろうさいせい》、川端康成《かわばたやすなり》……遠藤周作《えんどうしゅうさく》なども有名ですね。堀辰雄《ほりたつお》は軽井沢を舞台にした小説をいくつも残していますし、三島由紀夫《みしまゆきお》は『オシャレな小説を書きたくて』と万平《まんぺい》ホテルに泊まり、『美徳のよろめき』を書きました。

現在でもたくさんの作家が住んでいます。別荘まで含めればかなりの数にのぼるんじゃないかな。そう、いつだったかすぐそこのゴルフ場で出版社のコンペが行われるというので、前の晩から軽井沢に家か別荘のある作家や漫画家が集まって、バーベキューをやったんです。その時、『ここにいる人間だけで一号限りの雑誌でも作って出したらけっこう売れるんじゃないか』なんて冗談も飛び出しましてね。本当に作ったとしたら、きっとそれぞれの取り分で揉めただろうと思うんだけれども」

さやさやと、ざわめくような笑いが会場に広がる。

「さっき、案内して頂いて書店を覗いてみましたが、地元の作家の棚がちゃんとありました。そうして作品を愛してもらえるというのは幸せなことです。執筆環境という面でも、ここは素晴らしいところなんだと思いますね。静かな中で仕事ができるし、打ち合わせや何かでいざ東京へ出ようと思えば今や片道一時間ちょっとで行ける。自然の中での憩《いこ》いと都会の刺激とを、無理なく両方とも享受できるわけですから贅沢ですよ。

在住作家の中でおそらく皆さんもよくご存じの方といえば、たとえば藤本義仲《ふじもとよしなか》さんと小泉茉莉子《こいずみまりこ》さんのご夫妻でしょうか。藤本さんは残念ながら数年前に他界されましたが、一つ屋根の下に二人の直木賞作家が住んで、しかも長年パートナーとして睦《むつ》まじくやってらしたというのは、じつは物凄いことだと思っています。

なぜなら作家というのは、古今東西を見渡してみても……というか僕の場合いちばん身近な標本は父親だったんですが、何と言うかまあ、たいへんに業《ごう》の深い生きものでしてね。生身の自分自身の中に棲《す》んでいる化けものと、格闘の果てに折り合いをつけるだけでもしんどいのに、夫婦ともが作家ということはですよ、失礼な言い方ですが家の中にもう一人同じ種類の化けものがいるということになる。これはもう、へたをすると地獄です。藤本さんと小泉さんご夫妻の場合はほんとうに、自身をコントロールする精神力の強靭さもさることながら、お互いを必要とする想いの強さが半端なものじゃなかったのだと思いますね。僕は、お二人を心から尊敬しています。

そのほか、『犬のために引っ越してきた』とおっしゃる作家もおいでです。馳川周さんや唯原《ゆいはら》櫂《かい》さんなどがそうで、暑さが苦手な大型のワンちゃんたちが夏の間少しでも涼しく暮らせるようにと越していらした。

同じく十何年か前にこちらへ移住なさった森山優花《もりやまゆか》さんとついこのあいだ対談しましたらね、なんと、馳川周氏とは家族ぐるみでお付き合いがあるとおっしゃる。森山さんといえば恋愛小説、片や馳川さんはハードボイルドを得意とされる作家で、おまけにコワモテで通っていますでしょ。まさかそんなお二人が？　と不思議に思って確かめてみましたら、馳川さん曰《いわ》く、『間違いない』と。『森山優花はうちの運転手で専属庭師だ』と、ずいぶん偉そうに威張っておっしゃるんですよ。なんでも森山さんがお酒をほとんど嗜《たしな》まない方なので、みんなで食事に行く時は送り迎えの運転を買って出てくれるという、僕ら酒飲みにとっては女神様のようなありがたい話なんですが、それが馳川氏にかかるとあっさり、『うちの運転手』になっちゃう」

先ほどより遠慮のない笑い声が起きる。座が温まり始めたようだ。

「とはいえ、これがもしもお互いにずっと東京に住んでいたなら、まず接点など生まれなかっただろうともおっしゃってましたね。それって、軽井沢に比べて東京の人口が多いからとか、そういうことじゃないいんだろうと思うんです。書くもののジャンルなど軽々と超えたお付き合いが生まれる、そこはやはりこの土地の持つ不思議な力であり、懐《ふところ》の深さであると、そんなふうに言ってもいいんじゃないかと僕は思いますねえ」

我知らず、千紘は頷いていた。確かに、昔から様々な文人同士の交流が育まれてきた土地だけあって、ここには他のどことも違う一種独特の空気が流れている。担当作家に会うために行き来するだけの自分でもそれを感じるほどだ。

ただしもちろん例外はあって、同じ町内に住んでいても同業者とは一切関わり合おうとしない作家もいる。たとえば天羽カイン――

思いかけたとたん、当の本人が会場の後ろのほうから入ってくるのが見えた。顔など見えなくても間違えるはずがないのだった。立ち姿だけでそれとわかる。

わずかに身をかがめるようにして入ってきた彼女は、いちばん後ろの列の空いている席にそっと腰を下ろし、バッグを膝にのせると、後は微動だにしなくなった。何となく、視線が演台のほうにではなくこちらへ注がれているような気がする。

桑原の話は、現代から時を遡《さかのぼ》り、やがて自身の専門である大正・昭和の文学の話題へと移っていった。それぞれ名のある文豪たちによる、いずれ劣らぬ常識破りのエピソードに、観客はすっかり魅了されて聴き入っている。

「さて、先ほども出てきました川端康成……この人が、あの太宰治《だざいおさむ》の恨みを買い、〈刺す〉などというたいへん物騒な言葉を向けられたのをご存じでしょうか」

前の列に並んだ妙齢のご婦人方が目を瞠《みは》り、知らない知らないと首を横にふっている。

「そのお話をしようと思えば、まず、今から九十年近く前まで時を遡らなくてはなりません。ええと皆さん、芥川賞と直木賞はご存じですよね。芥川賞の名前のもとになったのが芥川龍之介であることは簡単に想像がつくと思うのですが、さて、直木賞のほうはいかがでしょう。ご存じですか」

同じご婦人方がまた、知らない知らないと首をふる。お年寄りの反応は正直だ。

「じつは、大正の終わりから昭和の初めにかけて活躍した、直木三十五という作家がいましてね。当時は非常に有名だったんです。大衆時代小説で大ヒットを飛ばしたり、彼の原作で映画になったものが五十本くらいある。三十五というのはペンネームでして、デビュー当時三十一歳だったから最初は直木三十一と名乗り、翌年は三十二、その翌年は三十三と改め、三十四は〈惨死〉に通じるというので一つ飛ばし、三十五となってそのへんで止めたわけです。友人の菊池寛《きくちかん》からいいかげんにしろと叱られたから、とも言われています。

でね、この菊池寛がなかなかたいした人だった。『父帰る』や『真珠夫人』を書いた小説家であり、ジャーナリストであり政治家でもあり、そして『文藝春秋』という出版社を興《おこ》した実業家でもあります。今どきは〈文春砲〉で有名なあの会社ですね。非常に面倒見のいい人で、出版社を興したのだって、そもそもは若手の作家たちに作品を書かせて原稿料を支払い、食っていけるようにしてやるためでした。

昭和二年、親しかった芥川龍之介が三十五歳の若さで自ら命を絶った時、菊池寛の弔辞は涙で声にならなかったといいます。そして昭和九年、直木三十五が四十三歳で病没しました。この時に、菊池は盟友たちの名を冠した二つの文学賞の設立を決意しました。将来的に『文藝春秋』という会社がなくなったとしても賞の運営が存続してゆくようにと、そこまで考えて、『日本文学振興会』という別組織を作って管理を任せてもいます。そのあたり、さすがの手腕ですね。ちなみに芥川賞は純文学、直木賞は大衆文学を対象としていて、当初はどちらも無名の新人に与えられる賞だったのですが、やがて変化して、今では直木賞のほうはすでに活躍している中堅の作家に贈られることが多くなりました。

さて、ここで先ほどの川端康成と太宰治の話に戻ります。太宰というのは、今でも非常に人気のある作家ですね。十代なんかで読むと、たいていハマる。ただし、こう言っては何ですが、日本文学史をふり返っても一、二を争うであろうダメ男です。小説は若い時分から書いていたのですが、何度も自殺未遂をくり返し、芸者さんや女給さんと心中事件を起こして女性のほうだけが死んでしまったり、腹膜炎の治療に使った麻薬性鎮痛剤の中毒になって、その注射を買うためにお金を使い果たしたり……その末に、とうとう授業料も払えなくなり、東京帝国大学を除籍になってしまいます。

菊池寛が二つの賞の設立を発表したのは、ちょうどその頃でした。二十代半ばの太宰はこの時、どうしても芥川賞が欲しいと思ったわけです。現実的に五百円という高額の賞金が欲しかったというのももちろんあるでしょうが、じつは彼は以前から芥川龍之介その人に心酔していたんですね。中学生の頃、ノートに芥川龍之介、芥川龍之介、芥川龍之介とびっしり書いて、似顔絵まで添えていたというから筋金入りです。それだけに、とにかくもう何が何でもこの賞が欲しかった。尊敬する芥川の名を継承するのはこの自分だ、俺の作品こそ芥川賞にふさわしい、と自ら信じていました。

しかし第一回の選考会において、太宰の作品はあっけなく落選してしまいます。選考委員の一人、川端康成が書いた選評にはこうありました。『作者目下《もっか》の生活に厭《いや》な雲ありて、才能の素直に発せざる憾《うら》みあった』——少々わかりにくいですが要するに、作者自身の現在の生活があまりにも乱れているゆえに、文学を志す上での才能がまっすぐ発揮されていなかったように思う、と、そんなような意味でしょう。これを読んだ太宰はちょっと短絡的に、私生活でいろいろ問題を起こしているからそれを理由に受賞を阻《はば》まれた、と思いこんで、ものすごく腹を立てましてね。作者の生活は関係ない、作品は単体として評価されるべきだと訴えて、川端康成を名指しした文章を文芸誌に発表しました。それが、先ほどちょっとご紹介した、『刺す。そうも思った。大悪党だと思った』という文章です。なんともはや、激しいと言ったらない。

けれどもそこまで書いておきながら、太宰は第二回、第三回の選考の際にはてのひらを返したように、川端に対しても、そして同じく選考委員だった佐藤春夫《さとうはるお》にも懇願の手紙を書いているんですね。『何卒《なにとぞ》私に与えて下さい。一点の駆引ございませぬ』『第二回の芥川賞は、私に下さいまするよう、伏して懇願申しあげます』『私を忘れないで下さい。私を見殺しにしないで下さい』

……。とくに佐藤春夫に宛てた手紙は四メートルもの長さに及ぶそれはそれはしつっこいもので、何というかもう、それこそ喉から手が出るほどの想い、おそろしく強烈な承認欲求の発露でありました」

途中のどこかから、千紘は息がうまく吸えなくなっていた。幕の陰から観客席の最後列へ目を向けることすら怖ろしい。

桑原に、もちろん他意はない。世間的に知名度の高い文学賞の話題ならと考えてのことでしかなく、実際に観客はみな興味津々で聴き入っている。

が、もしもあらかじめ太宰の一件がこうした文脈で持ち出されるとわかっていたら——天羽カインが聴きに来ると言いだした時点で、どんな手を使っても止めていた。それ以前に、桑原の担当が自分であることも、講演に同行することも、決して漏らしたりしなかっただろうに。

「結論から言いますと、太宰が芥川賞を獲ることはありませんでした。第三回から後、〈過去に候補になった作家は以降の候補にしない〉という決まりができたので、彼の夢はそこで潰《つい》えてしまったわけです。今ではその決まりは取り払われて、芥川賞、直木賞ともに何度も候補に挙がる人はいます。とくに直木賞のほうは新人賞という性格のものではありませんから、本人さえ了承すれば何度だってオーケーです。

ただ、中にはですね、もう二度と候補にしないでほしいと言う作家もいる。賞レースなんかにふりまわされず執筆に専念したいという理由であったり、自分の作品の価値は選考委員にはどうせ理解されないと言って距離を置いたりですね。無理もありません。いちいち酷評されて落とされれば、太宰じゃなくたって傷つきますよ。

その一方で、候補十回目にしてついに受賞した作家もいらっしゃるんです。皆さんの中には、九回も落ちたと聞いたら不名誉なことのように感じる人もいるかもしれませんが、僕は、違うと思う。それだけ何度も候補に挙がるということはつまり、長年にわたって素晴らしい水準の作品を書き続けてきたということですから、不名誉どころか非常に名誉なこと、偉業と言っていいんじゃないでしょうか」

桑原は口をつぐみ、少しの間を置いてから再び話しだした。

「思うのですが……賞というのは、いろんな意味で怖ろしいものです。これは昔も今も同じで、ともすれば人ひとりの人生を変えてしまう。僕自身、ある文学賞の選考委員をしています。毎年の候補作品が手元に届くたび、その一つひとつと刺し違えるくらいの覚悟で読みます。うっかり内容の読み違いや読み落としなんかがあっては大ごとですから。

ただ……どう言えばいいのかな。誤解を怖れずに言いますと、賞の行方《ゆくえ》にはこう、どうしても、タイミングや巡り合わせみたいなものが作用してくるんですね。この作家だったらもっと優れたものが書けるはずだと思えばこそ今回の作品は見送った、しかし次も、また次も今ひとつで、前のあの作品のほうが良かったね、なんて意見が出る。だったらあの時に賞をあげていればよかったんだけれども、選考委員も神様じゃないから、先のことまでは見通せない。いま目の前にある作品を全力で読んで全力で判断する、それしかできないわけです。

その作家にとっての傑作が、たまたま生まれるタイミング……またその一冊が、たまたま他のどんな作家の作品と並んで候補になるかという巡り合わせなんかも含めて、あるところから先はもう、その人の持って生まれた星のようなものなんじゃないか――とまあ、そういう残酷な側面は正直、あるように思います。身も蓋《ふた》もない言葉で言い換えれば、運、ということになってしまうんでしょうか。そうした不確かなものまでも一切合切を合わせて、僕らはそれを〈才能〉という名前で呼んでいるんじゃないかと……」


講演会は、午後三時過ぎに終了した。

続けて地元書店の仕切りで著作へのサイン会が行われ、緒沢千紘はいつものように著者の左隣に立ち、サイン済みの本を受け取っては間紙《あいし》を挟んだ上で、並んでくれた一人ひとりに手渡していった。

途中まで観客席の後方に座ったままだった天羽カインは、列の残りが五名ほどになったところで立ち上がり、いちばん後ろに並んだ。澄んだブルーのセーターにオフホワイトのスカート、Vネックの胸もとには控えめな一粒ダイヤが光っている。

千紘は、あえて何も考えていない感じの笑顔で目を合わせた。桑原の語る言葉に彼女がどういった感想を抱いたか、いくら考えたところで正確にはわからないし、わかったとしても何か言えるわけではない。担当の自分にできることは、この先もただひとつにきまっている。

目の前に立った彼女が、購入した本を差し出しながら言った。

「初めまして、桑原先生。わたくし天羽カインと申します」

「ああ、あなたが」

千紘から聞かされていた桑原が破顔する。

「本日はありがとうございました。素晴らしいお話でした」

「いやいや、お恥ずかしい。本職の小説家の前で偉そうなことを並べてしまって」

「そんなことありません」

為書きを入れる桑原の手元を見おろしながらカインは続けた。

「ほんとうに目をひらかれる思いでした。結局のところ私たち作家は、独りきりで自分と闘うしかないんですよね。それも勝ち負けのない闘いを」

うん、うん、と頷きながらサインを入れ終えた桑原が、再び顔を上げた。

「天羽さん」

「はい」

「お目にかかれてよかった。あなたの小説には、何か非常に強い引力があると僕は思う。次にまた候補に挙がってくるのを楽しみにしていますよ」

どきりとして、千紘は桑原のつむじを見おろした。

――また、候補に。

手の止まった千紘の代わりに、桑原が自ら間紙を挟んで差し出す。受け取ると、天羽カインはことさら嬉しそうににっこりした。

「ありがとうございます。改めて、ゆっくりお話を聞かせて頂ける機会がありますように」

「うん。またお会いしましょう」

お辞儀をして踵を返したカインの背中をしばし見送ってから、桑原が立ち上がる。

「さてと。僕らも帰りましょうか」

片付けは書店のスタッフに任せ、千紘は桑原と連れ立って会場を後にした。広い駐車場に、すでに迎えのタクシーが停まっていた。

桑原はこのまま来週まで千ヶ滝《せんたき》に滞在するという。千紘も以前カメラマンとともにインタビュー取材に訪れたことがあるが、もともとはイギリス人が建て、そのあとを桑原の父が引き継いだという別荘は、いずれ町の文化財になってもおかしくない瀟洒な佇まいの建物だった。昨日今日新参の別荘族とはわけが違うと感じ、ほんとうの家柄の良さといったようなことをその時初めて考えたものだ。

タクシーに深々とお辞儀をして見送り、目をあげると、雄大な浅間《あさま》の山麓が薔薇色の夕映えに染まっていた。風はもうずいぶん冷たい。陽が傾くとさすがに冷える。

肩にかけたトートバッグを揺すり上げ、千紘は見覚えのある白いアウディめがけて歩きだした。運転席に天羽カインが座っているのを見て、ちょっとびっくりする。ふだん軽井沢での打ち合わせは自宅ではなく必ず地元ホテルのラウンジを使うのだが、いつも送り迎えしている初老の運転手は、今日は不在らしい。

助手席のドアを開けた千紘に、

「お疲れさまー」

機嫌の良い声がかかる。愛用のコロンが甘く香った。

「お待たせしてすみませんでした」

「たいして待ってないよ。っていうか、ちょっとぼんやりしちゃってた。今日のこと、教えてくれてありがとう」

「……講演、良かったですよね」

「うん、来て正解だった。つくづく有意義だった」

皮肉な響きがないことに安堵する。

「大学の先生って話すの上手ね」

「ですね。桑原先生は中でも特別ですけど」

ボタンひとつでエンジンをかけると、天羽カインは両手でハンドルを握り、さて、と独りごちた。

「ねえ、千紘ちゃん」

フロントガラス越し、浅間山を仰ぎ見ながら言う。

「あなた今日、急いで帰らなくちゃいけない？」

「そんなことないですよ。お茶じゃなくて、どこかでお食事にしましょうか」

「それもいいけど、明日って日曜日でしょ。何か用事ある？　会社に出ないといけないとか」

「いいえ、特には何も」

「じゃあさ、うち泊まってっちゃいなさいよ」

えっ、と思わず声が裏返った。

「天羽さんのお宅に、ですか？」

「駄目？　いや？」

「いえそんな」

いやとか駄目とかではない。驚きと戸惑いのほうが先に立つ。

「なんかね、喋りたいことといっぱいあって。帰りの時間とか気にしてたら落ち着いて話もできないから」

東京行きの新幹線の最終は夜十時過ぎだ。まだ日も暮れていないのに、いったいどれだけ「いっぱい」話そうというのだろう。

「でも……いいんでしょうか」

「いいから言ってるんじゃないの」

了承と受け取ったカインがぱっと笑う。

「よし、決まり。そうとなったら、何かワインに合うものでも買って帰ろう。食べたいものない？　何でも作ったげるよ」

天羽カインの家に泊まる――じわじわと現実味が増してくる。この仕事に就いて五年半、担当作家の自宅に泊めてもらうなど初めてだが、男性の家に泊まるわけではないのだし、いろいろ考えてみても特段まずいことはなさそうだ。

「ありがとうございます。じゃあ、お言葉に甘えます」

「やった」

ほころぶ顔を見て、子どものような人だと可笑しくなった。

「すみませんけど、途中でちょっとだけコンビニ寄ってもらっていいですか」

「コンビニ？　何買うの」

「歯ブラシと下着を」

「それって会社の経費で落ちるかな」

「たぶん無理ですね」

「だったら、それこそアウトレットでも行っちゃう？　輸入物のランジェリーのお店があるの。好きなの買ったげるよ」

「誰に見せるんですかそんなの！」

言いながら、千紘もとうとう噴きだしてしまった。

「いいです。コンビニのパンツで充分ですってば」

肚《はら》を括ってしまうとなんだかわくわくしてきた。相手が天羽カインだけに緊張しないと言えば嘘になるが、これまでより深い話ができそうなのは嬉しい。望んでもらえていると思えばなおさらだ。

じゃ行くよ、とカインが車を出す。大きいほうのスーパーは歩き回るだけで疲れるからと、駅の近くでちょっとした洋風の惣菜やチーズなどを見繕い、軽いスパークリングワインも買った。

バイパスから逸れてしばらく行くと、右手に湖が見えてきた。けっこうな大きさだ。湖畔をぐるりと回るようにして林に入り、やがて家に着く。暮れなずむ空の下、白い外壁が浮かびあがって見え、庭の奥に建つ離れにも小さく明かりが点っている。例の運転手の住まいだろうか。

「食事の前にお風呂入っちゃいなさいよ。そのほうが飲んだあと楽だから」

ふかふかのタオルとパジャマを手渡され、髪まで洗って出てくると、窓の外はもうすっかり闇に包まれていた。ボタニカル模様の重厚なカーテンを引いたカインが入れかわりに浴室へ向かう。

互いにすっぴんの顔をてかてか光らせて食卓に向かい合い、今夜最初のグラスを重ね合わせる頃には、千紘の中にあったぎこちなさはずいぶん薄まっていた。買ってきたチーズやドライフルーツや生ハムはもちろん、カインがキッチンにさっと立っては作ってくれる酒の肴《さかな》がまた美味しくてついついワインが進む。

メインのパスタを茹《ゆ》でている背中へ私も何か手伝いますと言うのに、「いいから座ってて」と笑われた。「二人ぶんくらい、すぐだから」

「ああ、あの時なんか――」

危うく言いかけたとたん、喉が狭まって噎《む》せそうになった。幸いカインの耳には届かなかったようだ。

そう、あれは去年の夏だった。二度目の直木賞候補になった天羽カインは、世《せ》田《た》谷《がや》の閑静な住宅街にある平屋の庭付きレストランを貸切にして、候補作の担当者ばかりか付き合いのある各社の担当編集者たち十名ばかりを集め、一緒に結果の連絡を待った。

そうしたいわゆる「待ち会」そのものはめずらしいことではない。規模は様々だがたいていの候補作家が担当者たちと結果を待つ。

しかし天羽カインの場合、ただ漫然と待つのではなかった。選考会そのものは夕方五時からなのに、

〈こんなのはお祭りなんだから、愉しんだ者勝ちよ〉

昼の日中から皆を集め、庭の隅の石焼き窯《がま》で自ら火を熾《おこ》して、全員に手製のピザをふるまったばかりかパスタまで人数ぶん作ってのけたのだ。

料理は美味しかった……はずだが、あまり記憶にない。ノンアルコールでなくたとえ普通のビールだったとしても、とうてい酔えなかったと思う。

四時が過ぎ、五時が過ぎ、六時が過ぎ、無理に明るい話題をひねり出して場を盛り上げるのに

全員が疲れ果てた頃、本人の携帯が鳴った。受け答えの表情を見れば結果は明らかだった。

やけ酒だ、飲もう！　ということになればまだよかった。

そうはならなかった。始まったのは〈犯人捜し〉だった。

今回の候補作品なら絶対に受賞間違いなしですよと言った編集者は誰と誰だったか。作品に落ち度があるとしたらいったい何がどういけなかったのか。作品以外に原因があるとすれば何なのか。選考委員の中で反対したのは誰なのか。

——青白い顔を憤怒《ふんぬ》に歪《ゆが》めた天羽カインは担当の一人ひとりに考えを述べよと詰め寄り、誰の言葉も納得できないと言っては荒れ、とうとう耐えきれなくなってか、選考会の司会を務めた文春の「オール讀物」編集長を呼びつけて説明させたらと言い出す編集者まで現れるほどだったが、当然ながら編集長は来られなかった。当時はまだ副編集長だった石田三成が連絡したものの、受賞者による記者会見のアテンドに忙しくてそれどころではなかったのだ。それがますます火に油を注いだ。

あの晩のいたたまれなさが甦《よみがえ》る。同席していた藤崎新ともども身の置き所がなかった。自社から出た作品が候補になったのでなくて本当によかったと思い、いつかそうなった暁《あかつき》にはまたこれと同じことが繰り返されるのかと想像するだけで怖ろしく、どうか二度と候補になりませんようにとさえ願ってしまった。けれど、

「はい、どうぞー」

目の前に海老とカリフラワーのペペロンチーノが供される。焦がしたニンニクの匂いが胃袋を刺激する。

「これ、食べても全然太らないから」

「え」

「海老もカリフラワーも淡泊でしょ。だから大丈夫」

「初めて聞きました」

「白っぽいものってカロリー少なそうじゃない」

「脂身やお砂糖はどうなんですか」

けれど——今こうして互いに無防備なパジャマ姿で向かい合っていると、千紘の身の裡《うち》にはまた別の感慨が満ちてくるのだ。

あのとき天羽カインを支配していた強烈な怒りは、我が子を傷つけられた母親のそれと同じではなかったか。思えば前回の書店サイン会の後もそうだった。『南十字書房』の役員まで呼びつけて彼女が確かめたかったのは、要するに子どもへの愛情だ。天羽カインの産み育てた作品を著者自身と同じくらいに大事に想ってくれているかどうか、その忠誠を目に見える形で示してみせてくれと迫っただけだ。

〈私、何か間違ったこと言ってます？〉

いいや、何も間違ってなんかいない。〈母親〉なら当然だ。

フォークに巻きつけた熱々のパスタを口に運ぶ。塩加減もぴたりときまっている。

「……天羽さん」

「どう、いける？」

「はい。すごく美味しいです」

なぜだか鼻の奥がじんと痺れる。

「天羽さん」

「うん？」

「私……天羽さんの作り出すものが好きです」

「え、何、料理の話？　じゃなくて？」

「誰が何て言ったって、天羽カインの小説は最高なんです。誰にも負けない。勝ち負けじゃないって言うけど、どんな作家にもないものがちゃんとあるんです。私は知ってます。っていうか信じてます。いつか世界が天羽カインの足もとにひれ伏す時が来ます。それまで、何があっても私は絶対に味方ですから」

「……千紘ちゃん、かなり酔ってる？」

「そうかもしれません。けど、嘘じゃありません」

「わかったわかった」

「ほんとに嘘なんかじゃ……」

カインが、テーブルの向かいでふっと笑った。

「嘘だなんて思ってないよ。私だって、自分の作品のこと信じてるもの」

「天羽さ……」

「わかったから、ほら食べて。冷めちゃうよ」

フォークの先でカリフラワーを突き刺し、口に入れる。海老も刺そうとしたが何度か逃げられた。続いてパスタを頬張った千紘に、

「ありがとね」

ぽつりとカインが言った。

「頼りにしてる。他の誰より」

泣きそうになるのを必死に堪《こら》えた。賞に恵まれない作家を憐《あわ》れむ涙だなどとは思われたくなかった。

太宰の書き送った懇願の手紙を、心底笑い飛ばせる作家がどれだけいるだろうか。誰だって賞賛が欲しい。認められたいし、自信を持ちたいし、自分で自分を誇らしく思いたいはずだ。

「ねえ、千紘ちゃん」

「はい」

ますます酔いが回ってきたのか、頭がふわふわする。

「味方だって言ったよね」

「もちろんです」

「じつは、ちょっと相談に乗って欲しいことがあるの」

千紘はフォークを置いた。ちょうど食べ終わったところだった。

「もしね。もしあなたが作家の誰かに初校ゲラを送って、それがまったくの白紙で戻されてきたらどうする？」

「白紙？」

「校閲のエンピツへの判断も朱字《あかじ》も何もない、自分が添え状をつけて送ったまんまの状態で返されてきたら。おまけにどれだけ探しても、作家側からは一筆箋さえ添えられてなかったとしたら」

　想像してみる。うなじの産毛《うぶげ》がぞわりと逆立つ。

「……たぶん、おしっこちびりますね」

　怖くてほんの少しだけ大袈裟に言ったのだが、カインは笑わなかった。

「そうだよね。それくらい大変なことだと思うよね。少なくとも、何かしらまずかったんだって気づくよね」

「あたりまえじゃないですか」

「よかった」

「え」

「私がおかしいのかと思った」

　ふう、と息をつく。

「今日ね、私、講演会に遅刻しちゃったのね。ちゃんと間に合うように出かけたのに、着いたとたん電話がかかってきてさ。昨日送り返したゲラが午前中に届きましたっていう担当者からの連絡だったんだけど、それが――」

　言葉を切ったカインがこちらをじっと見る。

「え、まさか」

「そう。『天羽さん、そっちに直したゲラ残ってませんか～。なんかまっさらのが間違えて戻って来ちゃったみたいなんですけど～』って」

「……どこの誰ですか、その阿呆は」

「それを訊く？」

「差し支えなければ」

「『文広堂』の竹田くん」

げんなりした。あの軽薄な、口だけで世間を渡るお調子者。かつてアウトレットモールでばったり出くわした時、当の作家の奥方に告げ口してやればよかった。

「でね、私、すごく腹が立って」

「そりゃそうですよ」

「自分の大事な子どもをこんな人に任せられないと思って」

「当然です」

「これっきり、原稿を引き上げることにしたの」

「当然……。えっ」

「連載してたのは『文広堂』の雑誌だけど、単行本はあそこでは出さない。もう二度とあの会社とは仕事しない。竹田くんにはっきりそう言った。意味わかんないみたいなこと言うから、それはこっちのセリフでしょ、って」

そんなわけで、と言ったカインの強く光る目が、千紘を見据える。

「あの小説、かわりにあなたのところで出したいの。あんなくだらないゲラとは別に、私の手元ではもう完璧に仕上がってる。だから、あなたに任せていいよね」

7

日曜日、石田三成は区営グラウンドの観客席にいた。息子の所属しているサッカーチームの公式戦が行われ、妻や娘ともども応援に駆けつけたのだった。

小学生とはいえ今どきの子供たちは発育がよく、小柄な息子が当たり負けして転ばされるたびにやきもきしたが、秋晴れの空の下、本人や家族の愉しそうな顔を見るのは喜ばしいことだ。終了後はせっかくだからと奮発し、本格的な中華料理店に寄った。

メニューを広げるなり、息子が「たっか！」と目を剝く。

「好きなもの頼みなさい。とりあえず前菜の盛り合わせかな」

「いいよ僕、すぐラーメンで。もったいないもん」

「そういうこと気にしなくていいの」と妻が宥《なだ》める。「ほら、何がいい？　エビチリ？」

「じゃあ、肉とピーマンの細いやつ。なんだっけ」

「青椒肉絲《チンジャオロース》？」

「それ」

「あたし酢豚がいい。パイナップル入ってるかな」

たちまちにぎやかになった円卓へ店員を呼ぼうと片手を挙げた拍子に、脳裏を青白い顔がよぎった。

先週の晩、ホテルのラウンジで天羽カインと飲んだコーヒー。人には決して漏らさないと約束した会話……。ここにある家族の団欒《だんらん》とはあまりに異質で、何かこう、自分の体が二重にブレたような心地がする。

とはいえそれは今に始まったことでもないのだった。

日々書き手から寄せられる夥《おびただ》しい枚数の原稿、それもミステリーにSFにファンタジー、恋愛小説や青春小説や時代小説などなどあらゆるジャンルの作品を読み、それぞれの作者とやり取りし、この虚構の世界をいかに堅牢《けんろう》なものへと構築してゆくかというただそれだけに心を砕いていると、ふっと我に返った瞬間、現世へうまく戻ってこられないことがある。現実が強度を失い、目の前にいる妻も娘も息子もすべてが揺らめき遠のいて、むしろ今の今まで頭の中を占めていた作りごとの世界のほうが確かなもののように感じられてぼんやりしてしまう。

「早く帰りたいんでしょう」

隣に座る妻に小声で詰《なじ》られ、石田は苦笑いした。

「そんなことないよ」

直木賞予備選考の班会議を翌日に控え、まだ目を通していない単行本を二冊、持ち帰っていた。急いで帰って続きを読まねばという焦りが顔に出ていたかもしれない。この時間からだと徹夜になるだろうが、それでも役目である以上、集中して、一言一句、真剣に読む。

直木賞の発表は年に二度。上期は十二月から五月までに発表された単行本が選考対象となり、候補作は通常六月半ばに発表され、七月に選考会、翌八月に贈呈式が行われる。いっぽう下期は六月から十一月までに出た作品が対象とされ、選考会は翌年一月だ。

いま石田が読み進めているのはつまり、六月以降に書店に並んだ作品ばかりだった。ここから十二月の候補作発表に向けて五、六作品にまで絞り込んでゆかなくてはならない。

天羽カインにはあの時の話の流れから少し説明したが、そもそも直木賞の選考というものがこうした下読み段階から始まってどのように進行してゆくか、現役の作家たちはほとんど知らないのではあるまいか。いや、おそらく同業他社の編集者たちでさえ詳しくは把握していないかもしれない。

この八月の贈呈式が終わり、新しい帯にかけ替えられた受賞作品が書店の平台を埋めていた頃、早くも賞を管理する『日本文学振興会』から石田三成のもとに連絡があった。次回の直木三十五賞の予備選考委員を委嘱《いしょく》します、というものだった。

同じように委嘱を受けた者が、今回は「オール讀物」から四名、出版部十名、文庫部六名。そこに振興会から二名が加わった合計二十三名で予備選考を進めてゆくことになったわけだ。

まずは四〜五名ずつ五組の班に分かれ、それぞれが三冊の作品を読み、月の前半に開かれる班会議で議論して、月末の全体会議に残す作品を決める。良い作品があれば二冊残すこともあるし、一冊も残さないこともあるが、いずれにせよ各委員はすべての作品に○△×をつけ、○は1点、△は0・5点、×は0点と計算する。得点の低かった作品から順に議論してゆくのは本番の選考会と同じだ。

月末にはそれらの結果を持ち寄った全体会議が開かれ、この時は二十三名の委員が一堂に会する。公平を期するため、司会を務めるのは委嘱された委員とは別の、日本文学振興会の事務局長だ。最初から全員による投票はせず、五つの班からあがってきた数作品について、一作ごとに一人ひとりの意見を聞いてゆく。委員はまず自らの評価を○△×で述べた上で、なぜその評価だったかという理由と、この先の段階まで残すべきかどうかの考えを述べる。

この時、「右に残す」という言い方をする。手元の作品リストの中から後の最終候補作の候補として残していきたいものが書類右側の欄に加わってゆくためで、要するに見たままなのだが、たとえば「今の時点ではひとつの基準として右に残しましょう」とか、「ぜひ候補作にしたい出来だと思うので積極的に右に残したいです」、あるいは、「この作品はもうここまででいいと思います」などというふうに述べる。最終的に絞りこむ時点で数が足りなくなるのは避けたいから、どちらか判断に迷うものはとりあえず右に残してゆく。

この班会議と全体会議とを、上期、下期、どちらも三回繰り返すと、だいたい十五作品くらいは「右に残る」ことになる。そうして翌月、十二月と六月のあたまに最終会議を開き、そこで全委員が投票し、直木賞候補作を決定して公表するというわけだ。

天羽カインにそこまで詳しく説明する気はなかったが、伝えた言葉に嘘はなかった。編集長であれ局長であれ今年入ったばかりの新人であれ、一票は一票、○△×の持ち点は同じ。それも、どの作品をどう評価したかはもれなく記録される。一切のごまかしはあり得ないのだ。


結局のところ、週明けに行われた三度目の班会議において石田三成が○を付けたのは、三作のうち一作きりだった。残りは△と×。○があるだけましで、月によっては三冊のうちすべてに×をつける時もある。

同じ班の他の三名はどう読んだだろうと思えば、二人までが石田の×を付けた作品に△を、もう一人は○を付けていた。読み方は人それぞれだ。

だが、〇なら〇でその理由をきっちり説明し、こちらを納得させてもらわなくてはならない。逆もまた然りで、誰かが〇を付けた作品を×と評価した限りは、どこがどういう理由で駄目なのかを説いて聞かせなくてはいけない。

四名が頭を付き合わせての議論の果てに、今回は二作品を残すことになった。どちらか一作はおそらく全体会議で振り落とされるだろう。

「思うんだけど、この人さ、なんでいつも△しかつかないのかねえ」

出版部の宮崎《みやざき》という男が、残すと決めた一冊の表紙をとんとんと指で叩きながら言った。

「すごく読まれてはいるわけじゃん」

「あんまり直木賞向きじゃないってことなんスかね」

と、これは文庫部の新人だ。

「うーん……しかし今の時代こういうのが広く受け容れられるってことをさ、選考委員の側も理解してかなきゃいけないんじゃないのかな」

「でも、広く受け容れられることと、文学的かどうかは別でしょう?」

と、「オール讀物」の女性編集者が言う。

「まあ、そりゃねえ」と宮崎。「この人ももっとこう、毒を出していけばいいのにさ」

「毒を出せばブンガクテキってことでもなくない?」

「作風と合わないいんじゃないスか」

「作風」

「そうね。固定ファンの好みみたいなのもあるしね」

「でも僕は好きですよ、この人の書くもの」

「どういうとこが」

「なんか、自分のことがそのまんま書いてある感じがするんです。読んでる間、すっごい感情移入しちゃうし。そういう小説って探してみるとなかなかないから」

「ふうん。俺には、遠い青春って感じだったな。まあ懐かしくはあったけどさ」

宮崎の手の下にある一冊を見やりながら、石田は黙っていた。

天羽カインの『楽園のほとり』——今回◯を付けたのは決して忖度《そんたく》などではない。いい小説だ。三冊の中では群を抜いて良かった。ここにいる四人ともが、そう、宮崎でさえも高く評価した。次の全体会議でもきっと右に残るだろう。しかし、それら暫定《ざんてい》的に選ばれた作品すべてを委員全員がもう一度読んだ時、最終会議において候補作に選ばれるかどうかは判断がつかない。

石田が別の作家との打ち合わせを控えていたので、班会議はまもなく解散となった。

ひとまずほっとしたというのが正直なところだった。こちらが何も特別なことをしなくとも、現時点で天羽カインは生き残ったわけだ。正々堂々と、作品の力で。

候補にねじ込んで欲しい、と当人から頼まれた時は、さすがに顔色が変わったと思うし気も塞いだが、あれはそもそもそのようなことが可能であると彼女が思いこんでいたからであって、無理のないことだったかもしれない。芥川賞・直木賞ともに、世間では文春から出たものが有利と思われている。

実際は、むしろ逆と言ってもよかった。文藝春秋の作品が最後まで複数残っていたとしたなら、そこで否応なくふるいにかけられ絞り込まれることになる。自社本については、どれほど優れた作品が集まったとしても、最大二作までしか候補に入れないという暗黙のルールがあるからだ。有利どころかかえって割を食う場合もある。

『南十字書房』から出た天羽カインのもう一作品『月のなまえ』は、今ごろ別の班が受け持って読んでいるはずだが、はたしてどこまで残るだろうか。むろん、最終的な候補作に同じ作家の作品が二作以上残ることもあり得ない。

(感情移入、か)

若い編集者の感覚は同じ年代の読者と重なるものであろうから、むやみに否定するつもりはない。我がことのように登場人物に感情移入できる小説は、読書の入口としてはうってつけで、ベストセラーになりうる力を持つ。

しかし一方で、境遇や年齢が似てさえいれば、誰だって主人公に共感はする。むしろ自分とはまったくかけ離れた人物の、すぐには理解できないような人生に激しく心揺さぶられる経験をもたらす小説こそ、真に普遍性を持つと言えるのではないか。

そして——と、石田は思った。感情移入しやすい小説は、必ずしも文学賞に向いていないのだ。

8

「ほんとに私で……弊社で、いいんですか」

あの晩、千紘は声を震わせた。こちらの貸してやったパジャマ姿で、目もとはワインに赤らんでいたが、酔いそのものは一気に醒めた様子だった。

「こっちが頼んでるんじゃないの」

佳代子は空いた皿をキッチンへ下げ、かわりにチーズを何種類か皿に並べてダイニングへ戻った。

「でも、竹田さんはそれで納得してくれるんでしょうか」

「納得、ねえ……ま、しないでしょうね」

〈なんかまっさらのが間違えて戻って来ちゃったみたいなんですけど〜〉

そう宣った竹田には、何も間違えてなどいない、と伝えた。そっちこそ心当たりはないのかと訊くと、え、何かありましたっけ、と輪をかけて間抜けな答えが返ってきた。

〈もういい。この件は白紙に戻させてもらうから〉

〈いえあの、だから白紙のが届いちゃったんですってば〉

お話にならないとはこのことだった。

「向こうが納得するしないはどうだっていいの」佳代子は言った。「書いたのは私なんだから、私が決める」

すると千紘は、色素の薄いきれいな瞳でひたとこちらを見つめてきた。

「……それってつまり、我が子を預ける先は、っていうことですよね」

「そう、それよ」

さすがは話が早い。

「で、どうなの。引き受けてくれるの、くれないの？　もしかして、『文広堂』と事を構えるみたいなことになったらお宅が困る？」

「いえ……会社同士がどうとかは、たぶんないと思います。作品は著者のものですし」

「だよね。そう言ってくれると思ってた」

「ただ、とにかく一旦、社に持ち帰らせて下さい。私の勝手な判断で迂闊《うかつ》なことは申し上げられないので」

緊張と興奮にこわばった彼女の顔を見ていたら可哀想になり、あえて微笑みかけてやった。

「そうだね。――わかった、まずは佐藤編集長に相談してみて。でも大丈夫、上はみんな大喜びするにきまってるし、千紘ちゃんの大手柄ってことになるよ」

「え、どうして」

「きまってるじゃない。だってあなた、天羽カインの原稿を引っさらってくるんだよ。それももうすっかり仕上がって、あとはただ印刷して出すばかりの五百枚を。これがお手柄以外の何なのよ」

「だって私は何もしてませんし」

「そりゃこの件に関してはね。でも、言ったでしょ、誰より頼りにしてるって。そうでなかったら、わざわざあなたにこんな無茶なお願いしないよ」

言いながら、無茶な願いだとはカケラも思っていなかった。

もし万が一『南十字書房』が断ってきたなら『文藝春秋』の石田三成のところへ持ち込むまでだ。逆に彼ならば、どうして最初から自分に任せてくれなかったのかと憤慨するかもしれない。

その顔を思い浮かべると気分が良かった。

〈どうして〉も何も、わかりきったことだ。作家・天羽カインのためにその身を差し出し、どれほどの犠牲を払ってくれるか、天羽カインの生み出す作品をどれだけ掛け値なしに愛してくれるか——すべてはそこにかかっている。お気持ちや意欲の問題ではない。態度と行動に表してくれなければ意味がない。当たり前ではないか。

そうして翌日、佳代子の刷り出した原稿を抱えて帰京した千紘は、週が明けるなり上司たちにその件を相談し、午後いちばんに電話をかけてよこした。

（いつも通り、私と藤崎で担当させて頂けることになりました。全力を尽くしますのでよろしくお願いいします）

「それがね、千紘ちゃん」

佳代子は切りだした。こちらの物言いだけで何かを察したのか、「はい」と答える彼女の声が張りつめる。

「今朝一で、竹田くんから連絡があったの。『文広堂』のお歴々が、雁首《がんくび》揃えて謝りに来るんだって」

しばしの無言の間があった。

「来なくていいって言ったのよ」佳代子は言葉を継いだ。「それでも、どうしてもって言い張るんだもの、しょうがないじゃない。軽井沢まで押しかけて来られるのは鬱陶《うっとう》しいから、あさって私が東京へ行くついでに会うってとこまでは譲歩してあげたけど」

（……そうですか）

再びの間の後、千紘の声は一段低くなっていた。

（それで、天羽さんとしてはどうお考えなんでしょうか）

「どういうこと？」

（つまりその……場合によっては、やはり『文広堂』さんで出版する可能性もあります、か、よね？）

語尾を迷う感じに、心境がそのまま表れている。

「だったらどうだっていうの」

（もしそうでしたら、うちとしてはもちろん天羽さんのご判断を尊重しますし）

「やっぱり会社同士ギスギスするのは嫌？」

（そうじゃありません。ただ、同業者として、『文広堂』さんが今どれだけ慌ててらっしゃるかはよくわかるので）

あくまで控えめな千紘の言葉に、かえって苛立ちが募る。

「あのねえ。あんまり見損なわないでよね。あなたの目にはこの私が、頭に血がのぼったくらいでこんな大事なこと決めるような人間に映ってるわけ？」

（いえ、そんな……。すみません、決してそういう意味ではないんです）

「原稿を引き上げるだけならともかく『南十字』まで巻き込んで騒ぎを大きくしといて、それなのに先方がちょっと下手に出たくらいで折れるとでも思ってるの？　そんなてのひら返し、馬鹿みたいじゃないの。自分から言い出したことなんだから、今さらそう簡単に引っこめやしないわよ」

三たびの間があった。

（つまり、条件次第では、ということですか）

「は？」

（今、『そう簡単に』とおっしゃったので）

カッとなって言い返そうとする寸前で、佳代子はめずらしく言葉を呑んだ。

面白い。緒沢千紘のこういう冷静さと、一筋縄ではいかない豪胆さこそが、自分はきっと好きなのだ。

「千紘ちゃん」

（ごめんなさい、失礼な物言いを……）

「それはいい。それより、またお願いをして悪いんだけど」

（……え？）

「『文広堂』との話し合い——あなた、私の隣に座っててよ」


帝国ホテルのラウンジだった。あらかじめ聞いていた通り、先方は専務と編集長と竹田がそろってやってきた。

謝罪は一応受け容れるけれども、御社への不信感が拭い去れない以上、やはり大事な作品を任せることはできない。担当を替えればいいのだろうなどと、問題を矮小化《わいしょうか》してもらっては困る。次にご縁があるかどうかも現時点ではお答えのしようがない。新人編集者ならばまだしもベテランがこのようなありさまで許される御社の体質が変わらない限り、二度と一緒に仕事をする気にはなれない。

たったそれだけのことを彼らに納得させるのに、予想より時間がかかった。席に着いたのが午後四時、十五分もあれば済むと思っていたのだが、話を切り上げてようやく立ちあがる頃には外がすっかり暗くなっていた。

「お疲れ」

赤い絨毯を踏んでエントランスへ向かいながらねぎらうと、千紘は言うに言えない面持ちで、お疲れさまです、と返してきた。

「どこかでごはん食べる時間ある？」

「はい。今日はもう、社に戻らなくていいようにしてきましたから。天羽さん、何がいいですか？」

「そうね。イタリアンとかお肉とか、手っ取り早く幸せになれるのがいいな。とにかく場所変えようよ、なんか気分悪い」

タクシーに乗り込んで銀座《ぎんざ》へ向かい、車中で千紘が予約を入れた佐賀牛の専門店で中くらいのコースを頼んだ。奥まった落ち着ける席で女二人、それぞれに好みの日本酒を選び、次々と運ばれてくる和の料理を堪能《たんのう》する。

「今日は助かったよ」

改めて言うと、千紘は小さく首を横にふった。

「いえ、私は何も」

「居てもらえて、ほんと心強かった」

こちらがラウンジに入っていった時、急いで立ち上がって出迎えた『文広堂』の面々は、緒沢千紘の姿を目にするなりそれぞれに戸惑いの表情を浮かべた。

〈なんで『南十字』さんがここに?〉

まるで代表するかのように竹田が言った。

〈多勢に無勢はフェアじゃないからですよ。ご安心下さい、彼女は発言しませんし、もちろん他言もしませんから〉

実際、千紘はひとことも発しなかった。何を耳にしようが黙って両手を膝にのせ、視線をテーブルに落としているだけだった。

それでも確実に一種の抑止力にはなっていた。初めて顔を合わせる先方の編集長は気が短く、相手によってはあからさまに圧をかけてきそうな気配がむんむんしていた。が、第三者、それも他社の編集者が同席していることで自制したのだろう。露骨に部数の上乗せを提案してくることも想定していたが、年若い千紘の前では言い出せなかったに違いない。途中からは憮然とした面持ちで口をつぐみ、膝頭を細かく揺するだけになった。

「もうねえ、ああいうミソジニー男はこの世から消えて欲しい」

「私も同じこと思いました」と、千紘が嫌そうに眉根を寄せる。「定年になってから妻にも子にも無視されるタイプですよね」

冷酒のグラスを口に運び、でも、と言葉を継ぐ。

「正直、竹田さんの気持ちはわかるんですよ。あそこは、連載から単行本にするまで一人が一貫して担当するでしょう?　それだけに、すごく悔しいんじゃないかな。思いをこめて伴走してきた作品を一冊の本にできないなんて……」

「こめてないよ」

「え？」

「こめてない。連載中の感想だって上っ面だけでさ。竹田くんが悔しいとしたら、自分の手柄をかっさらわれたから」

「そんな……そんなことってあるんでしょうか」

「千紘ちゃんや新くんにはたぶんわからないと思う。『南十字』の編集者はみんな優秀だし、ちゃんと情熱があるからね。でも、そんな編集者ばっかりじゃないんだよ。残念ながら色んな人がいるの」

昆布の上で炙《あぶ》ったふぐの白子を、もみじおろしのポン酢につけて頬張る。とろりと流れ出た熱々の汁で舌をやけどしそうになる。かすかに香ばしくて、たまらなく甘い。

「竹田くんとのやり取り、ずっときつかったなあ。……愚痴《ぐち》ばっかりで悪いけど、まあ勉強だと思って聞いてくれる？」

「もちろんです」

「何しろね、誤読が多いのよ。連載原稿を納めるたびに一応感想くれて、それはいいんだけど、えっ何でそうなる？　ってこっちの口がぽかんと開いちゃうような解釈を堂々と延々と述べるわけ。そうかと思えば、登場人物が次にどういう行動を起こすか、物語がどっちへ転がっていくか、逐一《ちくいち》自分の当て推量を交えて書いてきてさ。最悪なのは、その終わりに必ず『なんちゃって(笑)』って付け加えてよこすことよ」

「……うわあ」

「ね？　うわあ、としか言いようがないでしょ。曲がりなりにも文芸の編集者が、『なんちゃって（笑）』だよ？　あれはほんっと不愉快だった。私も、あそこでの仕事は初めてだったから一応遠慮して黙ってたけど、結局こうだもの。もっと早く言ってやればよかった」

向かいに座る千紘が、ふっと浮かない顔になる。

「ん、どした？」

「……すみません」

「何が」

「私も、気がつかないうちに天羽さんにすごく負担をかけてしまってると思うんです」

「そんなことないよ」

「どうか我慢しないで言って下さいね、至らないところは必ず改めますから。いきなり最後通牒《さいごつうちょう》は辛すぎます」

もう少しで泣きだしてしまいそうなほど無防備なその顔を見たとたん、心臓の端に引き攣れるような疼痛《とうつう》が走った。

親しい女性編集者なら各社にいる。それぞれに信頼してもいる。けれども、個人的に愛おしいと感じたのは初めてだった。自分に妹がいたならこんなふうなのだろうか。

「そう言ってくれるのは嬉しいけど、あなたに不満を感じたことはないよ」

「ほんとですか」

「ほんとほんと。小さな行き違いはあったとしても、全部その時に伝えてるし」

「ならいいんですけど……」

「だいたいね、今の千紘ちゃんみたいな言葉、竹田くんからは絶対に出てこないよ。自分を俯瞰《ふかん》できて、至らないところは改めようって思えるような人間が相手だったら、そもそもこんな馬鹿みたいな問題にはなってない」

千紘は頷くが、まだ不安そうだ。

「ごめんごめん」佳代子は苦笑した。「なんかもう、疲れちゃってさ。作品を引き上げるって言ったとたん、竹田くんからのメール攻勢がしつこくてしつこくて」

「え。今日ああして会うって約束したのにですか？」

「そう、約束する前も後も両方。仕事でやり取りしなくちゃならない相手は他にも山ほどいるのに、受信ボックスにずらーっと懇願と恨み節ばっかり何通も送りつけられたらうんざりしちゃって……それでつい、ね」

千紘の盃《さかずき》に酒を注いでやる。頷くように頭を下げた彼女は、ふと、まったく別のことを言った。

「天羽さんって、今も全部ご自分でなさってるんですか？　つまり、事務的なやり取りとか手続きなんかを」

「そうだけど」

「どんな仕事の依頼にも、ご自分で返事を？」

「しょうがないじゃない。かわりに断ってくれる人なんて他にいないもの」

仕事の窓口として秘書やマネージャーを抱えている作家も、いないわけではない。が、多くの作家は自ら仕事を受け、あるいは断り、それに伴うやり取りを自身でこなしている。

佳代子も後者だった。舞い込む依頼のすべてが考慮に値するわけではなく、時には延々と美辞麗句を並べた挙げ句に「原稿料は発生いたしません」と言ってくるものもあれば、反対にギャラがどれほど高くても絶対に受けるものかと思うほどふざけたバラエティ番組の出演依頼なども来る。

東京と軽井沢に分かれての別居婚を始めた頃、夫から、

〈人を雇えばいいのに。うちから回そうか？〉

そう言われたが、お目付役などサカキ一人でたくさんだ。

〈大丈夫。どうせたいした量の仕事じゃないから〉

謙遜してみせると、彼は鼻から息を吐いて嗤《わら》ったようだった。

ほんとうは、とっくの昔に誰かを雇っておくべきだったのだ。仕事相手とのやり取りや事務処理の煩雑さは、容赦なく執筆の時間を削りにくる。

たとえばそれが原稿の依頼であれば、テーマや枚数や報酬を確かめた上で〆切をスケジュール帳に書き込み、打ち合わせが必要なら時間を決めて出向くかリモートで対応せねばならず、テレビ出演はそうそう何度も同じ服というわけにいかず、インタビュー取材も撮影があるかないかで着るものが変わる。対談の企画であればその日までに相手の著作を、場合によっては過去の作品まで遡って読んでおかなくてはならないし、講演会の主催者からは入り時間から弁当の有無、壇上に用意する飲みものの種類まで問い合わせられ、チラシとポスターを作るからプロフィール紹介の文面と顔写真のデータを送ってほしいなどと頼まれ、初めて仕事をする相手なら振込先の口座を報せ、出版契約書は隅々まで確かめてから判子をついて返送し、ボランティア団体や図書館などから作品を朗読してもよいかと問い合わせがあれば有料のイベントか否かと企画の趣旨を確かめた上で諾否《だくひ》を答え、出演番組のプロデューサーから放送日時に別番組との裏かぶりがないか

どうかの問い合わせがあれば確認して返答し……。

一つひとつはたいした作業ではない。しかしありとあらゆる依頼や質問や相談に自ら対応していると、それだけで半日くらいすぐに過ぎる。せっかく筆が乗っていたところをバッサリ遮られ、そのまま集中力が戻ってこない場合も往々にしてある。

これも仕事の一環である以上はやるしかないと思って続けてきたものの、内心ほとほと疲弊して、時々全部を投げ出してしまいたくなるというのが正直なところだった。

「そりゃそうですよ、当たり前じゃないですか」

緒沢千紘は、もとから大きな目を見ひらくようにして言った。

「天羽さん、自分を誰だと思ってます？　昨日今日駆け出しの新人じゃないんですよ？　天羽カインですよ？」

「だったら何」

「仕事量が全然違うじゃないですか。もう、どうしてもっと早く言って下さらなかったんですか」

「だから何を」

「そんな大変な思いをされてるってことをです」

焦れたように千紘が身を揉む。

「天羽さんさえよかったら、弊社がいくらだって窓口になりますよ。とりあえず、細かい依頼は私が代わりにさばきます」

スタッフが目の前で程よく焼いてくれる佐賀牛のフィレ肉を、二人ともがあっという間に平らげた。柚子胡椒や唐辛子味噌などを少しのせて、一切れごとに異なる味わいを愉しめる。むかごの炊き込みご飯と味噌汁のあとは、一旦きれいに片付けられたテーブルにデザートの苺とメロンが運ばれてきた。熱い八女茶《やめちゃ》のまろやかさにほっと息をつく。

「ほんとに、天羽さんさえお嫌でなかったら、差し支えのない範囲で私に回して下さい。もうすでに行き来のある他社の文芸誌とのやり取りなんかはともかく、新規の細かい依頼についてはご協力できると思うんです。判断のつかないことは天羽さんに伺いますけど、私でわかることならいちいちお煩《わずら》わせしないで済みますから」

「それは……すごく助かるけど、さすがに申し訳ないでしょ」

「そんなことないですよ。作家の皆さんに集中して頂ける環境を作るのも編集者の仕事のうちですから」

模範的な回答を返されて、意地悪な気持ちになった。

「他には、誰の窓口をしてるの？」

「え？」

「私だけじゃないでしょ。事務的なことに時間を取られて困ってる作家は、私の他にもいるはずだもの」

すると千紘は、傷ついたような目をしてうつむいた。今さら新たに酔いがまわったとは思えないのに、耳朶《みみたぶ》も首筋も赤く染まっている。

「そりゃ、他にいくらもいるでしょうけど……」小さな声で言う。「誰にでもこんなこと言いません。天羽さんが初めてです」

佳代子は、その答えに満足した。

以前、単行本担当の藤崎新から聞いた話によれば、そもそも千紘が天羽カインの担当となったのは、本人のたっての希望だったそうだ。学生時代からずっとファンだった、これまでに出た作品は全部持っていると聞かされれば悪い気はしなかった。

別部署へ移ったそれまでの担当者とはいまひとつ反《そ》りが合わず、だから古巣と言っても『南十字書房』とはそれほど積極的に仕事をしてこなかった佳代子だったが、千紘が担当になってからは俄然モチベーションが上がった。こうまで違うかと自分でも驚くほどだった。

この夏に上梓した『月のなまえ』も、企画や取材の段階から彼女と二人三脚で積み上げてきたものだ。納得のいくプロットを立てるのに膨大な時間を費やし、切羽詰まった想いで一字一句書きつけて、ようやく完成まで漕ぎ着けた作品だ。

だからこそ、せめて賞の候補に——。

そう願うのがそんなにおかしいことだろうか。

「ありがとうね、千紘ちゃん」

しみじみと告げる。

「いえ。これくらいのことは誰でも」

「誰でも？　誰でもできるって？」

「そうですよ」

「でも、誰もしないよ？」

千紘が黙った。

「できる、っていうことと、実際にそれをするのとは雲泥の差なの。そこを飛び越えてきてくれる人はほんとうに少ない。例の長編を引き上げると決めた時、他の誰でもない、千紘ちゃんに任せたいと思ったのだってそう。あなたが私のために、っていうか私の作品を良くするために、ここまで親身になって犠牲を払おうとしてくれる人だからだよ」

千紘が、まるで怒ったような顔でうつむく。フォークをつきさした苺を口へ持って行き、頰張ってもぐもぐと咀嚼《そしゃく》する。子どもみたいだ。

「あなたとは、いろんなこと話してみたいな」佳代子は言った。「もっとこう、深いことまでちゃんと。遠慮とか、隠し事とかナシで」

口の中のものを飲み込んだ千紘が、ようやく目を上げた。

「はい。私もです」

9

クリスタルのシャンデリアの下、それでなくともまばゆい金屏風が燦然《さんぜん》と光をはね返す。

秋も深まる頃、毎年このホテルの最も広い宴会場で、『南十字書房』の文芸三賞の授賞式とパーティが行われる。コロナ禍の間は受賞者と最低限の関係者だけで執り行われていた式が、ここへ来てようやく以前の規模に戻りつつあって、今夜も開場と同時に多くの参列者が詰めかけていた。

壇の向かって左側に、三つの文学賞の受賞者たちが並ぶ席。向かって右側に、各賞の選考委員席。横に長い会場には五百もの椅子が並べられ、受賞者の親族や友人をはじめ他社の編集者やOBなど、業界の関係者がずらりと顔を揃えている。現役で活躍する作家もいれば、とんと名前を聞かなくなった作家の姿も見える。最後列の後ろには脚立《きゃたつ》にのぼったテレビカメラマンらが控え、新聞記者たちはフラッシュ付きの一眼レフを手に最前列の前にしゃがんで待機する。

と、マイクのスイッチが入る気配がした。左隅に据えられた演台へと、文芸編集部の女性部長が歩み寄る。簡単な自己紹介と挨拶が終わるといよいよ授賞式が始まった。

テレビカメラの居並ぶさらに後ろ、緒沢千紘は壁を背にして立っていた。隣にはスーツ姿の藤崎新がいる。明るめの紺地にごく目立たない程度だが薄紫のピンストライプの入ったスーツは、この先輩の一張羅だ。ふだんのカジュアルな服装より、いわゆる細マッチョの体型がよくわかる。千紘もまた、クリーニングから戻ってきたばかりのパンツスーツを着ていた。めったに着けないゴールドのロングネックレスも、今日というハレの日を意識してのことだ。

最初に、プロの中堅作家に贈られる文学賞の表彰がある。次が一般文芸の新人賞で、三番目がライトノベルを対象とする「サザンクロス新人賞」という順だ。

今年の受賞者はそれぞれ一人・二人・一人の計四名だが、スピーチの順番としてはまず先に各賞選考委員の講評があるから、市之丞隆志こと鈴木隆が壇上で話すのは七番目、最後の一人ということになる。

初めて顔を合わせた時は夏物のスーツにネクタイをきっちり締めていたが、今はボタンダウンのシャツと濃紺のジャケット、ベージュのパンツというややくだけた服装だ。他の受賞者がめいっぱい盛装しているのに対し、彼としては意図的に外してみせたつもりかもしれない。パーカーとスニーカーで来なかっただけ御の字だった。

「うー、大丈夫かな……」

千紘のつぶやきに、藤崎はなぜか答えてくれない。ここ最近、話しかけても今ひとつ反応が鈍いように感じるのは気のせいだろうか。市之丞のことがそれだけストレスになっているのかな、と千紘は思う。

千紘も、そして藤崎も、たぶん本人以上に緊張していた。より正確に言えば、気が気でなかった。草稿をあらかじめ見せるように言うと市之丞は渋ったが、そこは担当の責任と権限で押し切った。

この場で喋ったことがたちまち全国規模のメディアに載るのだ。基本的にはテレビも新聞も受賞者たちを寿《ことほ》ぐために集まってくれているはずだが、発言次第ではどう転ぶかわからない。どこを切り取られるかによっても印象は大きく変わるし、しかも悪いことほど瞬時にネット上で拡散される。そうならないための準備を怠《おこた》るわけにはいかない。

〈ひどいな。ほんとに信用がないんですね〉

先週、プリントアウトした草稿を間にはさんでやり取りしている間じゅう、市之丞は例によって仏頂面だった。

〈や、そうじゃないよ。ただ、第一印象を与えられるチャンスは一度きりなんだからさ、せっかくならいい印象を持ってもらえるように知恵を出し合おうって言ってるだけで〉

〈そんなの、ありのままでいるのが一番じゃないんですかね〉

そのありのままこそが心配なのだ。千紘は、またこの役目かと思いながら横からなだめにかかった。

〈市之丞さんが想像してるよりもずっと多くの報道陣とお客さんが集まるんですよ。そういう授賞式が執り行われるってだけでも、すごいアドバンテージなんです。メジャーな新人賞を獲らずにデビューする作家さんだって沢山いますけど、こういう機会は一度も与えられないんですから〉

〈わかってますけど、それくらい〉

〈せっかくのチャンスは大事にしないとさ〉と藤崎も言った。〈スピーチに何かこうフックみたいなものがあれば、それだけで次の仕事につながるかもしれないし。だいたいこの先、何百人って関係者を前に自分の話を聞いてもらえるなんてチャンスはめったに巡ってこないんだから〉

〈それはどうだかな〉

〈え？〉

〈あんたがた、まさか思ってやしないですよね。この僕が、ラノベの新人賞止まりの作家だなんて〉

〈市之丞さん……〉

〈ま、見てて下さいよ。じきに次のステージへたどりついてみせますから。そういう意味じゃ、当日はまあまあ記念すべき一日ってことになるんじゃないですか。赤ん坊が初めて立って歩いた、みたいなさ。めでたがるのは周りばっかりで、本人にとっちゃたいしたことじゃないんだ〉

会場にあたたかな拍手が広がり、二人目に登壇した選考委員が席へ戻ってゆく。

金屏風が眩しすぎて目が痛い。数百と並んだ参列客の後頭部がみんな真っ黒に見える。

「続きまして、『サザンクロス新人賞』選考委員を代表し、霧原《きりはら》魔琴《まこと》さんにご講評をお願いいいたします」

司会の言葉に合わせ、立ち姿の涼やかな若手女性作家が、黒服のスタッフの誘導で壇上へと進み出た。マイクの位置が少し引き下げられる。

「こんばんは。今年から選考委員の末席に加わらせて頂きました、霧原です。受賞者の皆さま、とくに『サザンクロス新人賞』を受賞された市之丞隆志さん、本日はおめでとうございます」

他の三人と同じように、市之丞も座ったまま一応神妙に頭を下げている。

今ではラノベ界で多くのファンを持つ霧原魔琴自身、「サザンクロス新人賞」を受賞してデビューした作家だ。そこから鳴かず飛ばずの数年を挟み、再起を賭けて別のレーベルから出した〈魔道士と使い魔〉のシリーズがヒットして現在に至る。

本人によれば、最初の担当とどうしても意見が合わず、書くもの書くものまったく面白くない、誰がこんなものを読むんだと言ってボツにされたそうだ。千紘の知らない、とうに辞めてしまった編集者だったが、それらのボツ作品はのちに他社から刊行されて版を重ねている。

担当編集者との相性がどれだけ大事か——いや、編集者側の見る目、読む力、導く姿勢がどれだけ重要かを思うと、襟《えり》を正さずにいられない話だった。新人作家一人を生かすも殺すも担当一人の肩にかかっていると言っても過言ではないのだ。

その霧原魔琴がいま壇上で、市之丞の作品『幻の鬼』をしきりに褒めている。選考会の席でも、最も強く推したのは彼女だった。

市之丞にもそのことは伝えてあったから、きっと感激しながら聴いているだろうと思いきや、見ると彼はいつもの仏頂面でつまらなそうに前を向いているだけだった。霧原が自分に向けて語りかけてくれた時でさえ反応は薄い。

「ああ、もう……」

隣に立つ藤崎新が、堪えられないといったふうに呟く。

どうしてああなのだろう、と千紘も苛立つ。もう少しでいいから当たり前の態度を取れないものだろうか。作家に当たり前の社会性や協調性を求めても始まらないところはあるのだが、あんな不遜な態度を取っても見逃してもらえるのは、ずっとこの道でやってきたベテランだけだ。

「最後にもう一つだけ――」

霧原魔琴が言葉を句切って言った。

「受賞作の、『幻の鬼』というタイトルについてです。じつは、市之丞さんの作品を全力で推した私を含め、それまでさんざん意見を闘わせていた選考委員の全員が、このタイトルだけは変えたほうがいいのじゃないかという点で一致していました。タイトルというのは、書き手からすると画竜点睛《がりようてんせい》みたいな性質のものでもあるのですが、読者から見れば最初に目に触れる部分なんですよね。これがじつに厄介で、作品の中からテーマに関連した言葉を抜き出してつける場合と、そうじゃなく、新たに象徴みたいなものを生み出してつける場合と、両方あります。どちらがいいかは作品によりますし、もちろん書き手の好みにもよるんですが……今回のこの作品について言うならば、なんとか象徴のほうを見つけて欲しかった。書き手自身が自分の書いた作品を一旦突き放して、ぽいっとタイトルを投げ与えるみたいな、そういう感じが欲しかったんです。抽象的な言い方でごめんなさい。でも結果は、皆さんご覧の通り、『幻の鬼』のままとなりました。市之丞さんが、どうしてもこのタイトルでいく、変えるつもりはまったくないとおっしゃったそうです」

千紘は、組んだ両手を握りしめた。会場は静まりかえっている。

と、マイクの向こうで霧原魔琴がニコリとした。

「正直言って、あきれましたよ。先輩たちの助言くらいおとなしく聞いとくもんだぞ、って。新人のくせしてクッソ頑固だなあって」

そのコミカルな言い方に、聴衆の緊張がほぐれて笑いが起きる。さすがの市之丞も一瞬だが苦笑したようだ。

「でも、同時にこうも思いました。きっと、その頑固さ、強情さ、生意気さが、これからの彼にとって、作家としての核になってゆくのかもしれない。私たちが老婆心からいろいろ言うようなことは鼻で嗤って無視して、これまでの常識なんか全部なぎ倒していった先に、彼だけの新しい小説世界が広がっているのかもしれない。そうなるといいし、きっとそうだろうと、祈るように思います。どうぞ皆さま、受賞作、絶対面白いですから読んでみて下さい。そうして、クッソ頑固でクッソ生意気な市之丞隆志の行く末を、楽しみに見守って下さい。よろしくお願いします」

一歩下がって深く礼をした霧原魔琴に拍手が贈られる。

藤崎がようやく息を吐き、もう一度深く息を吸ってから、またも小声で呟いた。

「……ありがたい話だよ」

「ほんとに」

と、千紘も返す。

ただし、懸念もあった。今の講評は、市之丞のあの不遜な態度にお墨付きを与えてしまったのではあるまいか。この先何を言っても聞かず、「これが僕の作家としての核なんでね」などと開き直られたのではたまらない。

時間がだいぶ押す中、粛々と式が進む。受賞者が順繰りに登壇しては、それぞれに喜びや覚悟を語って下りてゆく。

「続きまして、作品『幻の鬼』で第二十三回『サザンクロス新人賞』を受賞されました、市之丞隆志さん、お願いいたします」

藤崎新が、すん、と短く洟《はな》をすすった。気を落ち着けようとする時の癖だ。千紘は再び両手を握り合わせた。我知らず汗ばんでいる。

さっと寄っていってマイクの高さを調節した黒服のスタッフに、市之丞はいつもより低い声で「ありがとうございます」と言った。

思わず藤崎と目を見合わせる。

「えーー」軽く咳払いをした市之丞が、開口一番に言った。「どうも、初めまして。クッソ頑固でクッソ生意気な市之丞隆志です」

会場が沸いた。選考委員席の作家たちも失笑している。

「あんまり長く喋るつもりはないです。作品を読んでもらえばわかる話なんで」

直前の受賞者が、自分の席で顔を伏せる。確かに長いスピーチではあった。

「とりあえず、御礼から申し上げます。ご講評を下さった霧原魔琴先生、そして選考に携わって下さった先生方、このたびはありがとうございました。僕の作品をそれこそクッソミソにけなして受賞に反対した先生もいたそうで、どの人がそうかはわかってますが、ここでは言いません。

あ、雑誌に載る講評には書いてあったみたいですけどね、正直に」

「おい……」

と藤崎が呻くと同時に、どん、と千紘の背中に誰かがぶつかった。違う。思わず一歩下がったところが壁だったのだ。

心臓が暴れて口から出そうになる。必死に飲み下し、金屏風と市之丞を凝視する。

「今に見てろ、と思ってます」

用意していた草稿とはまるで違うスピーチを、市之丞が悠々と、謎の笑みまで浮かべながら続ける。

「あそこに今座っておいでの先生たちと、こっから先は同じ土俵で、同じプロの作家として闘えるってことにわくわくしますね。新人もベテランもないですよ。一般の読者が、なんか面白そうな本はないかと思って書店へ探しに行く。そこに山ほど並んでる本の中から、僕の作品のほうを手に取らせたら僕の勝ちです。これからそういう作品をどんどん書きまくって、あっという間にビッグネームになってみせますんで、皆さん、今夜は僕の名前を覚えて帰って下さい。市之丞隆志です。よろしくお願いします」

客席に向かっての最後のお辞儀だけは、マナー講座の手本にしたいほど完璧だった。


身体を洗ってからサウナに入り、じわじわと汗が噴きだすまで耐える。水風呂で心臓をひゅっと縮こまらせたあと、ゆっくり湯船に浸かり、上がって水を飲んでからヨモギ蒸し風呂に入る。

再びシャワーで汗を流したあたりで、千紘の手首にはめた札の番号が呼ばれた。

「わ、すみません、お先に」

「いいよ行っといで。私もどうせすぐ……」

遮るように天羽カインが同じく番号で呼ばれる。

「ほらね」

すっかり湿ったバスタオルで申し訳程度に前を隠しながら奥へ向かうと、黒いビキニ姿の女性たちが二人、それぞれを待ち構えていた。

六本木《ろっぽんぎ》近くのこの店で韓国式のアカスリとマッサージを受けるのは、千紘はまだ二度目だがカインのほうは慣れたものだ。

〈行こうよ。高級エステなんかに比べると荒っぽくて全然おしゃれじゃないけど、びっくりするくらい気持ちいいから〉

誘ってもらい、素っ裸を見せるのかと思うと迷ったものの思いきって一緒に行ってみると、ほんとうに気持ちよかった。身体じゅうの肌が文字通り一皮剝け、すべすべのもちもちのやわやわになり、サウナとマッサージのおかげで血行も良くなって、翌日からのお通じが凄かった。

「ハイ、うつぶせネー」

お湯をざーっとかけ流したビニールの簡易ベッドに、言われたとおりうつぶせになる。先月来た時は、消しゴムかすのような白く細長いアカがぼろぼろと出た。

〈お客さんアカスリ初めて？　ひゃー、いっぱい出るヨ、どんどん出るヨ〉

大きな声で言われてとんでもなく恥ずかしかったが、隣でうつぶせに寝そべるカインにベッドが揺れるほど大笑いされたらかえって吹っ切れた。今日はどうだろう。常連の作家によれば、定期的に通っているほうがよく剝けるらしい。

目の粗い専用の布で背中からお尻から腿の裏から足の裏までごっしごっしと擦られ、途中からは仰向けにされ、前面を同じようにくまなく擦られた後は、ひったくるように頭をつかんでタオルでくるまれた。細かくおろした冷たいキュウリを顔全体にのせられ、その間に髪と頭皮をぐいぐいとシャンプーされる。

とうてい人の身体に触れる手つきではない。巨大な大根を洗っているようにしか思えないのだが、それがむしろ心地よい。エステの繊細な手技に癒されるのとは全然違って、乱暴とも言えるほどの扱いにいっそどうにでもしてくれと身を委ねてしまうと、妙に安心する。赤ん坊に返ったかのような無防備な気持ちになるのだ。

一時間以上かけてマッサージまで済んだ後、少し冷えてしまった身体を湯船で温めて、それから岩盤浴の部屋へ移った。大理石の床にバスタオルを敷き、カインと並んでうつぶせになる。押しあてた下腹と乳房からじわじわと温められ、全身がゆるんで、ふーっと寝落ちしてしまいそうだ。

「ああ……なんか、久々にしっかり揉んでもらった感じ」

カインが、自分の手の甲に頰をつけたまま呟く。

「今月の〆切も大変だったんですか」

「短期集中連載で枚数が多かったし、おまけに最終回のひとつ前だったからね。こう、これまで張り巡らせてきたいろんな伏線を、力業《ちからわざ》で一つひとつねじ伏せて回収していく感じ？」

千紘には、書けはしないけれども想像はつく。これまで一緒に仕事をしてきた中で、何度かすぐそばでその過程を見ていた。

「早く読みたいです」

「来月の『オール讀物』に載るよ」

カインが顔をこちらに向け、千紘と視線が合うと目もとだけで笑った。

「ねえ、嫌だったら気を遣わないで言ってね」

「え、何がですか？」

「こんな裸の付き合いよ。これってパワハラだったりしない？」

「パワハラ？　どこが」

「私、勝手にいい気になって誘っちゃってるけど、担当編集者が本当は嫌なのに言えないような状況を作り出してるとしたら本意じゃないのよ。こういう付き合いって初めてだから、距離感みたいなのがよくわかんなくて」

「そんな……」慌てて首を振ってみせる。「嫌だなんて全然。それどころか、誘って頂けるだけで嬉しいです」

「ほんとに？」

「嘘なんか言いません。今夜だって、嫌だったら都合が悪いとか体調が悪いとか言って断ればよかっただけのことでしょう？　それを、こうやってウキウキ待ち合わせてノコノコついてきてるんですから、嫌なわけないじゃないですか」

「そっか」

「そうですよ。何言ってるんですか、ほんとにもう」

「よかった。ほら、私、たぶん業界ではうるさ型で通ってるじゃない？」

「ええと、うーん……」

「そのぶん、普通にしてる時でも相手に圧をかけちゃったりしてるのかなって」

「いいです、そんなこと気にしなくて」

千紘は言った。起きあがると胸がまる見えになるから、両肘をついて半分だけ身体を起こす。

「天羽さんは天羽さんのまんまでいて下さっていいんです。もし圧みたいなものを感じるとしたら、それはこちら側の問題です。作家の要求にちゃんと応えるだけの用意がないから後ろめたかったり狼狽えたりしてるだけの話で、いずれにしても天羽さんが気にする必要はありません。うるさ型だなんて思う奴には思わせとけばいいんです」

きっぱり言うと、ふふふ、とカインが笑った。

「嬉しい。ありがとね、千紘ちゃん」

見ると、今度は顔じゅうで笑っていた。

「私ね、偏屈だから、ほんとこういう付き合い初めてなのよ。でも千紘ちゃんとは、作家と担当編集者っていう枠組みとはちょっと違うところで付き合えたらなあって思う。立場とか歳とか関係なくね」

「そんなふうに言って頂けると、私のほうこそ嬉しいです」

温まった下腹からむずむずとしたものがこみ上げてきて、千紘は再びうつぶせに寝そべった。腕の長さほども離れていないところに、学生の頃から憧れてきた作家が同じく裸で寝ているのが信じられない。

「そういえば、天羽さんは、大学時代のお友だちとかとのお付き合いはないんですか」

「ないよ」

あっさり言われた。

「同窓会の通知なんか来ても絶対行かないし」

「どうしてです？」

「誰にも会いたくないから」

これ以上ないほどわかりやすい答えだった。口調もまたはっきりしていた。重ねて理由を訊くことが憚《はばか》られるほどに。

黙っていると、

「友だちってさ、必要？」

かぶせるようにカインが続けた。

「沢山はいなくてもせめて一人や二人は親友と呼べる人がいたほうが……みたいに言われがちだけど、あれってよくわかんない。一人も友だちがいないとして、それってそんなにおかしいことかな。私なんか物書きになってからは特に、悩みのほとんどは創作にまつわることになっちゃったし、だったら編集者に相談すればいいことじゃない。私の小説のことをいちばんよくわかってくれるのは担当編集者なんだから。でしょ？」

「まあ、そうですね。っていうか、そうありたいですけど」

「他に友だちの役割って何？　一緒にショッピングに行くとか、カフェでお茶するとか？　私、どっちも一人がいい。人に気を遣うのがほんと苦手なの」

「でも、ここに来てるじゃないですか」

「うん？」

「一緒に行こうって言って誘って下さるじゃないですか」

「だから言ってるじゃない、千紘ちゃんが初めてなんだって。なんでかな、へんに気を遣わなくて済むの」

そう言われて千紘はふと気づいた。夏のサイン会の頃にはまだしっかりあったはずの遠慮や畏《おそ》れが、いつのまにかずいぶん薄まっている。

尊敬の念はまったく薄れてはいないから、畏怖《いふ》が敬愛に変わったと言えばいいのだろうか。最新作の『月のなまえ』を巡って何度もやり取りをしたり、思いがけず軽井沢の家に泊まらせてもらったり、よそから引き上げた原稿をあなたにならと託されたり、こうして互いの裸まで見せ合う付き合いを重ねたり……そんな中で、このひととの間に歳の離れた友情のようなものが芽生えてきたと思っていいのだろうか。

いや、違う。少なくとも自分の側にとっては、そんな柔らかで生易しいものではない。よく嗅いでみると、執着に近い匂いがする。この孤独でうつくしい、ちょっと困ったひとのことを――否、天羽カインという怪物めいた作家のことを、いま業界でいちばん深く知っているのは私だ、というような、独占欲にも似た……。自分はやはり、あくまで作家としての天羽カインに強くつよく惹《ひ》かれるのだ。

「千紘ちゃん」

はっと横を見やった。頭の中の考えを見透かされていたようで、つい狼狽えてしまう。

「こないだの三賞の授賞式でさ」

一気に仕事脳へと引き戻される。

「あ、はい」

「ばかみたいなスピーチした子がいたでしょう」

そうだ。あの会場には、カインもいたのだった。式の間はわからなかったが、千紘と藤崎新が立っていたのとは反対側の隅に座っていたらしい。「サザンクロス新人賞」出身者の中でもいちばんの出世頭であるカインが、祝賀パーティからではなくその前の贈賞式にまで顔を見せるのはめずらしいことだった。

「あの子でしょ、あなたと新くんが担当することになったのって」

「そうです」

すみません、と言うと、カインが不思議そうな顔をした。

「なんで謝るの?」

「私たちの監督不行き届きで、あんなお聞き苦しいスピーチを」

カインが噴きだした。

「いいじゃないの。私はけっこう気に入ったけどな。枠に収まらないのはいいことよ、末頼もしいじゃない」

「でも彼、なんていうかもう、勘違いのコンボみたいで。新人作家がやっちゃいけないことを片っ端から」

「なんだっけ、前に聞かせてもらったよね。タイトルはもちろんのこと、本文も一言一句変えないって言い張ったんだっけ?」

げんなり頷いてみせる。

二人だけだった部屋のドアが開き、別の客が入ってきた。それだけで室温が下がる。背中の側が少し寒く感じる。

堅い床の上で寝返りを打ち、カインと二人、それぞれ仰向けになった。押しあてられていた下腹と両胸が、見ると真っ赤になっている。

むき出しの白い肩を両手でさすったカインが、ヨモギや各種ハーブの束がぶらさがる天井を見上げながら言った。

「私にだってあるけどね。他からの雑音は一切要らないって思うことなら」

千紘は首を横に振った。

「わかりますけど、それとこれとは違います」

「違うかな」

「違いますよ。市之丞さんの凝り固まった強情さと、天羽さんのどこまでも自分に厳しい俯瞰の目とは全然違います、比べものにもなりません」

天井を見上げたまま、カインが薄く微笑む気配がした。

「千紘ちゃんってさ。編集者になるために生まれてきたみたいな人だね」

「え」

びっくりして横を見やると、カインは言った。

「作家を喜ばせるのが巧《うま》すぎる」

10

動き始めた車窓の景色をぼんやり眺めていると、つい意識が遠のきそうになる。けさ家を出たのが早かったせいだ。

乗車前に買っておいたコーヒーのペットボトルを開けると、石田三成は一気に半分ほどを飲んだ。眠いが、ここで寝てしまうわけにはいかない。午後五時過ぎに盛岡《もりおか》を出てそろそろ仙台《せんだい》、東京までのあと二時間足らずの間にどうしても読み切らなくてはいけないゲラがある。

2Bの鉛筆を手にゲラの束を広げ、うっかりこぼしては事なのでボトルの蓋をきっちり閉める。担当作家との酒の席でもアイスコーヒーで通しているのは、何しろまったくの下戸《げこ》だからだ。

ふと、たったいま訪問した家の主《あるじ》の顔が浮かんだ。

一条院静馬《いちじょういんしずま》――文壇最後の無頼《ぶらい》派《は》作家とも呼ばれた人物だが、無愛想な物言いとは裏腹に相手の事情をこまやかに汲み取る人で、初めて一緒に食事をした時にこちらが飲めないと知ると、

〈あ、そう。じゃあこぶ茶でも頼んだら〉

あっさり言われた。飲んだらどうなるのかとさえ訊かれなかった。

灰紫色になずむ窓の遠く、雄大な蔵王《ざおう》の山が見えてくる。このあと福島を過ぎると吾妻《あづま》連峰や安達太良山《あだたらやま》が、郡山《こおりやま》の手前では磐梯山《ばんだいさん》が……いや、その頃にはもうとっぷり暮れているだろうか。

作家と担当者としての付き合いが始まって、はや十数年。その間、「オール讀物」「週刊文春」「月刊文藝春秋」と部署は動いても変わらず担当させてもらってきた。目に馴染んだこの景色を

これからはそう頻繁に見ることもなくなるのかと思うと、石田はただただ寂しかった。

葬儀からひと月ぶりに訪《おとな》った家にはまだ主の匂いが漂《ただよ》っていて、もう誰も座らない仕事場の椅子に、存在ときっちり同じ大きさの不在が座していた。一時は憔悴《しょうすい》しきっていた夫人がいくらか立ち直った様子で、互いに故人の想い出話をしては笑い合えたのが救いだった。

先の震災の時の出来事や、彼の愛した犬たちの記憶。癖の強い、編集者泣かせの達筆。頑固で偏屈で、派閥や馴れ合いを極端に嫌うひとであったけれども、石田が結婚した際にはわざわざ妻に「ご主人のおかげで小説が書けている」とスカーフを贈って感激させ、頼りない夫の得点を上げてくれた。自身が選考委員を務めるいくつかの文学賞の選考会においては、若い才能を後押しすることを躊躇《ためら》わなかった。

コロナ禍のさなか、直木賞の選考会もまたふだんと違った方法を強いられたものだ。東京在住の選考委員はいつも通り料亭「新喜楽《しんきらく》」でアクリル板越しに顔を合わせ、盛岡の一条院氏は近所のホテルから、大阪の竹守馨《たけもりかおる》氏は自宅からリモートで参加した。

そうしたことに不慣れというより慣れる気もない一条院氏のために、石田は重たい機材をかついで盛岡まで行き、ホテルの部屋にモニターやカメラ、マイクを設置して午後四時前に回線を繋いだのだが、議論が進むうちに焦れてきた氏は、他の委員の発言中に石田をふり向くなり大声で宣ったものだ。

〈あいつはいったい何が言いたいんだ、さっぱり意味がわからんな!〉

距離こそ五百キロ離れているが、声はもちろん筒抜けだ。慌てて制してそう伝えたものの、一条院氏はまるで動じず、それがどうしたと言わんばかりだった。

思い出すことはまだある。担当になって何年目だったか、「オール讀物」誌上での連載原稿を東京の常宿まで受け取りに行った時のことだ。もう少しで書き上がると言うものの、直後に外出の予定が控えていた氏は、

〈俺はふだん部屋に他人を入れないんだ〉

ぶっきらぼうに独りごちながら石田をホテルの一室に迎え入れた。

氏が原稿用紙に一枚、また一枚と文章を書きつけてゆくそばで、こちらも一枚、また一枚と読ませてもらうのはいつものことだが、飲食店のテーブルや競輪場の観客席ではなくホテルの密室でというのは初めての経験だった。

万年筆が紙の上を滑る。その音が時折途切れ、また続く。身じろぎに合わせて椅子が軋《きし》む。吸いさしのたばこの先から紫煙が立ちのぼる。とうとう結びの一行を書き上げた作家は、その一枚をぽいとこちらに渡してよこすと奥のバスルームへ消え、まもなくシャワーの水音とともに鼻歌が聞こえてきた。

滋味あふれる素晴らしい仕上がりの一編を最後の一行まで読み終えた時、泣き出したいような気持ちで胸が震えたのを覚えている。窓からのまばゆい夕陽やカーテンのひだが作る影、光の束をきらきらと出入りする細かな埃、机の上に転がったままの万年筆まですべてが美しく目に映り、たとえどれだけ時が経っても自分はこの瞬間を忘れないだろうと思った。

——いけない。思い出すと、どうしてもこみ上げるものがある。

両手で顔をごしごしと擦り、石田は浅く座り直して、今度こそゲラにエンピツを入れ始めた。

昨年、短編新人賞を獲ってデビューしたばかりのミステリー作家の作品だった。あらかじめプ

ロットを出してもらい、それを間に挟んでやり取りし、かなり細かい部分まで詰めてから書き出してもらったおかげで、全体の構成にまで関わる大きな直しは必要なさそうだ。

ベテランはこのやり取りを必要としないが、新人作家との仕事は別で、いきなり支離滅裂な原稿が送られてくるよりは、その前に一旦プロットを文章化してもらったほうが直しのためのキャッチボールが効率的に進む。昨今は作家の側も書き直しの手間を省くためか、こちらが何も言わずともまずプロットを送ってくるケースが増えた。

たとえ五、六十枚の短編ひとつであっても、粗い原稿を読み進めるのはほんとうに辛いものだ。なるべくボツとは言いたくないから改稿の道筋を探すのだが、正直、どこから手をつけていいかわからないケースも多い。着想に非凡なものがあったり、入り組んだ謎解きを考えてきたりと、どの作家にも光るものがあるから原稿を依頼するのだが、結局のところ小説は「どう書くか」だ。当人の技量が追いついていなければ読者に面白さは伝わらない。

さらに新人にありがちなのは、書くべき枚数に対して沢山の要素を詰めこみすぎることだった。そんなに欲張っても短編ではとうてい収まらないぞ、というのを体感できない。これればかりは、いくつもの作品を書いて慣れて巧くなって、自ら会得してもらうほかない。

この新人などは上手なほうだ。プロットをもとにしたやり取りでも、こちらから「物語のここの意図がよくわからない」と言えば的確に理解して、すぐに整理して直すか、あるいは素早く見切りを付けて別のプロットを送ってくる。充分に第一線で活躍できるポテンシャルを持っているし、助言の多くを素直に受け容れてくれるのを見ていると、こちらもこの作家のために力を尽くそうという気持ちになる。

そうしたことができない新人も、残念ながら多いのだった。意見交換の段階で、いくら言ってもこちらの意図を理解しようとしてくれなかったり、あるいは端《はな》から「直したくない」とはねつけられたりすれば、次からはもう頼むのをやめたくなる。

が、それもこれもすべて、必ずしも作家の側の驕《おご》りとは言えまい。

こちらの考えに耳を傾けてもらえるか、根拠を持っての提案だと思ってもらえるかどうか――。作品を良くしようとの思いで修正の提案をして、それで喧嘩になったり関係がこじれたりするのなら、つまるところこちらが信用されていないということだ。

だからこそ、ふだんから雑談でもいい、小説や映画など創作物全般についての話をたくさん交わしておくことが必要なのだと石田は思う。他作品の読み解き方を互いに擦り合わせることでしか、共有できないもの、醸成されないものがきっとある。

新人に限った話ではない。あの天羽カインが『文広堂』から原稿を引き上げたという噂はあっという間に広まって、すでに多くの業界関係者の耳に入っている。担当していた竹田に対するおおかたの感想は、〈気の毒に〉という同情と、〈まあ彼ならね〉という苦笑まじりの揶揄とが入り混じったものだった。

そう、結局のところは信頼関係なのだ。

自分は、一条院氏との間に培《つちか》ったのと同じものを、できるだけ多くの担当作家との間にも地道に育ててゆかなくてはならない。

ゲラに目を凝らす。説明過多の部分を削る提案をし、逆に説明不足の部分にも丁寧にチェックを入れてゆく。

と、ポケットの中でスマートフォンが一度だけ振動した。見るとメールの差出人は天羽カインで、件名に思わず眉根が寄る。

〈折り入ってお話があります〉

顔を合わせればタメ口で話すカインも、メールでは常に敬語だ。それはいいのだが、わざわざ〈折り入って〉というところに引っかかる。

本文には短くこうあった。


お手隙の時に電話を下さい。

こちらは夜中でもかまいません。


つまり、〈できるだけ早く、急いで〉という意味だ。

腕時計を見る。次の大宮《おおみや》までは三十分ばかりある。逡巡《しゅんじゅん》ののち、席を立ってデッキへ出た。揺れに合わせて足を踏ん張りながら、スマートフォンを耳に当てる。

ややあって、はい、と低い声が応じた。

「お世話になっております。『文藝春秋』の石田です」

今、お時間大丈夫でしたか、と訊いたのだが、電話の向こうのカインは答えずに言った。

(どこからかけてるの？　なんか凄い音がするんだけど)

向こうの声も走行音にかき消される。耳もとのボタンで音量を上げながら、

「すみません、新幹線の中なんです」

（出張？）

「はい。というか、一条院さんのお宅へ弔問に伺った帰りです」

少しの間があった。付き合いが深かったことは彼女もよく知っている。

（そう。そんな事情だったら後でもよかったのに）

「いえ、大丈夫です。お気を遣わせて、というか、うるさくてすみません。聞こえますか」

（まあ一応ね）

暗くなったドアガラスに自分の姿が映る。思うより疲れた顔だ。

（それで、メールした件だけど）

「はい。どうかなさったんですか」

とたんに、

（どうか・なさったん・ですか？）

カインの声が変わった。

（何よそれ、白々しい）

「はい？」

（三ちゃん、こないだ私に約束したじゃない。もう後追い記事は出ないって。あれって嘘だったわけ？）

「後追い記事……」

おうむ返しに口にして、ようやく思い出す。

「え、もしかしてあの件、まだ続いてたんですか」

（こっちが訊いてんのよ）

あれはたしか夏頃だった。天羽カインから、〈頼みごと〉という件名で、めずらしく低姿勢のメールが届いたことがある。

内容は、ざっくり言えばスキャンダルの揉み消しだった。

ちょうどその週の「週刊文春」に、著名な映画監督・高津《たかつ》広也《ひろや》による過去のセクハラ疑惑をめぐる記事が掲載されていた。女優やスタッフなど複数の証言に基づいた記事で、それぞれは匿名だが、例によってLINE上で交わされた会話のスクリーンショットまで載っていた。

高津監督は、かつて天羽カインのデビュー小説を映画化しており、それからはせいぜい年賀状のやり取りがある程度の付き合いだったらしい。この件では藁《わら》にも縋《すが》る思いでカインに連絡してきたようで、曰く、「週刊文春」の記者から十項目もの質問状が届いたが、下手に弁明すればまた記事に取り上げられてよけいに騒ぎが大きくなってしまう、この先どうすればいいかを弁護士にも相談したが不安で眠れない、自分は『文藝春秋』という出版社と付き合いがなく、他に思いつかないので天羽さんに縋るしかないのだ——とまあそういう話のようだった。

〈私は一方の言い分しか聞いていないので、真実はわかりませんが〉

と、あのとき天羽カインはメールに書いてきた。

当人は身に覚えがないというけれども、たとえ実際に性的ハラスメントがあったとしても昔のことのようだし、監督自身もういいかげんお爺ちゃんで打たれ弱くなっている。夜中の二時三時に彼が電話口で、こんなことで晩節を穢《けが》してしまうとは情けない、もういっそ自分がこの世から消えたほうがいいのだろうか、と啜《すす》り泣くのを聞いていると気の毒でならないし、正直こちらも寝入りばなを叩き起こされてばかりでは翌日が仕事にならない。このうえは、過去に「週刊文春」にいたこともある石田編集長の口から、現編集部内で力のある誰かにうまく持ちかけて、高津監督の件をこれ以上深追いしないよう頼んでみてもらえまいか……。

それが、あの時点での天羽カインからの〈頼みごと〉だった。ふだんは超然としているわりに、誰かから頼りにされるとつい一肌脱いでしまうのが彼女らしいところでもあった。

しかし、あれからすでに三ヶ月はたっている。

「今週号の記事にはなってませんよね」

それとも自分が見落としたのだろうか、と訝《いぶか》りながら石田は訊いた。古巣の「週刊文春」には今現在も担当する作家の連載が載っているし、どんなに忙しくとも目次くらいは目を通す。

(まだ載ってないよ)

と、カインが怒ったように言う。

「まだ、とは」

(ゆうべ、監督が自宅に戻ってきたら、いきなり呼び止められていろいろ訊かれたんだって。また新たに質問状も届いたそうよ。他にも証言者が現れたとかで、あとお金の問題なんかもいろいろ)

「うーん……」

唸り声はしかし、走行音にかき消されて届かなかったようだ。

(聞いてるの?)

「聞こえてますよ」石田は声を張った。「ただ、天羽さん。言い訳みたいに聞こえたらあれですけど、僕あの時、記事を止めることはできませんってお伝えしましたよね」

（そうだけど、言ってたじゃない。めったなことじゃ続報はないって）

「それは、あくまでもあの時点での状況から鑑《かんが》みて、これ以上の証言者が次々に名乗り出るようなことがなければ、という意味です」

誌面では当時から、芸能界に長らく君臨していた某タレント事務所の性的スキャンダルが毎週のように大きく取り上げられていた。そちらの案件に、たまたまその週は記事になるほどの新たな収穫がなかったのだろう。とばっちりという言葉は不適切かもしれないが、高津監督のセクハラ疑惑記事は、その穴埋めとして使われた部分もあった。だからこその返答だったのだ。

〈取材したものを出すなとは言えませんが、少なくともすぐに続報が載るということはないと思います〉

同期入社の親しいデスクに確かめた上での答えだった。この先もしまた取り上げられるとしても、その際には前もって必ず記者から質問状が届くので、それがない限り、めったなことでは記事は出ません、とも伝えた。嘘は言っていない。懸念していたことが現実になっただけだ。

「天羽さんもよくご存じじゃないですか。同じ弊社の雑誌でも、編集部が違えば別会社なんです。高津監督は公人だし、性加害は世界的な関心事ですから、社長だって記事を止めるようなことはできません。ましてや僕の意見なんか、」

（それくらいわかってる）

カインが苛立たしげに遮る。

（私が言いたいのは、まだしつこく追いかけてたんならどうしてもっと早く教えてくれなかった

の、って)

「いや、それは僕にも」

(だよね、三ちゃんにも知らされてなかったわけだよね? それってつまり、あなたがその同期とかいうデスクからナメられてるってことなんじゃないの?)

瞬時にして、地肌の毛穴がぞわりと開き、耳が熱くなった。

「それは……」

声が固くなる。顎がこわばってうまく動かない。

「それは、いくら天羽さんでも、ちょっとお言葉が過ぎませんか」

(あら、そう? そうかな。だったらまあ、今のは引っこめるけど)

どうやら口が滑っただけのようだが、石田のほうはおさまらなかった。

同期のデスクがすべてを打ち明けてくれるはずはない。誰にも立場というものがある。これから取材するなどという情報が万一、事前に高津監督側に伝わったら、口止めをされてしまうかもしれないではないか。

「僕としてはこれ以上のことはもう……」

(わかったってば。言い過ぎたって謝ったじゃない)

石田は口をつぐんだ。

言い過ぎを指摘したのはこちらだし、謝られた覚えもなかったけれども、これがカインなりの譲歩だとわかるくらいには長い付き合いだ。そもそも今回は夏の時と違い、具体的な頼みがあって連絡してきたわけではなく、ただ文句を言いたかっただけらしい。

（私だって正直、高津監督にそこまでの義理があるわけじゃないしね）

言葉のトーンがやや、ぼやき寄りに変わる。

（どうやらお爺ちゃん、私だけじゃなくあっちこっちに電話しては同じ話をして泣きついてるらしいし）

「そうなんですか」

（知っちゃうと、何だかなって気分にはなるよね）

ふう、と溜め息が送話口にかかる。

たしか彼女は、なかなか寝付けない質《たち》だったはずだ。やっと寝入っても一旦目が覚めてしまったら再び眠るのはまず無理、とのエッセイを機内誌か何かで読んだ覚えがある。深夜の電話に叩き起こされるのはかなりのストレスだろう。

「すみません。うちのせいでご負担をおかけして」

（いいよもう、しょうがない。世界的な関心事なんでしょ）

石田が黙っていると、

（ねえ、それより）

カインの声音ががらりと変わった。

（そろそろだよね）

「え。何がですか？」

本当にわからなくて訊き返したのに、

（とぼけないでよ）

と叱られる。

(今月でしょ、候補作が決まるの)

直木賞の、とまでは口に出さなかったが、前にあのような話をしたにもかかわらずまたその話題を蒸し返すのかという軽い驚きはあった。

(ここだけの話、今回は何作くらいになりそう?)

「……どうでしょう。五作か六作じゃないですか」

(隠さなくてもいいじゃない。私だって別に、誰になりそう?　なんて訊いてるわけじゃないんだから)

「いえ、隠してるわけじゃなくてですね、本当にまだわからないんです。最終会議の結果が出ていないので」

(ふうん。いつ決まるの?)

「まあ、来週くらいには」

耳もとで舌打ちが聞こえた気がした。

違うかもしれない。走行音の一部だったかもしれない。窓に砂粒が当たっただけかもしれない。そう思いたい。

(わかった)

ややあって、ひどく冷たい声でカインは言った。

(要するに私、ぜんぜん信用されてないってことだね)

「何をおっしゃるんですか、そんなんじゃないですよ。ただ、僕らの責任上、言いにくいだけで……」

（もういい。あなたにはもう何も頼まない）

いきなり通話が切られた。

茫然とスマートフォンを見おろす。画面がふっと暗くなる。

鼻からゆっくりと深呼吸を繰り返し、腹立たしさとやりきれなさを宥める。

どうしてこんなことで一方的に詰られなければならないのだ。この半年に二作の小説を出している天羽カインにとって、候補作のラインナップが気になるのは、心情としては理解できる。だからといって、そんなデリケートな話題をまるでついでのように持ち出されても……。

そしてふと、気づいた。

もしや、直木賞のほうが本題だったのか？　高津監督の件はいわば電話で直接話すための口実で、あれだけこちらを詰ったのも予《あらかじ》めマウントを取るための手段だったのかもしれない。計算高いというのとも少し違って、息を吐くより自然にそうしたことができるのが天羽カインだ。

誰に何と言われても、いま伝えられることは何もないのだった。以前も彼女に説明した通り、最終会議の投票まではどの作品が優勢かもわからないし、一旦結果が出れば、石田がどうしようと変わるものではない。

来週、すなわち十二月上旬の最終会議で絞られる下半期の最終候補作、五ないし六作品のリストはまず『日本文学振興会』の理事長へ報告される。振興会から各候補者に連絡して「候補をお受け頂けるかどうか」を確認し、全員から「お受けします」との返事がもらえればそのまま正式決定となり、万一「辞退します」と言われた場合は最終会議で次点だったものが繰り上がる。そうしたシステムや手順は厳密に決まっていて、その間の予備選考委員の守秘義務は徹底されている。

――あなたにはもう何も頼まない。

言い放たれた言葉と声が脳内で再生され、今ごろボディブローのように効いてくる。

わざわざ宣言されるまでもないのだった。天羽カインが『文広堂』から引き上げたという例の原稿は、その後、『南十字書房』へ持ち込まれたらしい。

つまり、そういうことだよな、と石田は思った。

スマートフォンをポケットに入れ、座席に戻る。車内にはすでに暖房が入っているのに、背中がやけにすうすうした。

11

六本木の街は眠らない。空が明るむ頃にほんのひとときうつらうつらと微睡《まどろ》み、昼間はまるで健全そうな顔を見せるが、暗くなればまたネオンの厚化粧をして夜行性の人々を迎え入れる。

埼玉の実家を出て東京で暮らし始めた学生時代、緒沢千紘にとって夜の六本木は、おいそれとは歩けない怖い場所だった。危ない目に遭いそう、という以上に、〈田舎者〉の自分を思って気後れがした。

今はもうそんなことはない。慣れてみるとこんなに懐の深い街もなかった。道路の先にはオレンジ色に輝く東京タワーがそびえ、夜の夜中でも様々な店の灯りが歩道をまばゆく照らし、行き交う者の誰も他人のことなど気にしない。深夜の書店内のカフェでコーヒー片手に買ったばかりの本を読みふけっていると、自分の部屋に一人きりでいる時よりむしろ独りになれる気がした。

でも、今は二人だ。午前一時を過ぎたのに、薄暗いカフェレストランの片隅で向かい合っている。

「眠いですよね。食べたら帰りましょうか」

相手がふわふわとあくびをしたのでそう言ったのだが、

「ううん、大丈夫」

テーブルの向こう側に座る天羽カインは、口を閉じるとかぶりを振ってよこした。

「なんか、千紘ちゃんの顔見てたら気がゆるんじゃっただけ」

「ならいいんですけど」

そこへ、頼んでいたメニューが運ばれてきた。カインの前にナシゴレンとアイスティーが、千紘の前にはパッタイとジャスミンティーが置かれる。

「せっかく汗にして流したつもりが、これじゃ元の木阿弥《もくあみ》だねえ」

とカインが苦笑する。

入浴・岩盤浴・サウナを何巡か繰り返し、アカスリまでのフルコースを終えて裸で体重計に乗ってみれば、二人そろって一キロ近く落ちていた。とはいえ、夕飯から六時間もたてばやはり腹はへるのだ。それも猛烈に。

「ん、美味し……」

インドネシア風の炒飯を頬張ったカインが目を瞠る。

「ほんとだ、これはいけますね」

千紘のほうはタイ風焼きそばだ。ナンプラー独特の風味とパクチーの青臭さが口の中で混じり合って鼻へ抜けるのがたまらない。

チェーン展開のアジアンカフェだが、こんなに本格的な味が愉しめるとは知らなかった。六本木通り沿いにあって、狭い階段を上がっていった二階は思いのほか広い。間接照明のみの店内は穴蔵のように仄《ほの》暗く、客は離れた席にカップルが一組だけ。よそではおおっぴらに話せないことでも、ここでならばひそひそと打ち明け合うことができそうだ。

添えられたミニトマトをつつきながら、

「で、話戻るけど……」

カインがうつむきがちに言った。

「なんかこう、釈然としないんだよね」

「そりゃそうですよ。頼る相手が天羽さんしかいないとか言っときながら、他の人にもさんざん泣きついて……。よっぽど精神的にぎりぎりのところまで追いつめられてるんでしょうけど」

「まあそうだろうね」

「でなきゃ夜中の三時に電話なんかしてこないでしょうしね」

「あ、それはわりとデフォルト。ふだんから昼夜逆転してて、仕事相手にでも誰にでもそうみたい」

「ますます人迷惑な」

ぷ、とカインが笑った。

「でもねえ、彼、才能っていう意味ではほんと凄い人なのよ」

固有名詞はあえて口にしない。

「千紘ちゃんも観てくれたでしょ、私の、ほら、映画化されたやつ」

「確かに、あれは凄く良かったです。原作とはだいぶ違ってたけど」

「同じである必要はないからね。って言うか、同じだったらわざわざ映画作る意味がないから」

はっとなった。

確かに、小説は小説にしかできないことを、映画は映画でしかできないことを形にして、どちらもがお互いを引き立て合えるならそれがいちばんだ。

「あの映画には感謝してるの。あれのおかげでめちゃめちゃ文庫の売り上げ伸びたし」

「私はやっぱり原作をこそ読んでほしいですけど」

「私だってそうだよ。そこへつながるきっかけを映画が作ってくれて、しかも作品単体として素晴らしい出来だったら言うことなしじゃない。もちろん、作品の魂みたいな部分を勝手に変えられそうになったら、とことん闘うけどね」

作家の中にも、自作の映像化に寛容なタイプとそうでない人がいる。こだわりのポイントもいろいろだ。

千紘自身、好きで文芸の世界にいるからつい小説のほうに肩入れしてしまうが、カインの言う意味はよくわかる。そんなふうに自身の立ち位置を俯瞰し、それこそ我が子のように大事な作品を誰かの手に委ねることのできる天羽カインはやはり素敵だ、とも思う。

「釈然としないって言ったのは、じつはそこなのよ」

カインがアイスティーのストローをくわえる。

「あの『週刊文春』が、勝算もなく記事を載せるとは思えないけど、それでも今度のことはちょっと一方的で可哀想じゃないかと思っちゃうのよね。自業自得って言われればそれまでだけど、実際、彼に見出されて、彼に気に入られることで一線へ躍り出た女優が沢山いるのだって事実だし」

たちまち幾つかの顔が浮かぶ。今では押しも押されもせぬ大女優が、かつて高津監督の作品に起用された時点では名もない新人だった。

「これまで何十年にもわたって凄い作品を残してきて、世界の賞賛を浴びて、映画賞だって海外も含めていっぱい獲ってきた人だよ。それが、監督としていよいよ不動の地位を築き上げたところへこれでしょ？　あんなお爺ちゃんを今さら告発してつるし上げて、それで何になるんだろうって。文春の石田くんなんかは、公人がどうとか言ってたけど、ああいう記事っていつも晒《さら》される本人以外の証言者は匿名のAさんBさんでしょ。それもどうだかなって思う。こっちは看板掲げて店を出してるのに、自分は傷つかない物陰から狙い撃ちしてくる人とどうやって渡り合えって言うのよ。そんなの全然フェアじゃないじゃない」

カイン自身、顔の見えない相手から心ない中傷を受けることは多いのだろう。物言いに熱がこもってくる。

千紘は黙っていた。言葉にしなくてはと思うのに、うまく言えない。

「電話口で本人に泣かれると、何とも言えない気持ちになるのよね。『俺はもうおしまいだ、これ以上生き恥をさらすくらいなら死んだほうがましだ』とか、『これが五十代の頃ならまだ闘う気力もあったけど、この歳になるとしばらく待ってから再起に賭けようと思うだけの元気もない』なんて」

「おいくつでしたっけ」

「七十六だったかな」

「ああ……」

「あと、こうも言ってた。『天羽さんのように筆一本で勝負できる仕事と違って、映画は制作に関わる人間の数が多すぎる。自分に何かあるだけでその全員に迷惑がかかるんです』って。今回の件でもさっそく、主演女優まで決まりかけてた企画が一本ダメになったんだって」

「女優さんにしてみれば、今あの人に近付くのはイメージダウンにしかならないってことなんでしょうね」

「そう。スポンサーもね」

カインがフォークを突き刺した剝き海老に、細長いジャスミン米が衣のようについている。それを一粒も落とすことなく口に入れ、咀嚼し終えるとアイスティーを飲む。

一流レストランでも、こうしたカジュアルな場でも変わらない。このひとは所作の一つひとつが綺麗だ、と千紘は思う。優雅と言うより格好いい。こんなふうに歳を重ねてみたい、と思う半面、今夜はどうしても胸の内側がざらざらする。

「死ぬの生きるの言っても、そこは様子見ながらいくらか割り引いて聞いてるけど、人間気持ちが弱るとうっかりしちゃうこともあるからちょっと怖くて……下手するとこっちまで引っぱられるし」

「やだ、やめて下さいよ」

「大丈夫」カインは薄く笑った。「とにかく、このモヤモヤする感じを千紘ちゃんに聞いてもらいたかったの。おかげでちょっとスッキリした」

「だったらよかったですけど」

「大体、思わない？　一般社会ならともかく、芸能の世界ってやっぱり特殊でさ。それは私たち作家も同じで、昔は物書きだって水商売って言われてた。そういう世界で生きようと思うなら、女の側にも仁義ってものがあるはずじゃない。あの彼にお世話になった沢山の女優だって、当時は仕事上のギヴアンドテイクに納得してたからこそ、これまでずっと沈黙を通してきたわけでしょ。十年前とじゃモラルの基準だってかなり違うのに、今の正義感で過去のことまで裁くのはおかしくない？」

「でも……」千紘は言った。「今回、最初に告発したAさんが被害を受けたのは、わりと最近のことなんじゃないんですか？」

「そうだけど、そこに便乗するみたいにBさんCさんが出てくるのは何て言うか、さもしい感じがするのよ。本当に嫌だと思ってたなら、どうしてその時点で警察へ行かなかったの。どうして今になって週刊誌に持ち込んだりするの。そういうのが、同じ女として気持ち悪いっていうかね」

　カインが、ふっと笑う。

「いっそのこと今度、炎上覚悟でエッセイに書こうかな。だって、思ってても誰も表立って言おうとしないでしょ、そういうこと」

「天羽さん」

思わず遮ってしまった。

自分で戸惑うほどきつい口調になってしまい、カインのほうも驚いているのが伝わってくる。

「ごめんなさい、天羽さん」

千紘はフォークを置き、口もとを拭った。

「すごく生意気なことを言わせて頂いてもいいですか」

怖くて顔が見られない。

ややあって、カインの低い声が言った。

「いいよ。どうぞ」

「私はこの件……天羽さんとはちょっと違うふうに思っています」

口が渇き、水を飲みたいのに手を伸ばす勇気が出ない。今になって膝頭が震えてくる。

「おっしゃる意味も、わからないわけじゃないんです。確かに、それぞれの世界にそれぞれの不文律みたいなものはあって、たとえばプロの芸者さんとかが旦那さんのプライバシーをよそでべらべら喋るとか、そういうのはやっぱり筋が違うかもしれません。天羽さんのおっしゃる通り、仁義がないな、って私も思います」

カインは何も言おうとしない。

食べかけの皿に目を落としたまま、千紘は続けた。

「だけど、今回の件はそれとは違うと思うんです。映画の世界でもきっと不文律はあって、昔の女優さんはそこに自分を無理やり押し込めることでしか生き延びられなかった……そういう時代が長かったのは事実でしょう。ただ、それってあまりにも不公平というか、上下のパワーバランスに差があり過ぎるじゃないですか。力のある人の言うことを黙って聞かないと、今の仕事を干されるかもしれない。二度とこの世界では浮かび上がれないかもしれない。そういう、弱い立場の側がノーとは言えない関係性の中で男女のことを強要されるのは、やっぱり根本的に間違ってると思います。それを、ギヴアンドテイクだなんて私は認めたくありません」

答えは一切返ってこない。テーブルの向こう側が暗がりに沈んだように感じられ、座っているのにめまいがしてくる。

「それと……昔は当たり前だったからって、今それに対して声をあげるのがそんなにおかしいことでしょうか。女性に選挙権さえなかったような時代とは違うはずなのに、なんでそういうところだけ男性に遠慮して黙ってないといけないんでしょうか。おいしい思いをした男のほうは、もういいかげんお爺ちゃんなんだから可哀想なんて大目に見てもらって、逆に告発した女性の側は、どうせおばさんになって賞味期限が切れたから金目当てだろうなんて誹《そし》られる。そんなのって変ですよ」

息を継ぐために口をつぐんでも、カインは一言も発しない。せめて反論してくれればいいのに、どう言っても伝わらないのか、それとも自分の言い方が拙《つたな》いのか。涙がにじみそうになる。

震える手を伸ばし、水を取って、ようやく一口飲んだ。グラスを戻す手がまた震えるのをじっと見られている。

「さっき天羽さん、どうして警察へ行かなかったのかっておっしゃってましたけど……言えないんですよ。性的な被害にあった時って、誰にも言えないんです。それも、すぐになんて絶対に」

カインが初めて身じろぎをする。

「今回の一件もそうですけど、記事を見た人たちはネット上で、寄ってたかって女優の側を責めてますよね。抵抗しなかったくせにとか、打算があったんだろうとか、どうなるかわかってて二人きりになったほうが悪いとか。これがもし強盗事件だったら、被害者に向かってそんなこと言わないのに、性的なことになるとなんでだかみんなして女性を責める。でもね、傍《はた》から責めるまでもないんです。ああいう被害に遭うと、自分がいちばん自分のことを責めるんですよ。あの時どうして二人になんかなったんだろうって。殺されてでも抵抗すればよかったのに、なんでそうしなかったんだろうって。今になってもまだこうして、死ぬほど辛い思いを味わってるのは、あの時ちゃんと抵抗しなかった報いなんじゃないかって」

「ちょっと待って千紘ちゃん、」

「私は、そうでした」

撃たれたようにカインが黙る。

「私は……私の場合は、知らない人じゃなく、高校二年の時ほんの二ヶ月くらいお付き合いしてた男子からの暴力で、だからよけいに周りの誰にも言えなかった。言っても痴話喧嘩だと思われたり、アレって初めての時はどうしても痛いもんね、男ばっかり気持ちよくて頭きちゃうよね、みたいに軽く扱われるのが我慢ならなくて、とうといちばん仲の良かった友だちにさえ打ち明けられませんでした。だけど、十年も経ってても、いまだに夢に見るんですよ。あの時の彼に押さえつけられて、金縛りみたいになって、叫びたいのに声が出ない。最悪の夢です」

ギギ、と床のこすれる音が聞こえた。

見ると、フロアの向こう端で若いカップルが立ち上がったところだった。睦まじく肩を寄せ合い、支払いを割り勘で済ませてから階段を下りてゆく。

見送る千紘が微笑むのを見て、カインが首を巡らせ、怪訝そうにこちらへ目を戻す。

「……いえ。なんか、いいなあと思って」

「え?」

「別に、払いたいほうが払えばいいんですけどね。でも、ああいう対等な感じは見ていて気持ちがいいなあって」

千紘は、やっとのことでカインを見た。いつもより顔が白っぽい気がする。

「今さらあれですけど、私、ずっと天羽さんのファンでした。前にもお伝えしたかと思うんですけど」

「……うん。聞いた」

「ほんと言うと、デビュー作を初めて手に取ったのは、今お話ししたみたいなあれこれがあってすごくしんどかった頃なんです。地元にだけは絶対いたくないから、がむしゃらに勉強して東京に出て、でも一人暮らしを始めたらますます嫌な夢ばかり見るようになって……当時はまとまった文章どころかバスの時刻表を読むのさえきつかったんですけど、大学の生協へゼミのテキストを買いに行ったら天羽さんの新刊が平積みになってて、買ったってどうせ読み切れるはずないと思ったのになぜだか買って帰って、あっという間にぐいぐい引きこまれて、読み終えたら……なんだか少しだけど楽になってました。その晩は嫌な夢も見ませんでした。具体的にどの言葉がどうっていうのじゃないんです。ただ、ああ、世の中にはこんなに綺麗で愛おしい男女の関係もあるんだなあって。私が未熟だから知らないだけで、世界はきっと広いんだなって素直に思えて、それで——もう少し生きてみてもいいやって気持ちになったんですよね」

面と向かっての告白が急に恥ずかしくなり、千紘は目を伏せた。

「〈天羽カイン〉という作家に、ずっと憧れてました。こんなに透きとおった小説を書く人はどんな人だろうって。担当になれた時は夢じゃないかと思ったし、今でもその思いは同じです。だから……ものすごく自分勝手な言い分なのはわかってますけど、だからこそ、天羽さんにだけは、被害に遭った女性の側を責めてほしくなかったんです。たとえ十年前のことでも、それが本当のことだったらですけど、告発に踏み切るのにどれほどの勇気をふりしぼったかわかるから」

言いながら、つくづく勝手だと感じる。思いがどれだけ強かろうと、どんなに確固たる信念があろうと、一方的に相手に押しつけるそれは暴力でしかない。今まさに糾弾している男たちと同じことを、自分もしてしまっているのではないか。

「千紘ちゃん」

ひどく揺れる声に呼ばれ、顔を上げるなりぎょっとなった。

「ちょ、やだ、どうしたんですか」

「ごめん、千紘ちゃん」

天羽カインの頬が濡れている。

「私、何にも知らなくて」

「そんな、いいんです。言ってなかったんだから当たり前じゃないですか」

「当たり前じゃないよ。あなたの事情だけじゃなくて、そういうこと全部、何にもわかろうとしてなかった。それなのに偉そうな演説ぶったりして……」

今、すごく恥ずかしいよ。

消え入るように言いながら、カインが顔を拭い、洟をすする。

「ありがとうね」

「私は何も」

「自分の考えが、二十年くらい前の時点で止まっちゃってるってこと、言ってもらわなかったらずっと気がつかなかったと思う。知らずに賢しら顔でエッセイなんかに書いたら、炎上どころか大恥かくところだった」

テーブル越しにこちらへ伸びてきた手が、千紘の腕をぎゅっと強くつかむ。

「言ってね」

「え」

「ちゃんと指摘して、これからも。私が何かおかしなこと言い出したら、『天羽さんそれ間違ってます』って、千紘ちゃんが教えて。私、こんな性分だけど、あなたの言うことだったら素直に聞ける。時々はムッとするかもしれないけど、それに懲《こ》りないでどうか言ってほしいの。お願いします」

「天羽さん……」

「ねえ、作家にとって何がいちばん怖いかわかる？　周りにいる誰も、ほんとうのことを言わなくなることだよ。書くものが適当に面白くて、しかも売れてたら、誰がわざわざ嫌われるようなこと言いたがる？　私、裸の王様だけはイヤ。井の中の蛙《かわず》はもっとイヤ。嗤われてるのに自分だけ気づいてないなんて、死んだほうがまし。だからお願い、約束して。他の誰が知らんぷりして黙ってても、千紘ちゃんだけは私に本当のことを言ってくれるって」

蜘蛛《くも》の糸に縋りつくかのような必死の面持ちに、身体の奥深くから衝《つ》き上げてきたのは、

（もったいない）

という思いだった。

これまでに見たこともないカインの表情を間近に見つめながら、初めて胸に落ちる。巷《ちまた》で〈尊い〉などと称されるあの特殊な感情は、きっとこういうものを指すのだろう。

「天羽さん」

学生時代、生協の書店で彼女の本を手に取って以来の思いをすべてこめて、千紘は言った。

「わかりました。私なんかでよかったら、お約束します」

口にした瞬間、得も言われぬ恍惚の矢が身体を刺し貫いた。

12

車窓に冬枯れの田園風景が広がっている。大宮を過ぎ、高崎《たかさき》を過ぎ、軽井沢が近付くにつれて山が迫り、緑は少なくなってゆく。

昼下がりの新幹線で帰るのは久しぶりだ。いつものように駅地下で惣菜を買い込む気力はなかった。昨夜も遅くまで『南十字書房』の緒沢千紘と話し込み、ホテルに戻ったのはほとんど明け方で、いざ横になっても頭が冴《さ》えてほとんど眠れず、ようやくうとうとしたかと思えばもうチェ

ックアウトの時間だったのだ。

肘掛けに頬杖をつきながら、天野佳代子はぼんやりと外を眺めた。今さら詮ないことをつい考えてしまっては、いくつかの顔が思い浮かんで舌打ちが漏れる。

最新号の「週刊文春」に、例の記事は結局載ってしまった。映画監督の高津広也による往年のセクハラ問題だ。

さんざん夜中に泣きついてよこした当の監督が、じつはあちこちへ同じように愚痴をこぼしていたと知ってからは同情する気持ちも薄くなったが、それはそれとして、自分の存在が何の抑止力にもならなかったことを思えばやはり忸怩《じくじ》たるものがある。誰のせいかといえば、そう、「オール讀物」の担当編集者・石田三成が不甲斐ないせいだ。

〈社長だって記事を止めるようなことはできません。ましてや僕の意見なんか〉

石田の言葉は全部言い訳だった。いくら綺麗事を言ったところで、社内の最大勢力である「週刊文春」に気を遣っているだけで、こちらの頼みを本気で受け止める覚悟はない。面倒ごとを避けたいだけの、所詮はサラリーマンだ。

つい頭に血がのぼり、少々キツい物言いを返したら、

〈いくら天羽さんでも、ちょっとお言葉が過ぎませんか〉

初めて聞くような強ばった口調で言われた。

こちらにも余裕がなかったのは認めるが、何も本心から石田を侮辱《ぶじょく》するつもりなどなく、いわば売り言葉に買い言葉、勢いで口が滑っただけだ。長い付き合いなのだからそれくらいのことは察して当たり前ではないか。

謝るのも癪だがそのまま電話を切るのはどうにも気まずかったから、大人の態度で話題を変えた。もう間もなく最終候補作が発表されるはずの直木賞についてなら、べつに不自然ではないだろう。

〈そろそろだよね〉

軽く話題をふったところ、

〈え。何がですか？〉

たちまち電話の向こうで石田が身構えるのがわかった。

直木賞をめぐっては以前、彼と明け透けに話し合ったことがある。せめてノミネートするくらいのことはできるだろうと掛け合ったあの時も、石田は予備選考の過程がどれほど厳正に進んでゆくかを淡々と説明し、自分にできることは何もないと言い、結果こちらの強い欲求だけが宙に浮いて恥ずかしい思いをする羽目になった。それでも、彼が同じ口で真摯《しんし》に作品を褒めてくれたから面子は立った。雨降って地固まるではないが、むしろこれまで以上に本音で話し合える仲になったつもりでいた。

——それなのに。

また舌打ちがもれる。

何だろう、あのわざとらしいとぼけ方は。こちらがごく他愛ない問いかけをしても端からはぐらかし、答えたがらない。おそろしく腹が立った。石田の目に、天羽カインという作家はもはや〈直木賞くれくれオバケ〉にしか見えていないのか。そう思うと憤《いきどお》ろしく、情けなく、そして——ふっと、どうでもよくなってしまった。石田という男の底が見えた気がしたのだ。結局、彼は自分が可愛いだけだ。作家と会社の板挟みになりそうな空気を察知すると、とたんに慎重な物言いになる。すぐ大義名分を言い立てるところも気に入らない。

ほんとうは、『文広堂』から引き上げた原稿をどの出版社に任せるか考えた時、『南十字書房』の緒沢千紘と並んで石田三成の顔が浮かばなかったわけではない。千紘のほうを選んだのは、二人の能力や各々への信頼に差があるからではなく、ただ石田へのちょっとした意趣返しのような気分が働いただけの話だった。

けれど、もう、いい。

男なんか信用ならない。

セクハラじじいの高津監督もムカつくし、それを執拗に追いかける記者たちもムカつくし、何だかんだ煮え切らない石田三成も、全員ムカつく。仕事にいいかげんな『文広堂』の竹田も、謝罪とは名ばかりで居丈高《いたけだか》だった先方のお歴々も、ついでに言えば冒険を嫌って安全策ばかり取ろうとする『南十字書房』の上役たちも、みんなまとめて簀巻《すま》きにして腐ったドブ川へほうり込んでやりたい。誰もが本心ではこちらをバカにしているからだ。

恥をかくこと・かかされることが、とにかく我慢ならなかった。〈無冠の帝王〉などと仇名《あだな》されるのも、本心ではいやでいやで仕方がない。出す本は売れるのに名のある文学賞を獲れない自分への、遠回しな揶揄にしか聞こえない。新刊発売のたび初版部数にこだわって上に掛け合うのだって、恥をかきたくないからだ。取次や現場の書店からそろそろ落ち目だなどとは絶対に思われたくなかった。

〈作家・天羽カイン〉が甘く見られることなどあってはならない。だからこそ、サイン会でペンの一本、花の一輪にまでうるさく口を出し、読者に対するホスピタリティを極めるべく努力する。どうせ一、二度しか着ない高価な服、靴やバッグや持ちもの、住まいに車に趣味嗜好……すべてが作家を作家たらしめる要素のひとつだから、ふさわしいものをとことん突きつめて厳選する。〈天野佳代子〉はお茶漬けをすすっても、〈天羽カイン〉は優雅にリゾットを口へ運ぶのでなくてはいけないのだ。

それだけに——あの夜、緒沢千紘が言ってくれたことはありがたかった。このところ次々に明るみに出ている性的搾取に関する自分の認識は、一晩でかなりアップデートされたように思う。

〈ああいう被害に遭うと、自分がいちばん自分のことを責めるんですよ〉

きっと、誰にも話したくないことだったろう。実際、長らく誰にも話さずにきたことだろう。〈天羽カイン〉の看板ごと恥をさらさずに済んだのは、千紘が身を挺《てい》して諫《いさ》めてくれたおかげだ。危うく、時流から言って隙だらけの持論をぶって集中砲火を浴びるところだった。

彼女だけだ、と佳代子は思った。

担当編集者は各社に何人もいるが、緒沢千紘だけは心の底から信じられる。

降り立ったとたん、吸い込んだ息で肺の中が凍りそうになった。コートの前をかき合わせ、急ぎ足でエスカレーターに向かう。ホームの日陰に残った雪で滑りそうになる。ほんとうに、なんだってこう歩かせるのだろう。

改札口を出た正面の壁際には、例によってサカキがいた。最近は心得たようで作業着姿のまま迎えに来ることはない。肩に掛けたトートバッグに無言で手が伸びてくるのを「いい」と断り、下のロータリーに停めてある白いアウディに乗り込む。おそらく切ったばかりのエンジンを再びかけるサカキに言った。

「ずいぶんぎりぎりに着いたみたいじゃないの」

バックミラーの中、彼が戸惑うような視線をよこす。

「……あったかいから」

老境にある男の目もとがわずかにゆるんだのを見たら、猛烈に苛々した。

「さっさと出しなさいよ。早く帰って休みたい」

ギアへ伸びかけていた節高な手が、ほんの一瞬止まる。

「何よ。どうかした？」

サカキがかぶりを振り、滑るように車を出した。

いつもの道、いつものエンジン音。気がゆるみ、五分も揺られているだけで眠気に襲われる。もうすぐ着くのだからと懸命に瞼《まぶた》を押し上げるものの、寒々しい木立の間から湖が覗く頃には抗えなくなり、しかしまもなく窓ガラスに側頭部をぶつけて目が開いた。

「痛《い》った……」

ミラー越しにサカキがちらりとすまなそうな顔をする。大きく揺れたのは、夜な夜な凍ってはまた溶ける地面が沈み、私道の轍がさらに深くなっているせいだった。林に囲まれた日陰は底冷えがする。着いたら床暖房の設定温度を上げよう。あるいはサカキがもう済ませているだろうか。

道の先に、白いフェンスと家が見えてくる。

ぎょっとなった。

落葉松の大木のそばにヴィンテージブルーのゲレンデヴァーゲンが停まっている。

バックミラーを睨みつけても、サカキは不自然に前だけを見たまま、その隣へアウディを滑り込ませる。佳代子はバッグを引き寄せると、運転席の背中を二度続けざまに蹴りつけてから、車を下りた。

凍った地面がひどく固い。大きく深呼吸をし、気持ちに芯を入れ直す。久々に会う相手に寝不足の疲れた顔を見せまいと思うのは、心配を掛けたくないからでも、ましてや女心からでもない。

玄関ドアを開け、黙って入ってゆくとコーヒーの香りがした。勝手に豆を挽《ひ》いて淹れたらしい。

「やあ、お帰り」

夫である人はリビングのソファで寛いでいた。仕立ての良いフランネルのパンツにカシミアのセーター、もみあげに僅《わず》かばかり混じった白髪を染めずにいるのもたぶん計算のうちだ。

「めずらしいのね」荷物をダイニングの椅子に置きながら、佳代子は言った。「鍵、持ってたっけ?」

「坂木に言って開けさせた」

思わず唸る。二度蹴ったくらいでは足りなかった。

「え、何て?」

「何も言ってない。先に報せといてくれたら、昨日のうちに帰ってきて何か用意しておいたのに」

「いやいや、先生にそんなことさせられませんよ」

またイラッとしたが、こらえて呑み下し、とりあえず洗面所へ行って丁寧に手を洗う。青臭いラベンダーの香りに、ささくれ立った神経が少し撫《な》でつけられる。

うがいを済ませてリビングへ戻ると、夫である人は同じ場所でスマートフォンを覗き、何やら調べているようだった。いつ帰るの、と訊いてしまいそうになる。

「いつ、着いたの」

「ついさっき。ちょうど坂木がエンジンあっためてるとこへね。道がどこも空いてて、早く着きすぎた」

「ゴルフ？」

「なわけないだろ。こっちのゴルフ場なんか先月末から全部クローズしてる」

「そう。ごめんなさい、興味がないものだから」

「だとしたって常識だよ」

どうだっていい。争う気にもならない。ずっと立ったままでいるのも落ち着かず、仕方なくダイニングの椅子を引いて腰を下ろす。

「それで、今日はまた急にどうしたの？」

ようやく彼が目を上げ、スマートフォンをポケットにしまった。

「急に来られると困ることでもあるわけ？」

「ないけど。何か用事？」

「用がなくたって来たきゃ来るさ。自分の家なんだから」

違う、ここは私の家だ——と、叫びたいのに言い返せない。もともと天野家の別荘だったこの家と土地は、今も彼の持ちものだ。

前に一度、相応の額で譲ってほしいと申し出たら笑って却下された。預金口座や日々の経済は別々でも、不動産や車といった大きな買物に関しては好きにさせてもらえない。経営する輸入会社の経費計算がどうとかいうのは、半分は本当だろうが残りは口実で、彼にとってそれらの決裁権を握っておくことは夫婦間における一種の示威《じい》行為でもあるらしい。

「最近は書けてる？」

「どういう意味？」

「たまに本屋を覗いても、きみの本を見かけないからさ」

今ならどこの書店でももれなく、新刊二作品が平台に山積みです。あなたが覗くのはビジネス書の棚だけだからでしょ。——言ってやりたいが、煽《あお》りには乗らない。おそらく何がどれだけ売れているかもリサーチ済みのはずだ。

「そうね。もっと頑張らないとね」

淡々と返すと、彼は鼻からふっと息をもらした。

「このあと、こっちで仕事があってさ」マグカップに手を伸ばし、一口すする。「まあ、厳密には仕事になるかどうかまだわからないけど、ほら、『萬屋《よろずや》ＢＯＯＫＳ』ってあるじゃない。きみもさんざん世話になってるだろ？」

「萬屋がどうしたの」

「こないだ参加した異業種ゴルフコンペで、あそこのＣＥＯと同じ組になってさ。なんでも、これまでのプラットフォーム・ビジネスやなんかに加えて今度はホテル事業にも進出するとかで、第一号としてこの軽井沢に滞在型のホテルを作りたいって言うわけ」

「またホテル？　飽和状態でしょうよ」

「それがさ、コンセプトがなかなか新しいんだよ。『泊まれる書店』だって」

「泊まれる、書店……」

「最近は本屋の中にカフェがあって、買う前の本でもそこへ持ち込んで読めたりするじゃない。それの発展形？　なるほど着眼点が面白いなと思ってさ」

「売れるのかな、それで」

「何が」

「本がよ。カフェだったら、読み切れなかった本を買ってく人もいるだろうけど、一晩泊まれば最後まで読み終わっちゃうでしょ。売れないんじゃないかと思うんだけど」

「高い宿代さえ落としてくれるなら、本なんかどうせおまけだろ」

「本がおまけ？　書店なのに？」

「知らないよ、そんなことは。とにかく先方のイメージは『ニューヨーク公共図書館』だって言うから、我が社ならまるごとご用意できますよ、と。書架にせよデスクにせよ読書用ランプにせよ、お望みなら天井のモールディングも壁画もシャンデリアも、それこそ入口のライオン像まで余裕で協力できますよと。向こうもけっこう乗り気でね。今日はこれからその建築予定地を見に行くってわけ」

「どのあたり？」

「さあ。アウトレットの向こう側らしいけど、詳しいことは行ってみないと」

　肩をすくめた彼が、あ、と思い出したように続けた。

「そういえば、きみの名前を出したらびっくりしてたよ」

思わず眉根が寄る。

「よそで言わないでってあれほど」

「いいだろ、それくらいは協力してくれても。名前言ったって通じないかなと思ったけど、書店のトップだけあってさすがに知ってたわ。『あの天羽カインさんが奥様だなんて凄いですね』だとさ。凄くも何ともないのにな」

「……そうだね」ありとあらゆる思いを押し込めて言った。「ぜんぜん凄くも何ともないね」

「ま、そんなわけでさ。これから歩き回るってのに、えらく寒かったもんだから」

こいつを取りに寄った、とソファの端へと顎をしゃくる。東京では出番のない厚地のダウンジャケットは、もう数年この家のクローゼットに保管してあったものだ。かさばって邪魔だったからちょうどいい、と思ったところへ、

「服、また増えてるね」

やっと立ち上がりながら彼が言った。

「きみが勝手に買ったものだから何も言わないでおくけど、今年着なかったものはさっさと処分しなさいよ。溜め込んでたってしょうがない」

「ええ、そうね。そうします」

「あと、それから……」

言葉を切り、ダウンを小脇に抱えて近付いてくる。すぐ隣に立たれ、反射的にこみ上げる嫌悪感に自分でも戸惑っていると、すっと目の前に差し出されたのは名刺の倍ほどの大きさの紙片だ

った。

「何、こ……れ……」

訊き返しかけた舌が、ぎゅっと強ばって動かなくなる。

二つ折りの白いツヤ紙。中央にはブルーとゴールドで、新宿にある有名ホテルのロゴマークが刻印されている。宿泊者カードだ。

「こういうものを、そのへんに置いとくもんじゃないよ」

へんに優しい声で彼が言う。

そのへんに置いてなどいない。仕事机の引き出しの奥、ノートに挟んでしまってあったはずだ。

「そこに名前のある男――」

ぎくりとした。

「さっき調べたら、編集長らしいじゃない」

「……違うの」

「何が違うの。違わないでしょ？　編集長だよね、『オール讀物』とやらの」

「それは……それはそうだけど、あなたきっと誤解してる」

「そうかね。ま、いいさ。この際、お互い野暮なことは言わないでおこうよ」

ぽんぽん、と肩を軽く叩かれ、椅子に埋まり込みそうな気がした。この夜の宿泊者カードが石田三成の名前になってしまった経緯も、それが机の引き出しにある理由も、一からちゃんと話せばいいのに言葉が出てこない。

「じゃ、僕はそろそろ退散しよう」夫が、上機嫌に言った。「帰りは寄らないから安心して。っていうか、きみ、もうこのまま寝ちゃいなさいよ」

「……え」

「その歳で、あんまりな夜更かしはいただけないな」

カマをかけられているだけかと思ったが、彼はこちらをじっと見ると、侮《あなど》るように微笑んだ。

「鏡見てみなよ。酷いもんだよ、肌荒れ」


ゲレンデヴァーゲンの低いエンジン音が遠ざかっていった後は、窓越しに射す光の角度が変わるのを──それにつれて影も細長く伸びて動いてゆくのを、身じろぎもしないで眺めていた。コートも荷物も片付ける気がしない。それどころか立ち上がって風呂を溜める気力も、寝室へ行く力もない。

目の前のテーブルには、石田三成の名前が入った宿泊者カードが載ったままだ。ぽんぽんと肩に置かれた手の感触を思い出すと、今さらのように払いのけたくなる。

夫婦の間に残っているものなどもう何もない。それなのに別れずにいるのは、夫のほうは妻帯者でいるほうがかえって面倒なく遊べるからだろうし、自分の側はといえば、仕事上のイメージダウンはもとより、〈夫に浮気されて棄《す》てられた女〉と目されて憐れまれたり嗤われたりするのが我慢ならないからだ。

〈もしも私が家へこれ持って帰ってたら、間違いなく離婚騒動に発展するとこだったよね。だってこれじゃまるで、三ちゃんとホテルに泊まったみたいじゃない〉

騒動になど、なるはずもなかった。留守の間に仕事場に立ち入り、引き出しを探ってこれを発見した時、夫はむしろ小躍りしたに違いない。妻の落ち度こそは、脛《すね》に傷持つ彼がいちばん手に入れたいものだったはずだ。

むろん、わざわざ持ち帰ったわけではなかった。チェックアウトの際、カードキーとともにフロントに返そうとしたらなぜか行方不明で、帰宅してからバッグの奥底に紛《まぎ》れ込んでいるのが見つかったというだけの話だ。ただ、ゴミ箱に捨てようとしてふと思いとどまったのには理由がある。それを目にしたとたん、ホテルのティールームで石田に迂闊なことをねだって撥ねつけられた後のあの恥ずかしさといたたまれなさがよみがえったからだ。

二度と忘れまいと思った。あれほどの赤っ恥は、そうはない。賞が欲しい欲しいと焦るあまりに自分を見失っていたけれども、よくよく考えてみれば、誰かに力添えを頼んで賞が獲れたとして、それで満足できるものだろうか。また新たな疑心暗鬼に陥《おちい》るばかりで、心の底からは喜べないにきまっている。

さらに陽が傾いてゆき、ずいぶん時間が経ってから、佳代子は目を上げた。部屋の中はもう灯りが必要なほどなのに、薄手のセーター一枚で過ごせるほど暖かい。ちょっと立ち寄っただけの夫が設定温度を上げたわけではあるまい。

駅まで迎えに来た時、バックミラー越しの男の目もとが何かしら物言いたげだったのを思い返していると、勝手口の外でごそごそと物音がした。

少したってから、どうにか気力を奮い起こし、立ち上がって見に行った。キッチンの明かりをつけ、ドアを開ける。吹き込んでくる寒風に首をすくめる。

足もとのバケツに、ジャガイモとタマネギが三、四個ずつ。

そのてっぺんに、真っ赤なリンゴがごろんと一つだけ載っていた。

「性行為の同意を、紅茶に置き換えた動画があるの、天羽さん知ってます？」

「紅茶？　ううん知らない。観たことない」

「英語の、短い動画なんですけどね」

「どういうの？」

「相手に『紅茶はいかが？』って訊いて、『ぜひ！』と言うからわざわざ淹れて出したのに、飲まなかったとする。その時は、決して怒ったり、無理に飲ませようとしてはいけません。同じように、『昨日は飲みたいって言ったじゃないか』『先週はずっと喜んで飲んだじゃないか』なんて無理強いするのもダメ。相手の気分が急に変わることは当たり前にあって、今要らないと言われたらそれは絶対にノーなのです。意識のない相手に飲ませようとしてもダメ。そういう時はまずその人を介抱してあげること。あるいは、飲みたいと言うから紅茶を淹れている、その間に気絶していたとしてももちろん無理に飲ませてはダメ。当然です、気絶してる人は紅茶を欲しがりません。――とまあ、そういう感じのなんですけど」

「へえ。わかりやすいね」

「でしょう？　紅茶だったらみんな納得するのに、セックスだとなんでわからないんだろう」

少し考えて、佳代子は言った。

「欲望のせいだよ」

「欲望……」

「紅茶は理性をもって淹れられるけど、下半身ばかりは野性だから」

「その野性を、それこそ理性で抑えるのが人間じゃないですか」

「まあ、そうね。そうなんだけどね」

立ち上がった緒沢千紘がマグカップにお湯を注いでくれる。それを佳代子に手渡し、

「すみません、お手洗いお借りします」

「どうぞ」

ぱたん、とドアが閉まり、水を流す音が聞こえてきた。

東京の定宿だった。例によって岩盤浴をしに行き、食事もしたのだが話し足りず、ホテルの部屋がツインなのをいいことに、お互いベッドに座ったり寝転んだりして話し込んでいる。ティーバッグや甘いものは下のコンビニで買ってきた。

アーモンドチョコレートを口の中でころがしていると、千紘が戻ってきて言った。

「たとえ手を繋いでホテルに入ったとしても、そのことと性的同意とは別だ――っていうのを、わかろうとしない男が多すぎるんですよ」

「え、待って、それ私もわかんない。説明して」

千紘がベッドに乗って横座りになる。

「大学二年の頃でしたけど、ゼミの合宿で川端康成の『雪国』をやったんです。それで、指を嗅ぐシーンについて取り上げた男子がいて」

「ああ、匂いで思い出すあれ」

「そう、関係した女の触感を思い起こして自分の人差し指の匂いを嗅いでみる、あの場面なんか

とんでもなくエロくてド変態なのに、なまじ文章が美しすぎて誰も気づかない、みたいなことをその男子が言って、みんなが笑って、年輩の男の先生が『眠れる美女』で添い寝する老人の話とかも持ちだして……。そこからちょっとずつ話題が逸れていくうちに、私、なんかむかむかしてきて、思わずさっきみたいな主張をしたんです。確かに川端の文章はきれいだけど、男の身勝手さが臆面もなく描かれていて正直あり得ないし、女の意思がことごとく無視されるのも許しがたい。同意のない性行為をこんな具合に美しく書かれると輪をかけて気持ち悪い、って」

「なるほど」

「その続きで言ったんです。同意の有る無しはすごく重要で、女からすればたとえ男性と一緒にラブホに入ったとしても、イコール同意したとは限らないんだ、って」

「ふうん……。それについて他のみんなは何て？」

「男子だけじゃなくて女子のうちの何人かも、微妙な顔でした。で、上の学年の男子の一人が言うには、『じゃあ緒沢はさ、ラブホは何をするところだと思ってるわけ？　ラブホに入ることイコール同意ではないって言うなら、自分の彼氏が別の女とラブホに入っても気にしないってことだよな』」

「へえ。なかなか頭いいね、その子」

「いいですか？」

「よくない？」

「屁理屈こねるだけの大馬鹿野郎じゃないですか。私はね、性的同意の話をしてたんです。それを浮気の話にすり替えられても迷惑です。そりゃね、ラブホは基本的にはセックスする場所です

よ。彼氏がもしも他の女を連れて入ったら疑いますとも、当たり前じゃないですか。でもそのこ
とと、お互いに相手の意思を尊重すべきだって話とはまったく別の問題でしょ。土壇場《どたんば》で相手に嫌だと言われたら……それこそベッドの中で二人とも裸になった後でも、女の側がやっぱり嫌だってなったら、男はどんなにその先をしたくてもそこでやめるべきです。ここがラブホだからって、嫌がる女の子を欲望のままに犯しても許される？　そんなわけないですよ、それは強姦《ごうかん》です。もっと言うなら、男女が逆でもそれは同じはずです」

「うん。……そうか、そうだね」

ハッとしたように千紘が口もとを押さえた。

「ご、ごめんなさい！」

「え、何が？」

「私ったら、なんか馬鹿みたいに熱くなってべらべらと、」

「そんなことないよ」佳代子は言った。「説明してって頼んだのは私のほうだし」

いえ、すみません、と千紘は頭を下げた。

お互い座っているのがベッドの上だからか、なんとなく修学旅行を思い出す。あの頃は先生に見つかるとこっぴどく叱られたものだが、大人の夜更かしに邪魔は入らない。歳を取るのも悪くないと思うのはこういう時だ。

「この際だから訊いちゃうけど、千紘ちゃんがそういうこと考えるようになったのはやっぱり、前に話してくれたようなことがあったから？」

あえてずけずけと訊いてやると、彼女は察したように微笑し、小さく頷いた。

「誰にも打ち明けなかったので私自身が非難されたわけじゃないんですけど……よくあるじゃないですか、似たような事件とか。そのたんびに、ワイドショーとかでさんざん女の側が責められるんですよね。男を誘惑するような服を着てたからだとか、部屋へついてった以上は何をされてもしょうがないとか、本当に嫌だったらもっと抵抗できたはずだとか、縛られてたわけでもないのになんで逃げなかったのかとか」

「まあ、言われるね」

「あと多いのが、レイプされたなんて嘘だ、それが事実なら、男と離れて一人になったとたん、すぐに警察へ駆け込むか近くの人に助けを求めるはずだっていう意見です。私は……私も、あの時は自分でそう思いましたよ。男の部屋で二人っきりになって、おまけにキスまでは許した自分がいけないいんだって。ああいうのも正常性バイアスって言うんでしょうかね。男の欲望というのは途中で止められないもので、彼があんなことをしたのは男なんだからしょうがなくて、だからあれは決してレイプなんかじゃない、そんな怖ろしいものであるはずがない。そう自分に言い聞かせて、うつむいたまま逃げるみたいに家へ帰るなり、馬鹿でしょう？　急いでシャワー浴びたんですよ。自分の身体が汚なく思えてたまらなくて、何度も何度も、いつもは洗わないような奥まで、泣きながら洗いました」

「千紘ちゃん……」

「証拠を洗い流すより前に警察へ行くべきだったなんて、いくら言われたって無理ですよそんなの」

「その――相手の男の子とはどうなったの」

「学校では普通にしてましたよ。二人だけではもういくら誘われても会いませんでしたけど、友だちから変に思われるのはいやだから、話しかけられれば答えるし、冗談には笑うし。芸能人がらみの事件とかでも、あるでしょう？　レイプの翌朝に、相手に御礼のメールを送っちゃうとか。あの時の私もたぶん似たような感じだったと思います。自分の世界が壊れないように両手で必死に押さえて、何にも変わってないからって言い聞かせて、そのためにもいつもと同じようにふるまって。同級生の男子が相手だったからあの程度で済んでたけど、あれが歳の離れた立場も上の男の人だったら、怖くてもっと媚《こ》びちゃってたかもしれない。……駄目な女なんですよ、私。ぜんぜん強くなれない」

「何言ってるの。そんなこと思わないでいい」

「ううん、そうなんです。だから、天羽さんに憧れるんです」

こちらを見ないようにして、ぶっきらぼうに言う千紘がいじらしい。きゅっと唇《くちびる》を結んだ彼女が、ひとつ息をついた。

「私の話はもういいです。それより、さっきの続きを聞かせて下さい」

「えー」

「えーじゃなくて。『遠慮や隠し事はナシで』って言ったの、天羽さんだったじゃないですか」

先日の夫との馬鹿ばかしいやりとりを、例によって熱い岩盤にうつぶせで打ち明けている最中、別の客が入ってきて中断されたのだった。遅い食事の最中は別の話題から千紘の話になり、この部屋へ移動して一時間ほど。そろそろ時計の短針がてっぺんを越える。

「時間、いいの？　寝とかないと明日の仕事に響かない？」

「聞かないで帰るほうが寝られません」

佳代子は笑って、ベッドにごろりと仰向けになった。

「どこまで話したっけ」

「ええと……たしか、文春の石田さんとのめくるめく一夜、までです」

「やめてよ、気持ち悪い」

千紘が噴き出した。

「すみません、たしかに気持ち悪いですね。でも、だったら天羽さん、どうして旦那さんにもっとちゃんと説明しなかったんですか」

「あんなのと浮気なんかするわけがない、って？」

「それもですけど、その宿泊者カードを取っといた理由とか。正直に話したら旦那さんだって、」

「無理」

「信じてもらえませんかね」

「じゃなくて、話すのが無理。よりによってあの人に、私が直木賞を狙ってるって知られる？ 絶対にやだ、冗談じゃない。そんな恥をかくくらいなら不倫を疑われたままのほうがはるかにましし」

千紘が、困ったような顔でこちらを見る。

「何よ」

「いえ」

「何でも言って。怒んないから」

「しょうって……」

「ん？」

「賞ってそんなに、どうしても欲しいものですか？」

怒らないとは言ったが、思わず鼻白んだ。

「ずいぶん当たり前のこと訊くね」

「当たり前でもないですよ。賞にこだわらない作家さんだってけっこう……」

「そういう変な人もいるかもしれないけど、私はそうじゃないんだよ」

「だから、どうしてそんなにこだわるんですか。賞なんて時の運っていうか、所詮は人が選んで決めるものじゃないですか」

「そうだよ？　だから？」

「小説作品そのものの値打ちとそれとは全然別物だと思うんですよね。色々あって、直木賞にはもう二度とノミネートしてくれるなと絶縁宣言をして、でもその後もずっと素晴らしい作品を書き続けている作家さんもいらっしゃいます」

もちろん知っている。愛読もしている。だが自分は、その作家の〈素晴らしい作品〉が出るたびに、これならきっとノミネートされただろうし、もしかしたら獲れたかもしれないのにと思ってしまうのだ。当人はどうなのだろう。本当に、まったく未練はないのだろうか。

寝返りを打ち、横向きになって自分の片腕を枕にした。ワンピースの裾が少しずり上がるが、女同士なので気にしない。

「ごめんなさい、お疲れですよね」

千紘がもう一つのベッドから下りようとする。

佳代子は言った。

「自信がないのかもね」

「は?」

「何でもない」

「え、ちょっと待って下さい。まさか、天羽さんがですか?」

「自信っていうより、自分がないのかな」

目を合わせないようにして言ったのに、向こうのベッドから滑り降りた彼女が、間の床にしゃがんで膝を抱え、こちらをまじまじと覗きこんでくる。

「……いいよ。千紘ちゃんにはわからないよね」

「そんなふうに言わないで下さい。わかるように言って下さいよ」

佳代子はようやく、目の前の千紘と視線を結び合わせた。人に一度も打ち明けずにきた、という意味では彼女も同じだが、比べてみれば自分のはなんて卑小な悩みだろう。

「認められたいのよ。いけない?」

つい、蓮《はす》っ葉《ぱ》な口調になる。千紘がたじろぐ。

「べつにいけなくは……」

「権威ある誰かから、わかりやすい形で認めてもらいたいの。選ばれて、思いきってシャネルのドレスでも買って、人前で晴れがましい思いをしたいの。いやってほど褒めまくって欲しい。おだてられて有頂天になってみたい。一度でいいから自分の作品を心の底から誇りに思いたい。それを望むのっておかしいこと？」

千紘がかぶりをふる。

「おかしくないですよ。全然おかしくないし、そう思う人は多いと思います、だけど、天羽さんほどにもなってそこだけに強くこだわるのはどうしてなんだろうって。『本屋大賞』までもらって、あれはつまり書店員さんが今いちばん売りたい本に投票するわけだし、実際、間違いなく今いちばん売れてる作家の一人じゃないですか。つまりそれだけの数の読者がついてくれてるってことで、それってもう選ばれてるのも一緒でしょう？」

「駄目なんだよ、それだけじゃ」

「どうして」

「どうしても」

千紘が、はっきりと大きな溜め息をついた。

「失礼を承知で言いますけど、天羽さんて、そこへ来るといつも思考停止しちゃいますよね」

「何それ」

「だって、何を訊いても『どうしても』としか答えてくれないじゃないですか」

「どうしてもはどうしてもだよ。千紘ちゃんこそ、不安じゃないの？　自分には値打ちがないんだ、みたいな気持ちになることはないわけ？」

「ありますよ、もちろん。あの日からずっとそうでした」

ぐっと詰まる。失言だった。

「でも私の場合、働いてお給料をもらうようになってからはだいぶ変わったと思いますね。売れる本を作るのはもちろん大事ですけど、自分にできる限りの努力をして〈いい本〉を作ること。それと、どんなことがあっても作家さんをいちばんに守ってとことん寄り添うこと。毎日それだけを考えていたら、だんだん自分の値打ちがどうとか、考えないでも済むようになりました」

「……えらいね」

「えらくないですよ。ただただ必死で、余裕がないだけです。でもほら、編集者には賞なんかめったにないでしょう？　黒子的な仕事だから、晴れ舞台で褒めてもらうなんてことは考えなくていいので、そこはかえって楽かな。たまーに桁違いのベストセラーを叩きだした人が社長賞をもらって金一封なんてことはありますけど、それもほんとに稀な例で……。ちょっとかっこいいこと言っちゃうと、私たちにとっては一つひとつの仕事こそが賞みたいなものなんですよ。新しい本がやっとできて、担当作家さんに喜んでもらえた時なんかはそれだけで最高の気分ですから」

佳代子は、ゆっくりとまばたきをした。

「……やっぱり、えらいよ」

ひどく情けない気分だった。千紘と話している間は歳の差などほとんど忘れているが、こういう瞬間にふっと年齢が意識されて侘《わび》しくなる。若い彼女はこんなにしっかりしているのに、自分は何をしているのか。

「天羽さんは、どうして自分がそんなにずっと不安なのか、もともとの原因を突きつめて考えてみたことがありますか？」

千紘の言葉が脳に届き、じわじわと身体に沁《し》みてゆく。と、奇妙な違和感に襲われて、佳代子は思わず頭をもたげた。

「ちょっと待って」

「はい」

「それって、誰だってそうじゃないの？」

「え？」

「みんなそうでしょ。認めてもらえない限りずっと不安なのが、人間のデフォルトじゃないの？」

欲するだけの評価を受けられないままだと、いつも誰かに嗤われている気がする。わかりやすい値打ちの勲章を手に入れて、嗤った奴らをぎゃふんと言わせてやりたい。そうすれば初めて不安から解放される。誰もがそうではないのか。それが当たり前ではないのか。そうだとばかり思っていたから、原因など改めて考えたこともなかった。はなからそういう発想がなかったのだ。

「もしかして……」千紘が、考え考え口にする。「天羽さんって、小さい頃からあんまり親に褒めてもらったことがなかったりします？」

ばかばかしい、そんな単純な話では、と笑い出しかけて――うまく笑えなかった。

ともに教師だった両親の顔が浮かぶ。決して愛されなかったわけではない。一人っ子だったから愛情は充分に注がれていたと思う。

ただ父も母も、我が子を褒めるよりは厳しく指導するタイプの親だった。学校から持ち帰った絵を見せても、習字を見せても、良いところより駄目なところを指摘され、次はもっと頑張るようにと尻を叩かれる。学芸会ではちゃんと声が出ていなかったと言われ、ピアノの発表会ではお辞儀がいいかげんだったと叱られた。とりあえず百点さえ取っていれば認めてもらえる学科がいちばん楽だった。

ベッドに手をついて起きあがる。足を床に下ろして見おろすと、しゃがんだままの千紘が黙って見上げてくる。

「なんか、馬鹿みたい」苦笑しながら、佳代子は言った。「親に褒めてもらえなかったかわりの直木賞だなんてさ。笑っちゃうね」

「笑いませんよ」きっぱりと否定される。「私は、笑いません」

ありがたいが、つくづく情けない。不甲斐なさに身をよじりたくなる。

けれども千紘の前だとそれは、不思議と〈恥〉ではないのだった。ただ闇雲に〈恥ずかしい〉だけなのだった。

「わかりました」

すっと立ち上がった彼女が、再び向かい側のベッドに腰掛ける。

「こうなったら、思いきってこっちから行っちゃいましょう」

「え、どこへ?」

「何言ってるんですか。直木賞を獲りに、ですよ」

思わず目を見ひらいた。千紘の口からそんな言葉が飛び出すのは初めてだ。

「何よ、どうして急に?」

「ぜんぜん急じゃないです。ずっと獲って欲しかったし、天羽さんは作品ごとに貪欲にうまくなっていくひとだから、ほっといたっていつかは獲れると思ってます。でも、どうせなら遠回りより近道のほうがいいですもんね」

驚いて見つめていると、千紘がふっと、毛穴ひとつない頬を歪めた。

「すみません。いま私、うっかり〈ブラック緒沢〉全開でした」

「千紘ちゃん……」

「いきなりですけど、天羽さん。私これから、リミッターを全部外していいですか」

「リミッター」

「天羽さんの作品や、これから頂くお原稿に対して、もしかするとものすごく失礼な指摘をさせて頂くかもしれません。これまでだったらさすがに遠慮して踏みこまなかったところまで踏みこんでしまうかも。ご不快だったらおっしゃって下さい」

ぞくぞくっと、うなじの産毛が立ち上がるのを感じた。

「いいの？」

「はい？」

「ほんとに、本当のこと言ってくれるの？　このごろじゃもう、誰も言ってくれなくなった気がして、それも併《あわ》せて不安だったの。前にも頼んだよね。千紘ちゃんだけはちゃんと、って」

「ええ。約束しましたものね」

「じゃあ、試しにずばり言ってみてよ。私の、今出てる『月のなまえ』と『楽園のほとり』だったら、どっちが上？」

ほとんど躊躇うことなく、

「『楽園』ですね」

千紘が答えた。

「うちで出させて頂いた『月のなまえ』のほうが一般受けはすると思います。たぶん、よく売れもする。だけど、作品の深みからいったら断然『楽園』です。悔しいけど」

石田三成の評価と同じだった。

「じつは、私がリミッターを外そうと思ったのはあちらを拝読したせいもあるんです。地の文章がこれまでにないほどタイトでスタイリッシュじゃないですか。文春の編集者はこういう本作りをするのか、もしかしてこれが〈直木賞らしい〉文章なのか、って気づくところもあったんです。きっと石田さんは、私なんかよりはるかに肚を括って、刈り込んだほうがいいところについてもはっきり指摘なさったんじゃないですか？　それなら私だって……」

「石田のことなんかどうでもいい」

遮るように言うと、声が激しく震えてしまった。

「うまくなりたいの。どんなことをしても、もっと小説がうまくなりたい。こんなところでぐずぐずしてるのはまっぴら。だから、全部教えて。何が足りてないか、どこがまずいのか、遠慮なんかしないで言って。あなた編集者でしょ？　それがあなたの仕事でしょ？」

千紘が、にこりと不敵に笑む。

「そうですよ」

動悸が走る。胃の底がじりじりと炙られる心地がするのは、焦燥ではなく興奮を押さえつけているせいだ。

佳代子は息を吸い込み、両の拳《こぶし》を握り込んだ。部屋はエアコンが効いているのに、指先だけが凍るように冷たかった。

見覚えのない番号から電話がかかってきたのは翌日の午後だった。宅配便か、それとも保険の勧誘かと思いながら一応出てみると、落ち着いた声の男性が『日本文学振興会』を名乗った。

あなたの作品が、直木賞の最終候補作品に選ばれました。お受けいただけますか。

一年半前にも経験のある問いに、ふわふわと地面から足が浮くような心地で、はい、お受けします、と答えた。

電話を切り、衝き上げてくる歓喜をとりあえず宥め終えてから気づいた。

残っていると告げられたのは、『月のなまえ』のほうだった。

13

今どきは作家による原稿の多くがメール添付で送られてくるから、編集者はどこにいてもそれらを読むことができる。いいのか悪いのかわからない。出先で受け取れるのは便利だが、夜遅く自宅にいてもいざとなれば対応できてしまうので、仕事と私生活の境界がつい曖昧になる。

一方、いまだ原稿用紙に手書きというベテラン作家もいて、そうなると雑誌の校了日前などは夜中であっても編集部を離れられず、ファクシミリが〈ガゴッ〉と最初の音をたてて動き出すのをじりじりしながら待つことになる。

いずれの場合にせよ、しんどいけれども辛いばかりではないというのがややこしいところで、湯気の立つような原稿をこの世で最初に読む喜びというのは確かにある。仕上がりが素晴らしければなおさらだ。

担当作家に発破をかけることはできても、自分がかわりに書けるわけではない。一のものを十にすることと、ゼロから一を生み出すのとはそれぞれ別の能力だ。

そして、作家が機械ではなく生身の人間であることも皆よくわかっている。〆切に遅れるたび下手な言い訳を繰り返されれば腹も立つけれども、とりあえず間に合いさえすれば作家の身体などどうなってもかまわない、と本気で考える編集者はたぶんいない。

なぜなら、欲しいのは今回限りの原稿ではないからだ。長く一緒に仕事をして、そのうちに大傑作が生まれるかもしれない、それを自社でもらいたい、できれば自分がその原稿を取りたい。それこそが願いだ。


師走《しわす》半ばのこの日——すなわち下半期の直木賞候補作が発表になって数日が過ぎた日曜日、緒沢千紘は『南十字書房』の通用口を通り、社員専用のパスと顔認証とで社内のエレベーターを四階へ上がった。

別の部署にはちらほらと人影が見えるが、小説誌「南十字」編集部には千紘ひとりきりだ。ロッカーにコートを掛け、トートバッグを机の下に置く。

平日に処理しきれなかった細かい仕事を片付け、ここ最近のメールに改めて目を通し、こちらからも必要な連絡をする。日曜の真っ昼間にメールを送りつけるのが憚られる相手には、明日一番で送信されるように設定しておく。

それからようやく、ずっしり重い紙の束を取り出し、机の上に広げた。Ｂ４にゲラの体裁で印刷された分厚いそれは、天羽カインが『文広堂』から引き上げ、代わりに『南十字書房』でと預けてよこした新作長編小説の原稿だった。

いちばん上の表紙に、『テセウスは歌う』とある。

すでに二回、通読した。カインから手渡されたあの日の帰り道、新幹線の中から読み始めて徹夜で読みあげ、数日の後、家へ持ち帰ってもう一度じっくり読んだ。

とんでもなく面白かった。全編これ天羽カイン節全開と言ってよく、タイトルから想像できる通り「テセウスの船」と呼ばれるあの思考実験が重要なモチーフとして登場するのだが、全体としては孤独な魂と奇跡のような友情を描く物語だ。例によって細やかに書き込まれた心情描写のおかげで共感と落涙は必至、再読しても感動は変わらなかった。

それを踏まえつつ、わざわざ今日出社して三たび原稿を広げたのには訳がある。平日の雑事に邪魔されることなく集中したかったのはもちろんのこと、家ではつい没入し過ぎてしまい、作品との距離が近くなりすぎる嫌いがあるからだ。

首までどっぷりと物語世界に浸かってしまっては作品の欠点などわからない。目を凝らし、耳を澄ませ、あくまで冷静に分析しなくてはいけない。

〈リミッターを全部外していいですか〉

という申し出を、あの夜、カインは受けとめてくれた。こちらが相当いろいろなものを振り捨て、断崖から飛び込む思いで口にした言葉を、怒りもせず嗤いもせずに受けて立ってくれた。あの時の彼女の表情が忘れられない。期待と慄《おのの》きが入り混じったような、酔いしれながらも何かに激しく餓えているような、とんでもなく危うい顔つきをしたのだ。

自分が女でよかった、と千紘は思った。あれは、男の編集者に見せてはいけない顔だ。

〈うまくなりたいの。こんなところでぐずぐずしてるのはまっぴら〉

こんなところ、と彼女は言った。天羽カインが今いる場所まで上りつめられるのであればそれこそどんなことでもする、と考える作家は掃いて捨てるほどいるはずだが、当人にとっては〈こんなところ〉でしかないのだ。謙遜のかけらもない貪欲さを、うつくしい、と思った。

〈全部教えて。遠慮なんかしないで言って。あなた編集者でしょ？　それがあなたの仕事でしょ？〉

そうだ。そのためにこそ、自分はここにいる……。

今回のように連載時のデータが手もとにあっても、単行本を完成させるには様々な行程を経なくてはならない。著者に内容をブラッシュアップしてもらっている間に、こちらはデザインワークを進めてゆく。一ページにつき何文字×何行の体裁にするか、本文の書体はどれを選ぶか、カバーはどんな雰囲気にするか、写真でいくのか絵でいくのか、それらを踏まえて装幀デザイナーは誰に頼むか……。

やがて上がってきた原稿データを入稿し、レイアウトに合わせて組み、紙にプリントしたものがゲラとなる。校正者と編集者がチェックし、疑問点や提案などがあればエンピツで書き込んで著者に戻し、著者はそれを受けて手直しを加える。初校、再校、場合によっては再再校、と何往復もやり取りを重ね、校了となればいよいよ印刷の工程に回される。

本文は製版を経て青焼きか白焼きを出さねばならないし、カバーや帯などは色校正を飛ばすわけにいかない。刷りあがった本文ページは、折りや裁断加工などの後にぴしりと製本され、カバーがかけられ帯が巻かれて、ようやく一冊の本となる。

原稿が著者の手を離れてから書店に並ぶまでには、事ほど左様に大勢のプロフェッショナルが関わっている。作家の多くはそれらの過程を詳しく知らない。

それでいい、と千紘は思う。物語を生み出すのが彼らの仕事であり、その手伝いをしつつ最も似合う衣装を着せかけるのは編集の仕事なのだから。

写経でもするかのように背筋をのばし、千紘は一時間あまり、目の前の原稿と取っ組み合った。通読も三回目ともなると、さすがに冷静に読める。

今のままでも充分な出来映えではある。今回直木賞の候補になった『月のなまえ』より、いや、もしかするともう一作の『楽園のほとり』より上かもしれない。

そもそも、『楽園』ではなく『月』のほうがノミネートされた理由がわからなかった。版元である『南十字書房』としては喜ばしいことなのだが、当の天羽カインからどちらが作品として上だと思うか訊かれたあの晩、さも自分には見る目があるかのような口ぶりで〈『楽園』ですね〉と答えてしまった手前、千紘は複雑だった。カインからの電話で、まだ内緒だけど、と報告を受けた時は穴を掘って隠れたい心持ちになった。

翌日すぐに、軽井沢の家へ駆けつけた。

〈ノミネートおめでとうございます〉

と告げると、

〈獲ってからにして〉

ぴしゃりと言われた。

二時間ほど打ち合わせをする間には、カインの口から突然ここに夫が現れた日のことをより詳しく聞かせてもらったりもしたが、やがて夕方になって辞すまで賞の件がそれ以上話題にのぼることはなかった。カインの様子がいつもと大きく違うわけでもなかった。

けれど、一つの話題だけを注意深く避けているせいでよけいに、彼女がそれを意識していることがひしひしと伝わってくるのだ。

(今度こそ選ばれますように)

千紘は心の底から祈った。

と同時に同じくらい強く願ってしまう。

(叶うことなら、次の作品で獲れますように)

今回もし賞が獲れれば、いま手元にあるこの新作は「受賞後第一作」として注目を集めるだろう。獲れなければ——この作品でこそ、四度目の正直を狙うことになる。こちらのほうが作品として上だ。その判断に間違いはないはずだ。

座り直し、再び姿勢を正す。じっくり読み進めては、気づいたところに付箋を貼り、エンピツを入れてゆく。

書き込みが足りないところよりも、書き過ぎているところのほうが気にかかる。描写のように見えて説明になってしまっている箇所や、心情をあまりに詳しくエモーショナルに書き込んであるところなど、いっそばっさり削って行間に風を通してやることによって、切なさや美しさがさらに際立ってくるはずだ。

ただし、それらを本人に向かって口に出す際は慎重にならなくてはいけない。ここをもっとふくらませてほしいという加筆の依頼ならいくらでも言いようがあるが、作家が心を尽くして書いた文章を、この部分は要らないのでは？　と指摘するのはたいへんに難しい。互いの間の信頼関係が否応なく試されてしまう。

はたして、それだけの勇気と技倆《ぎりよう》が自分にあるだろうか……？

眉間に皺を寄せながら頬杖をつき、机に覆い被さるような格好でエンピツを入れていたせいで、しばらく気がつかなかった。すぐそばで響いた咳払いに、はっと顔を上げる。

隣の机に積み上げられた本の山越しにこちらを見おろしているのは、単行本編集部の藤崎新だった。グレーのダウンジャケットに白いデニム、足もとはスニーカーというラフないでたちだ。

「びっくりした。どうしたんですか」

「ちょっとね。本を取りに寄っただけ」

言葉の通り、写真集を一冊手にしている。戦後すぐの東京をＧＨＱが記録した貴重な資料で、先月末に『南十字書房』から出版されたものだ。

「緒沢さんこそ、怖い顔して何してんの」

こちらが答えるより早く、机の上に広げられたゲラの束が何かを見て取ると、藤崎の表情が消えた。

「ああ、それね」

軽く突き放すような物言いに聞こえる。

「……家だと集中できなくて」

訊かれてもいないのに言い訳めいた言葉を口にする自分が嫌になる。

「わかるけどさ」藤崎が言った。「そういうの、できれば平日のうちにやったほうがいいよ」

「まあそうなんですけど、なかなか」

「言っちゃ何だけど向こうの都合で押しつけられた仕事なんだから、緒沢さんにだけ負担がかかるのはおかしいし」

口調はおだやかだが、どことなく尖《とが》ったものを感じる。

「負担だとは思ってませんけど」

「思ってなくたって、実際そうじゃない。休日出勤までしてやっつけないと他の業務が回ってかないわけでしょ？　それが負担じゃなくて何なの」

「私の段取りが悪いだけですよ」

苦笑してみせて終わりにしようと思ったのに、

「あのさ。前から思ってたんだけど」

藤崎はめずらしく食い下がってきた。

「緒沢さんさ、最近ちょっとひとりで抱え込みすぎじゃないかな。何ごとにも一生懸命なのはいいけど、ちゃんと線は引かないと」

「線って……」思わず眉根が寄る。「休日出勤くらい誰でもしてるじゃないですか」

「そうだけど、本来だったらそれ、僕の仕事でしょ」

藤崎がカインの原稿へ顎をしゃくってよこす。出版部における天羽カインの担当は自分だ、と言いたいのだ。

「でも、今回は天羽さんご自身が」

「知ってる。聞いた。つまりそこなんだよ。原稿を受け取ったのは緒沢さんだったけど、要はうちの社で代わりに出してくれって話なんだから、その後の作業は僕とか周りに任せてよかったんじゃないの？　いくらあの天羽さん案件でも、ってかだからこそ、緒沢さん一人が責任感じて抱え込む必要ないよ。むしろ抱えちゃうと危険だよ。特定の人に業務が集中するのは、組織としてもよくない」

「……はあ」

お為ごかしにうんざりしてきた。ふだん同じ作家を一緒に担当することの多いこの先輩編集者が今、何を思ってしつこく絡んでくるか、透けて見えればなおさらだ。千紘は息を吸い込んだ。

「心配かけてすみません。ありがとうございます」

藤崎が、ほっとした顔をこちらに向ける。

「わかってくれた？　ごめん、ちょっと言い過ぎたかもしれないけど」

「いえ」千紘は微笑んでみせた。「でも、大丈夫ですから」

「え？」

「藤崎さんの言う意味はわかりますけど、今回の作品に限っては、天羽さんは『うちの社に』じゃなくて『私に』託してくれたんです。だから、私がやります。責任持って最後まで」

「緒沢さん」

「編集長もそうしてかまわないって」

「聞いたよ、それも。だけどそれだって、あなたが譲らなかったからでしょ？　原稿をひっ摑んで放さない人の指を、無理やり剝がして奪い取るわけにもいかないっていうだけの話であってさ、本来なら越権行為だよ」

「お言葉ですけど、それを言うなら藤崎さんだって」

「僕が何」

「市之丞さんの新作。連載でもらう約束でしたよね」

その手にある写真集を千紘が睨むと、藤崎はやや怯《ひる》んだ様子で足を踏み換えた。

この十一月に「サザンクロス新人賞」を受けたばかりの市之丞隆志が、今までどこへも応募せず抱えていた原稿がある。当人は、完璧主義の自分にストックなど必要なかったようなことを豪語していたけれども、やはり一本くらいはあったわけだ。

舞台は戦後間もない東京、復員してきたやくざの大親分の息子が、親父のシマを乗っ取った若頭に嵌《は》められて故郷を追われてしまう。半殺しの目にあわされ、道ばたで死にかけていたところをある女に拾われた彼は、殺された両親のため、復讐を心に誓《ちか》う。いっぽう、国の復興とともに裏稼業と表の顔を使い分け、折から右肩上がりの建設業でトップにまでのし上がった元若頭は、政界の内側にも深く食い込んでゆくが——といった筋立ての、未完の長編小説だった。

市之丞本人に言わせると〈トドメの隠し球〉だそうだが、実際には終章の手前で書きあぐねて完成させられずにいたものだ。

が、物語の構えは大きい。筆に勢いもある。デビュー当初からプロ並みに書ける新人などめったにいないし、こちらもそんなことは望まない。欠点とはすなわち伸びしろだ。

これまで千紘が見てきた新人作家の多くは、自身の原稿を間に挟んで担当者とやり取りを重ねるうちに、〈小説を小説たらしめる肝〉のようなものを朧気《おぼろげ》にもつかみ取り、驚くほど短期間でぐんぐん伸びていった。

市之丞の場合も、問題行動は多いがポテンシャルには期待できる。しかも人から軽く見られることが大嫌いな彼の性格は、一般小説の世界ではむしろ強みとなるのではないか、という点で、千紘と藤崎の意見は一致していた。身近にわかりやすい前例がある。そう、天羽カインだ。

いっそのこと市之丞にはすぐにでも小説誌「南十字」で連載を始めさせたらどうだろう、と言い出したのは藤崎のほうだった。〈隠し球〉の冒頭から中盤までは悪くない。五、六十枚ずつ連載していったとして、後半にたどりつくまでは数ヶ月かかるのだから、その間に打ち合わせを重ねて模索していけば、きっと納得のいく落とし所が見つかる。ライトノベルの新人賞受賞作については一切の手直しを拒んだ市之丞も、一般小説誌での連載という作業を通じて徐々にわかってゆくだろう。誰の意見も受け容れないままでは自分が損するだけだということを。

そこまできっちり話し合って作戦を立てた上で、藤崎と千紘は、市之丞に会いに行った。待ち合わせ場所は前と同じく向こうから指定してきたが、今度はアメ横の喫茶店ではなく、東京ステーションホテルのロビーラウンジだった。

こちらの提案を喜ぶかと思いきや、市之丞は、連載だと途中で周りからごちゃごちゃ口を出されそうで嫌だ、受賞作の単行本化が一月の下旬ならその次の作品はほとんど間をおかずに出したい、それくらいのインパクトを狙わないことには次々にデビューする有象無象の新人との力の違いを見せつけられない——などなどと無茶苦茶な主張を始めた。あきれて意見しようと千紘が身を乗り出したとたん、

〈なるほど、わかりました〉

藤崎に遮られた。

〈そういう前例は聞いたことがないけど、目立つという意味では案外いけるかもしれませんね〉

おかげで「南十字」での連載は飛んだ。かわりに、市之丞隆志の書き下ろし作品が三月末に出ることになった。よほどの人気作家ならともかく、海のものとも山のものともつかぬ新人が、受賞作からたった二ヶ月しか間をおかずに次作を刊行するなど前代未聞だ。しかも版元は同じなのだから、いざ出すとなったら両方を売り伸ばすべく、広告費も常より引き上げられるにきまっている。

「そんなこと、今さら言ってもしょうがないじゃん」

突っ立ったままの藤崎が、言い訳がましく口を尖らせる。

「ほら、書き下ろしで仕上げてくれるんなら、原稿料を払わなくて済むんだし。そのぶんを宣伝費に回せば本も売れるかもしれないだろ。彼のワガママではあるけど、悪い話でもないと思ってさ」

千紘が黙っていると、藤崎はなおも続けた。

「とにかく話を戻すけど、今はそういうことを言ってるんじゃないんだよ。僕が心配してるのは緒沢さんが、何ていうのかな、公私の別がわからなくなるくらい天羽さん一人にのめり込んじゃってるように見えるってことで」

「ちょっと待って下さい」

聞き捨てならない言葉だった。

「もしかしてそれ、公私混同って意味で言ってます?」

「……まあ、そうかな」

「たとえばどこがですか」

「うーん……あんま言いたかないけど、経費のこととかさ」

「は？」

言いがかりにも程がある。領収書については自分の財布にも関わることだから小まめに経理に提出しているし、内容に不備はないはずだ。

腹立ちもそのままに見上げる千紘の視線を受け、藤崎はやや気まずそうに目をそらした。

「なんか重箱の隅をつつくみたいであれだけど……最近、天羽さんと行ったエステみたいなやつも、ばんばん経費に突っ込んでるみたいじゃん。みんな心配してるよ」

「エステじゃないです」

「何だっけ」

「岩盤浴とアカスリ」

「おんなじようなもんじゃん。自分も一緒にいい思いを味わって、キレイにしてもらってさ。僕ら男に置き換えたら、たとえば作家と連れ立って散髪屋で髭とかあたってもらっても、そこはお互い自分で払うよ」

「散髪屋は知りませんけど、じゃあ、男の人たちは担当作家と銀座へ飲みに行ったら割り勘で払うんですか。ゴルフも割り勘ですか」

「それとこれとは別でしょ」

「同じですよ」

「男同士、差し向かいでとことん飲みに付き合って、素面《しらふ》じゃ話せないようなことを話す中から次の作品が生まれてきたりもするわけで、」

「だから同じですよ。女同士、裸で心を打ち割って、ふだん話せないようなことまで話す中から次の作品が生まれてきたりもするんです。作家と岩盤浴をしてアカスリをして、そのあと一緒に食事して支払いはすべてこちらが持って、その領収書について経理部から文句言われたことは今のところ一度もないです。金額の多寡《たか》の問題じゃないでしょうけど、全部合わせたって銀座の十分の一もかかりませんしね」

藤崎が、難しい顔で黙っている。

千紘の腹はおさまらなかったが、それ以上言い争いたいわけでもなかった。さっさと帰ってくれないだろうか、と思う。これではせっかく休日出勤をした意味がない。

早く集中したい、ただそれだけのために、

「すみません、ちょっと言い過ぎました」

気は進まないが謝ってみせる。

「いや、僕のほうこそごめん」

藤崎も同じようだ。

「べつにこんな、細かいことを言いたかったわけじゃないんだけどさ。こういう話ってお互い、曲がらずに伝えるのが難しいね」

「そうですね」

曲がって伝わってなどいない。藤崎の言いたいことはじつにまっすぐ伝わっている。要するに、天羽カインの新作原稿という手柄を、後輩の女にかっさらわれたのが悔しいのだ。

「――市之丞さんのことはもう、お任せします」

千紘は言った。

「私はいまひとつ信頼してもらえていないみたいなので。無理に三人で話すより、藤崎さんと二人のほうがうまくいくんじゃないかと」

「そっか。まあ、そうかもしれないね」

苦笑した藤崎が、また真顔に戻る。

「でも、天羽さんの件はそれとはまた別だから」

反射的にぐらりと胃が煮える。千紘は、ひとつ深呼吸をしてから言った。

「あのですね。とにかく、すごく大事な時期なんですよ」

「何が」

「天羽さんにとって、今が」

訝るような目で藤崎がこちらを見おろしてくる。

「天羽さんは、自分の意思で大きく変わろうとしてるんです。まるで羽化するみたいに。それを助けてあげられるのは私だけなんです」

「ちょっと待った」

大きなてのひらがこちらへ向けられた。

「ええと……ちょっと何言ってるかわからない。いったいどうしちゃったの？　緒沢さんって、前からそんなに思い込みの激しい人だっけ？」

こちらに向けられた目つきもさることながら、言葉の無神経さに傷ついた。

「わからないなら別にいいですけど。天羽さんと私の間でだけ通じていればいいことなので」

「何それ。ヤバくね？」

ますます無遠慮な物言いに頭をかきむしりたくなる。

「いいです、もうほっといて下さい。女同士でしかやり取りできないものだってあるんですから」

「それを言い出したら、女性作家に男の編集がつくとか無理ってことになっちゃうじゃん」

「なんでそうやって話をずらそうとするんですか。他の作家の話なんかしてません。あくまで天羽さんと私の話をしてるんです」

――いいの？　ほんとに、本当のこと言ってくれるの？

――前にも頼んだよね。千紘ちゃんだけはちゃんと、って。

あの時のカインの顔。瞳の揺らめき。

「思い込みだって言うなら、もうそれでいいですから」千紘は言った。「でも藤崎さん、これだけそばで見てて、ほんとにわかんないんですか？　天羽さんが今、作家としてどれほど大事な岐路に立ってるかってことが。だとしたら、藤崎さんにはやっぱり無理なんですよ。天羽さんの作品が今よりもう一段高いステージにたどりつくためには、私がついてないと駄目なんです」

信じがたいものを見るように目を見ひらいていた藤崎が、やがてゆっくりと首を左右にふった。

「思い上がるのもいいかげんにしときなよ。今の緒沢さん、ちょっと危ないよ」

「そうですか」

「マジでどうしちゃったのさ。おかしいって。ドン引きだって」

もう反論する気にもなれない。

黙ってゲラに向き直ろうとすると、藤崎は低い声で言った。

「そういう作家との付き合い方って、あんまりいいことじゃないと思う」

男の嫉妬は醜《みにく》いですよ——と、言おうとしてやめた。

これ以上、無駄に費やす時間がもったいない。


編集長の佐藤に呼ばれたのは月曜日の午後だった。

話が始まる前から内容には予想がついていたが、

「昨日の一件……聞いたよ」

案の定だった。

狭い会議室の机に両肘をつき、五本の指を合わせながら佐藤は言った。

「藤崎のやつ、ずいぶん心配してた」

「何をですか」

「もちろん、あなたのことをさ」

小柄なのを気にしてか、いつもことさらに威厳のあるところを見せようとするのだが、最近の千紘は佐藤の顔を見るとつい、天羽カインの声を思い浮かべてしまう。

〈編集長は黙っててよ。私は今、物事を決める権限のある人に話してるんだから〉

あの時、佐藤はぐうの音も出なかった。

「緒沢さんの熱意は確かに認めるよ」佐藤が続ける。「だけれども、自分のそれを少しセーブすることもそろそろ覚えたほうがいいと思うんだな。僕ら編集者は、ずっと同じ作家を担当できるわけじゃないよね。異動もあるし、身体を壊すことだってあるかもしれない。そうなった時はどうしたって別の誰かが引き継がなくちゃいけない。そのためにも、自分以外では代わりのきかないような仕事の仕方をするべきじゃないんだよ」

いったい何をばかなことを言っているんだろうと思った。量産品の鍋や丼みたいに、毎度同じ形のものだけ作るならともかく。

向かいに座り、膝にきちんと手を揃えた姿勢のまま、千紘は言った。

「そういうやり方じゃ、作家と一緒になって唯一無二の作品なんて創り出せないと思うんですけど」

「うーん、どうだろうな」

「作家だって当然、生身の人間じゃないですか。誰が担当するかによってモチベーションも変わるし、生まれる作品の出来だって左右されて当たり前です」

「なるほど、そうかもしれない」

佐藤は頷いた。

「だけどそれはさ、我々編集者の側が頭から思いこんだりしたらダメなやつだよ。作家がそう言ってくれるのは嬉しいことだし担当冥利に尽きるけど、だからって、編集者自らが能力を過信して自分は特別なんだと思いこむのは違うよ」

「特別だなんて思ってません。私はただ……」

ただ――わかるだけだ。

今この時、天羽カインの心の底を最もよく理解しているのも、天羽カインが求めるものを正しく差し出せるのも、この自分であるということが。

「あのね、思い上がっちゃいけないよ」

偶然かどうか、藤崎と同じことを佐藤は言った。

「ある作家とあなたとの間にだけ生まれるものがあるのと同じように、その作家と別の編集者との間にこそ培われるものだってあるわけだよ。書きあがった作品にはどうしても出来不出来の優劣が生まれるかもしれないけど、作家と編集者の関係性を他と比べて優劣はつけられないと僕は思ってる」

うつむいて聞きながら再び、つまんないことを言うな、と思った。

関係性の優劣なんかどうだっていい。天羽カインが突きつめようとしているのは、まさに作品の出来、それだけでしかない。優れた作品を書きあげて賞にノミネートされ、他の候補作との格の違いを選考委員に認めさせ、世の中に広く知らしめてやりたい、それだけだ。そんなシンプルなことがどうしてこの人たちにはわからないのだろう。

「今回の直木に挙がったあれだって、そもそもは天羽さんとあなたの間で生まれたものなのはわかってる」

佐藤は続けた。

「もし獲れたとしたら、うちとしては五年ぶりの快挙だ。お手柄だよ。正直、天羽さんて人はあのとおり難しい作家ではあるから、緒沢さんがそうやってうまく付き合ってくれてるのは非常にありがたいことでもある。これはあなたの仕事ぶりを評価してるから言うんだ。だけど、何て言うのかな、付き合い方にも節度ってものがあるわけでね。この先、もしもあんまり目に余るようだったら、担当の変更という線も考えなきゃいけなくなる」

千紘は目を上げた。

「……変更？」

「いや、もしもの話だけどさ」

「代わりは藤崎さんですか」

「そんなの、まだ考えてもいないよ」

苦笑しながら、佐藤が大きな息をつく。

「とにかく――もう一度よく考えてみてほしい。自分を客観的に見られない編集者が、預かった作品をちゃんと読めるとは思えないからね」

14

オレンジ色のボンネットに夕陽が反射している。

日曜にもかかわらず車の流れは快調で、こんな具合によく晴れた夕方、妻と子供らを乗せて高速を飛ばすのは気分がいい。運転は石田三成にとって純粋な愉しみのひとつだ。

ジュニアサッカーの試合は一点差で勝った。逆転シュートへと繋がるパスを出した息子は、バックミラーの中、姉ともたれ合うようにして眠っている。

石田は助手席へ向けて小声で言った。

「寝てっていいよ」

舟を漕いでいた妻がはっと顔を上げ、前を見て座り直す。

「ううん、大丈夫」

「後ろ、着く頃には満充電だから、今のうちにさ」

体をねじるようにして子どもたちをふり向いた妻が、満ち足りた苦笑いを浮かべる。

「もう、近くで食べて帰っちゃわない？　いや？」

「いいよ。そうしようか」

少し上等の中華はこのあいだ家族で行ったから、今日のところはファミレスで充分だろう。デザートまで奮発してやれば、頑張った祝いにもなるはずだ。

すぐ前をゆく車が遅いので、サイドミラーを確認しつつ滑らかに車線変更をする。

と、スマートフォンがヴヴ、と振動した。個人のではなく、ドリンクホルダーに挿してある仕事用のほうだ。

「見てくれる？」

いつものように妻に頼む。運転中はたいていそうしてもらっている。手に取った彼女が慣れた手つきで四桁のパスコードを入力し、メールを開いた。うつむくことなく顔の前に掲げて読むのは、そうしないと酔ってしまうからだ。

「……『一条院先生お別れ会』事務局より、だって」

「ああオッケー。ありがとう」

読むのは後で大丈夫、などといちいち言わなくても、そこは阿吽《あうん》の呼吸だ。妻が黙って画面を消し、元のドリンクホルダーに戻す。

てっきり直木賞関連の連絡かと思った。先週いよいよ候補作が発表になって、『日本文学振興会』事務局も「オール讀物」編集部もにわかに慌ただしくなっている。

二〇一三年の上半期までは、候補に挙がった本人にだけは選考会のひと月半ほど前に報せて了解を得ておくものの、しばらくは箝口令《かんこうれい》が敷かれ、ぎりぎり一週間前にならなければ情報解禁にならなかった。それが現在のように一ヶ月前公表となったのは、もちろん、そのほうが盛り上がるからだ。ここから選考会と受賞作発表を間に挟んだ一定の期間、版元も書店もこの時とばかりに力を入れ、「直木賞候補！」とうたった帯を本に巻いて増刷したり店頭に特設スペースを用意するなどして、少しでも売れ行きを伸ばそうと躍起になる。業界全体にとってのお祭りだ。

世の中に文学賞と呼ばれるものは数あるけれども、受賞が売れ行きに直結するのは、今や本屋大賞を除けば直木賞と芥川賞くらいだと言われている。

三週間あまり後、その直木賞を選ぶ席で、また自分が司会を務めなくてはならない。初めての時ほどではないけれども、思い浮かべるといささかの緊張はあった。

選考委員の中には、こちらが生まれた頃にはすでに作家であったような重鎮もいれば、ともに同時代を駆け抜けてきた作家もいる。直接に担当したことのない相手には特に気を遣うが、逆に長年の付き合いで気心知れているからといって、馴れ合いのような空気は御法度《ごはっと》だ。

最初に委員全員で投票はするけれども、その得票数だけで結果が決まるわけではない。選考会というのは、喩《たと》えて言うなら、沢山の船頭を乗せた一隻の大きな船のようなものだ。水の流れや風の向きによって行く先が変わるばかりか、皆が別々の方角を目指そうとする。

前に天羽カインに向かって、自分ができることなど何もないと言った。

事実、司会者は投票権を持たない。口出しも絶対にしない。

けれども、その場に居合わせる限り、影響がまったくないわけではないだろうと石田は思う。司会進行があまりに拙ければ話し合いの流れが澱んだり逆流したりするし、委員一人ひとりの意見を聞いてゆくその順番によっては全体の風向きが変わる場合もあり得る。

最初の投票から一作か二作が高評価を得て議論の行く先が絞られる、というのはわりあい楽なパターンだが、毎回そううまくはいかない。突出した作品がなく、どれも今ひとつの評価のままバラバラと票が割れた場合が困る。

何より避けたいのは、

〈今期は受賞作なし！〉

との判断が下されてしまうことだった。

そんな寂しい事態にできるだけ陥らないで済むように、全体の流れを俯瞰し、そして委員に失礼にならないように、己の権限を踏み越える物言いだけは絶対にしないよう気をつけながら、意見をとりまとめ、決選投票にもっていかなくてはならない。司会、とひとことで言うほど簡単な役割ではないのだ。

インターが近付き、道が混んできた。そろそろ走行車線に戻りたいのだが、うまい隙間がない。

見ると何台か先、おそろしく大きな荷を引っぱるトラックがいて、その前が空いているようだ。

港からの積み荷か、横腹に外国の文字が記された長大なコンテナを、やっとのことで追い越しおおせて左車線へ戻った時、スマホがまた振動した。

妻が手を伸ばし、メールを開く。

めずらしくうつむいて画面を睨んだまま口をひらこうとしない。

横目で見やり、石田は言った。

「どうかした？」

返事がない。たっぷり一分ほども無言の間が続いた後で、妻は先ほどと同じようにスマートフォンを消し、元に戻した。

「どこからのメール？」

答えない。表情を消し、まっすぐ前方を見ている。

嫌な予感がした。道がゆるやかなカーブにさしかかり、エンジンブレーキを利用してスピードを落とす間も、頭の中に次から次へ、良くない想像がよぎる。特段の悪事など働いていなくとも、この歳にもなれば妻や家族に堂々と言えない隠し事の一つや二つあるものなのだ。

それきり妻は、必要最低限しか口をきかなかった。料金所を抜けて高速を下りると同時に子供らが目を覚まし、外食と聞いて「やったー」と嬉しそうな声をあげる間も、何やら低体温な感じの助手席が訝しく、石田は落ち着かなかった。

家まであと十五分ほどのファミリーレストランに車を入れ、窓から見える駐車スペースを選んでバックで停める。

「先に入ってましょ。お父さんは仕事あるみたいだから」

降り立った妻が子供らを促してさっさと行ってしまった後で、運転席の石田はようやくスマートフォンを手に取った。顔認証の一秒すらももどかしくメールを開く。

よほど衝撃的な文面を覚悟していたのに、そうではなかった。宛名もなければ署名もなく、本文にたった一行こうあるだけだ。

汝《なんじ》の為すべき事を速やかに為せ

差出人のアドレスは、英字と記号の羅列だった。

そのまま下へスクロールしていくと添付ファイルが一つ。何の変哲もないjpegのファイルを躊躇いながらも開く。

とたん、心臓が嫌なねじれ方をした。

飽きるほど見慣れた、夜空の色の単行本。そのタイトルと著者名の間、正確に言えば『月』の字と『羽』の字に左右の角が少しずつかかるように、一枚の白いカードが載っている。二つ折りの紙片がわざわざ裏返しに折ってあるせいで、内側にホテル名や部屋番号とともに印字された宿泊者の名前が見て取れる。

――石　田　三　成。

我知らず呻き声がもれた。てのひらの汗をハンドルにこすりつける。

これを見て、妻は何をどう解釈しただろう。いやそれより、いったいどういうことだ。誰が、何の目的でこんなものを。

天羽カインしかいない、とまず思った。この宿泊者カードを今も持っているとすれば彼女だけだ。

この期に及んで、賞の行方をコントロールせよという脅しだろうか。今回受賞できなかったらこの画像を……どうするつもりだろう、たとえば文春の上司に送りつけるとか？　いやしかし、この写真だけでスキャンダルの気配を感じ取る者はいないだろう。それに万一、問題になれば、カイン自身もダメージを被ることになるはずだ。新しい夫婦の形、を標榜《ひょうぼう》している彼女にとって、不倫の匂いなど最も避けたいものに違いない。

石田は、フロントガラス越しにファミリーレストランを見やった。窓際の席に、妻と二人の子供たちが座ってメニューを覗きこんでいる。息子がこちらに気づいて破顔し、手をふってよこす。胃袋が引き攣れ、胸がむかむかしてきた。差出人がわからないこと以上に、その目的がわからないことが気持ち悪い。

もし――もしも送信したのがカインでなかったとしたら？　誰がよこしたかによって、メッセージの意味合いは変わる。

汝の為すべき事を速やかに為せ

わけがわからない。

なおも画面を睨んだ後、電話帳をひらき、発信した。こんな気分のままでは家族の前に出られない。

呼び出し音がむなしく響く。日曜の電話になど、出る必要もないということか。

いよいよ諦めて切ろうとしたところで、ふっと音が途切れた。

(……はい)

硬い声が応える。

「あの、お忙しいところすみません。文春の石田です」

(わかってるけど、何か用?)

木で鼻を括るとはこのことだ。

レストランの窓から、妻がこちらをじっと見ている。ますます動悸が疾《はや》るのを懸命に落ち着かせながら、石田は言った。

「直木賞の候補を受けてくださってありがとうございます」

(何よ今さら)

「いいえ。……新聞各社の事前取材とかで、お煩わせしてるんじゃないかと思って」

(いいかげん慣れました)

皮肉な物言いではあるが、わずかながら苦笑混じりだった気がする。

(正直、腹立つのよねあれ)

案の定、カインから先を続けた。

(候補になったお気持ちは、とか何とか、インタビューするだけしといて、結局は獲らなきゃ載せてくれないじゃない。人の時間を奪ってくんだから、たとえ受賞しなくても何かの形で記事にだけはするのが礼儀ってもんじゃないの?)

「……確かに」

（ま、表立っては言わないけどね。負け犬の遠吠えみたいに思われるのは癪だもの。それより
――ねえ三ちゃん、あなた、すっごく偉そうに言ってなかったっけ？『楽園のほとり』のほう
が作品として遥かに上だって）

「……言いました」

（だったらどうしてそっちが候補にならなかったのよ）

黙っていると、カインの鼻息が送話口にかかった。

（訊いたってどうせ答えやしないわよね）

「すみません」

（いい。忘れて）

意外にも、さばさばとした口調だった。

「インタビューのことですけど、来週のラジオ、どうぞよろしくお願いします」

（ああ、そういえばそんなのあったっけ。深夜のやつね）

「はい、生放送です。出演の打診があった後でこういうことになったので、おそらくうちの作品
だけじゃなく『月のなまえ』についても訊かれるだろうと思うんですが、それはかまいません
か」

（べつに。何か問題でも？）

「いいえ、ありがとうございます。お泊まりは、いつものホテルでいいですか」

（いいよ。贅沢は言わない）

石田は、片手でスマートフォンを、片手でハンドルを握りしめながら、思いきって切り込んだ。

「前回はすみませんでした。宿泊者カードのお名前は、今度こそきっちり確認しますから」

一瞬――躊躇うような空白があった。

（……そうね。そうしてもらえると助かるわね）

今の間は、何だったのだろう。このまま電話を切ったのでは何もわからない。

「あと、すみませんけどもう一つだけ」

さらに思いきって切りだす。

「『汝の為すべき事を速やかに為せ』」

（は？）カインの声が怪訝そうに裏返る。（いま何て？）

石田は、一言一句繰り返した。

「天羽さん、この言葉に何か心当たりありませんか」

窓際の席から、こんどは家族三人ともがこちらを見ている。手招きをしてよこす長女に片手を挙げて応えながら、何もかもに現実味がない。

と、カインが盛大なため息をついた。

（馬鹿にしてんの？　私が知らないとでも思う？　聖書でしょ）

「え……」

（何よ、三ちゃんこそ知らなかったわけ？　最後の晩餐の時、イエス・キリストがユダに言ったセリフでしょうよ。太宰の『駈込み訴え』にも出てきたんじゃなかった？）

言われてようやく思い当たった。ユダ――イスカリオテのユダ。たしかイエスは、弟子の一人である彼の裏切りを覚《さと》っていたくせに、止めるどころか早く行けと促すのだ。

（で？　それが何なのよ）

「いえ、すみません。今日たまたま、ある作品で目にしたもので……天羽さんだったら、そこに込められている意味をご存じかなと思って」

（まあね。そういう学校を出たからね）

小学校から大学までミッション系に通っていたカインが言う。はからずも、突然の質問の不自然さが払拭されたようになって、胸を撫で下ろした。ラジオの日の待ち合わせ場所と時間を決め、通話を切る。

どっと疲れが出た。家族の目がなかったらハンドルに突っ伏してしまいたかった。

メールと画像を送りつけてきたのは、どうやらカインではないらしい。彼女はそんなことをしない、とまでは言い切れないのが残念だが、少なくともこういうしらばっくれ方はしない気がする。

お仕着せの制服姿の店員が三人のテーブルまでワゴンを押してきて、それぞれに皿を配っている。こちらを見る妻に向かって、気にせず食べてくれと手をふり、グーグルに検索ワードを打ち込んだ。

ユダ、裏切り、イエス、と入れただけで、求めていた言葉に行き当たる。

〈早く行って、あなたのするべきことをしなさい〉

口語訳だと味気ないが、おそらく聖書の同じ箇所だ。

裏切り者のユダは、誰より愛する師を売ったことをすぐに後悔し、祭司たちから受け取った報酬の銀貨を返しに行くが嘲笑されるだけに終わる。ユダは自らのしたことを呪って首をくくり、イエスは十字架にかかって死ぬ。

改めて読むと、どう考えてもイエスのほうがどうかしている。弟子の迷う心に気づいていたなら、なぜ止めなかったのか。お前は何と愚かなことを考えているのだ、目を覚ませと言ってやったなら、ユダが裏切ることもなければ、首をくくることもなかったはずではないのか。

食欲など、とっくに失せていた。ぼんやりとダッシュボードへ目をやる。

先ほどの画像が脳裏に禍々《まがまが》しくよみがえる。記名入りの宿泊者カードを目にし、あまつさえ写真を撮ることができたのは——天羽カインでないとするならば、いったい誰なのだ。

〈いいったら、このままで。誰に見せるわけじゃなし〉

彼女はそのつもりだったにせよ、何らかの事情で家へ持って帰ってしまったとして、それが夫の目に触れたということは……そしてカイン自身はそれに気づいていないということはないだろうか。

ヴヴ、と手の中のスマートフォンが振動し、石田は飛びあがった。

妻からの催促だろうかと思いながら開いて、再び呻く。

先ほどとまったく同じ文面が、まったく同じ画像を添付されて、違うアドレスから届いていた。

何かを感じ取ったのか、あれから妻の目は冷たかったが、こちらから釈明をするのも変な話だ。

結局その夜は一睡もできなかった。どこからかじっと覗かれているような気がして目を閉じることすらできなかった。

為すべき事——とは何を指しているのか。相手の望むように行動しなかった場合、どんなことが起きるのか、それすらもはっきりしないせいで無限に不安が増幅してゆく。

宿泊者カードとともに写っている『月のなまえ』を、賞に選べというのか、それとも選ぶなというのか。いずれにせよ自分の力の及ぶ話ではないと思い定める一方で、もしこのような脅迫めいたメールが届く前であったなら、司会としてどうふるまっていただろうと考えるとだんだんわからなくなってくる。

選考の結果を左右することは絶対に無理でも、以前からカインの作品に好意的な選考委員の意見を先に聞いてゆく、くらいのことはできたかもしれない。できなかったかもしれない。わからないが、こんなメールを受け取ってしまったからにはもうすべてが不可能だ。一切の肩入れも、その逆も、両方ともできなくなった。

もしこれで偶然『月のなまえ』が賞を獲ってしまったとする。その結果がメールを送ってよこした何者かの意に沿わなかった場合、あの画像がネット上に出回らないという保証はない。画像だけでは、何の騒ぎにもならない可能性はある。しかしひとたびSNSで火がつけば、痛くも痒《かゆ》くもない腹を探られ、弁明も追いつかないまま世間に曲解されて、まるで裏で何かしらのバーターが働いたかのように思われてしまうかもしれない。賞を受ける天羽カイン一人の不名誉にとどまらず、他の候補者にも迷惑をかけるし、何より直木賞という権威そのものが地に堕《お》ちてしまうだろう。

仕事用のスマートフォンはそれからも、日に二度か三度、石田のもとへ同じ文面と画像を律儀に届け続けた。

いっぽうで、選考会の準備は進んでゆく。当日、選考委員それぞれを自宅や駅などへ迎えに行くハイヤーの手配、同乗する担当者の割り振り、自宅からリモートで出席する委員の設備の確認……。候補作のすべてをもう一度精読しておかなくてはならないし、その間に通常通り、「オール讀物」の編集業務もこなさなくてはならない。

親しい先輩編集者から言われたのは、選考会が三日後に迫った日のことだった。

「おい石田、大丈夫？」

「何だよ、その顔。疲れてんなあ」

「まあ、この時期ですからね」

いつものことですよと苦笑で応え、デスクに戻って座ったとたん、肩をぐいと摑まれた。

「いよいよだね、三成」

後ろに立った文芸部門の白鳥《しらとり》局長が、ぬるい微笑を浮かべて覗きこんでくる。

「どう？　ここだけの話、今回はどれが獲りそうなの。うちのは入る？」

胃が、錐《きり》を捩《ね》じ込まれたようにギリギリと痛んだ。

「……すいません、ちょっと」

椅子を蹴るようにトイレへ走り、体を二つに折る。逆さになっても苦い胃液のほかは何も出ない。背中を波打たせて嘔吐《えず》くたび、目尻に涙がにじむ。

よろけながら個室を出て、かろうじて口をゆすいだ。体を起こし、鏡を見ると目が死んでいた。額や頰が蠟《ろう》人形のように変に透け、自分でも気味が悪い。

その晩、どうやって家へ帰り着いたか覚えていない。妻とも子供らとも口をきかなかった。納戸に毛が生えたような狭い書斎に閉じこもり、壁にもたれたまま、毛布にくるまって夜を明かす。

スマートフォンが振動する。

汝の為すべき事を速やかに為せ

翌朝、石田は電話をかけた。

「おう、どうした？」

まだ家にいたのだろう、無駄に朗《ほが》らかな白鳥の声がする。

「すみません。選考会の司会を、代わっていただけませんか」

「えっ。あ、まさかコロナか？」

そうです、と答えてしまえばいいのに、言葉が出ない。

いくつか息をつき、ようやく絞り出す。

「しばらく……休みを下さい」

口にしたとたん、涙と洟がだらだらとこぼれた。

15

おそろしく長い一日だった。

自作が直木賞の候補に挙がった経験は過去にも二度あるが、慣れるものではない。それどころか三度目の正直だからこそのプレッシャーまで加わって、佳代子は朝から胃薬なしではいられなかった。心臓の薬もあるなら欲しいくらいだった。

選考会を前に戦々恐々としているところなど周囲に見せたいものではない。過去二度の〈待ち会〉に居合わせた編集者たちは、受賞を逃した瞬間の自分がどれほど悔しがったかを目のあたりにしているわけだが、そんなのはいい。本心から直木賞に興味のない作家などこの世にいるわけがないのだから、獲れなくて地団駄を踏んで悔しがるところはいくら見てもらってもかまわない。

ただ、

〈天羽カインは選考会の間じゅう食べものも喉を通らないくらい緊張していた〉

などと、まるで自作に対するプライドがないかのように言いふらされるのは我慢ならなかった。自分の生み出した作品を愛すればこそ胸に渦巻く期待と不安——それをほんとうの意味で理解してくれているのは、今や業界でたった一人、『南十字書房』の緒沢千紘だけだ。少し前まではもう一人いると思っていたのだが、彼は勝手に戦線を離脱してしまった。

直木賞選考会の司会は伝統的に、小説誌「オール讀物」の編集長が務めることになっている。その石田三成が、よりによって今このタイミングでコロナを発症したようだという報せは、同じ『文藝春秋』の別の編集者からもたらされた。

代わりの司会進行は急遽《きゅうきょ》、白鳥局長が務めることになったそうだ。

白鳥なら局長になる前からよく知っている。作品はまめに読んで感想など口にしてくれるから、他社のパーティなどで顔を合わせればしばらく立ち話くらいするけれども、いくら付き合っても今ひとつ摑みどころのない人物で、べつだん裏があるとか腹黒いというわけではないのだが何を考えているのかほんとうのところがわからない。それでも男性作家、それも精神性が体育会系の作家には好かれているらしい。

男同士の付き合いにありがちな、言葉を介さずとも通じ合っているようでいて実際は各々が自分に酔っぱらっているだけといった関係性よりも、自分はやはり女性編集者の持つ言葉、その細やかさと賢さが好きなのだ、と佳代子は思う。緒沢千紘のように、まさにそれしかないという言葉を駆使して作品への愛と理解を語ってくれると、それだけで安心して〈我が子〉を預ける気持ちになれる。

石田三成は、珍しくそこが他の男とは違っていた。酒を飲まないのもよかったし、女性を苛立たせない細やかさと、作品への愛をまっすぐに語れる言葉を併せ持っていた。ふだんなら女同士でしか話さないような、男女の官能や性癖に深く関わる話題でも、彼とならばずいぶん正直に打ち明け合うことができたし、だからこそさんざん文句はぶつけても信頼していたというのに――よりによってこの最も大事な正念場でコロナだと？　馬鹿じゃないのか、あのエロガッパめ。

前回の〈待ち会〉は昼から始めた。

ピザが焼ける石窯を備え、それを自由に使ってよく、しかも一日じゅう借り切ることのできる隠れ家的レストラン、という条件で担当編集者に探させた結果、世田谷にぴったりの場所が見つかった。候補作の版元だけでなく付き合いのある編集者みんなに声をかけたのでなかなかにぎやかな会になった。調理のほとんどはこちらが引き受けて全員をもてなすのだから、場所代や買い出しにかかった経費を各出版社が折半するのはあたりまえだ。

しかし、皆がわいわいと愉しんでくれたのは選考結果を報せる電話がかかってくるまでだった。

電話を切った後、無言の部屋に漂ったお通夜のような空気が忘れられない。

そんな反応をしてほしいわけではなかった。一緒に悔しがってもらいたかった。直前までは皆あんなに口を揃えて候補作の素晴らしさを褒めそやし、絶対獲れますよと断言していたくせに、選に漏れたという報せを聞くなり致し方ないこととして受け容れている様子なのが腹立たしく、どうして誰も怒ってくれないのかと苛立ちが募った。まきびしを呑み込んだように苦しくて、吐き出すためには当たり散らすほかなかった。

懲りたので、今回はあまり大ごとにするのはやめた。ふつうに貸切にできる小さめのレストランを探してほしいと緒沢千紘に頼んだところ、日比谷《ひびや》に感じのいいフレンチ・イタリアンのビストロを見つけてきてくれた。

場所は大事だ。芥川賞も直木賞も、選考の結果が発表になるのはたいてい夜六時半頃で、第一報は各テレビ局とも七時台のニュース番組で流れる。金屏風の前に一人ずつ進み出ては拍手とフラッシュを全身に浴びながら腰をおろす受賞者に対し、各社の記者が挙手しては質問するうちに時間が迫り、多くの場合は冒頭の一人か二人の映像だけでニュースを作ることになる。

千紘はそれについて何も言わなかったが、こうして待ち会に日比谷の店を選んだのは、いざ受賞したらすぐさま記者会見の場となる東京會舘へ駆けつけられるようにという配慮にきまっていた。人生最高のハレの瞬間を最大限の栄誉とともに、と考えてくれているからこその気遣いだ。

午後三時過ぎ、その千紘とともにビストロに着くと、『集学館《しゅうがくかん》』や『川入《かわいり》書房』や『英談社』など、付き合いの深い面子がすでに何人か顔を揃えていた。例の新作の件で決裂した『文広堂』はさすがに姿がない。さしもの竹田もそこまで厚顔無恥ではないらしい。

店のスタッフはてきぱきと立ち働き、端に用意されたテーブルに料理を並べてゆく。BGMはこちらの希望で、ピアノ曲やオペラなどクラシック音楽を中心に流してもらっている。今はラフマニノフのピアノ協奏曲第二番、佳代子の最も好きな第二楽章にさしかかったところだ。なんだか幸先がいい。

編集者たちはさらに一人また一人と集まってきては、それぞれ飲みものを注文し始めた。声をかけた相手がすべて揃えば十五人くらいになるだろうか。

当の『文藝春秋』からは単行本担当の川崎《かわさき》という五十代の女性と、高野《たかの》という文庫担当の青年が来ているが、どちらも今日は尻の落ち着きが悪そうだ。賞を司《つかさど》る『日本文学振興会』がいくら別組織であるとはいえ、周囲から何か批判めいたことを言われるたび、自分たちが責められている心地がするのだろう。

「今回は絶対、天羽さんシフトですよ」

いち早く赤らんだ顔で、『百泉社《ひゃくせんしゃ》』の小林《こばやし》が言った。

「一回目も二回目もすごくいい作品だったのに、なんでだか選評には、『あともう一作見てみたい――と思った』みたいに書かれてたじゃないですか。その流れでいったら今度こそは天羽さんですよ。並びを見ても三回目は天羽さんひとりだし、王道の現代ものも『月のなまえ』一作だし」

「ですよね、絶対」

と、『集学館』の山下《やました》も言った。

「いくら頑迷な選考委員だって、実際にこれだけ売れてる作家を評価しないわけにはいかんでしょう。時代が求めてる作品を認めないのは、自分こそ時代遅れだと宣言してるようなものですから」

時間はじりじりと過ぎてゆく。ひっきりなしに腕時計を覗くのはみっともないのでこらえていたが、いよいよ誰かが「あ、四時ですね」と呟いたのをきっかけに、佳代子はあえて声を張って言った。

「さあて、いよいよだ」

挑戦的かつ軽やかに、と努めて高めに張った声が、一瞬静かになった店内に響いてへんに浮く。救ってくれたのは今度も千紘だった。

「思うんですけど……委員の先生がたは、賞の選考が怖くないんでしょうか」

「どういうこと？」

「だって、選考会で話し合ったり選評を書いたりする過程で、否応なく、自分の側の読む能力が露呈しちゃうわけじゃないですか」

「あー、それ思ったことある」

後を引き取ったのは『丸川書店《まるかわ》』の木村《きむら》だ。

「うちのやってる文学賞でもそうですよ。編集部全員、選考の場に同席して先生たちのやり取りを拝聴するんですけど、とくに自分が担当してる作家の作品が候補に挙がってたりすると苛々しますもん。めっちゃ的はずれな批判に、おいおい、前の章に書かれてたあの一行を読み飛ばしただろう、みたいな」

「そういう時は、それはおかしいって言うべきじゃないの？」

佳代子が訊くと、彼は苦い顔になった。

「先生方の側から質問されない限り、僕らはオブザーバーに徹するしかないんです。同じ選考委員のうちの誰かが指摘するならまだしも、こちらは立場が異なりますからね。委員をお願いしたということは全面的に選考をお任せするってことで、たとえ誤読があったとしても、伝わるように書けていない作家の責任でもありますから」

「だけど、それってその委員に恥をかかせることにならない？　読み間違いを指摘されないまま、選評にまで偉そうに書いちゃって、それが誌面に載ったりしたら今度は読者から非難囂々《ごうごう》でしょ？　読者は作家だからって忖度しないもの」

「まあ、そうなんですけどね。ミステリーなんかの場合は、トリックや伏線にも関わる明らかな誤読であればさすがに校閲の段階でチェックが入ったりしますけど、うーん、一般小説だとなかなかなあ……」

嘆息する彼の手首に腕時計が巻かれている。読み取りづらいクロノグラフの文字盤に、佳代子はなるべくさりげなく目を凝らした。

――四時、十分。

まだそれだけしかたっていない。やっと皆が席について司会者の挨拶が終わった頃かもしれない。

昔の写真でしか見たことのない選考会の様子が浮かぶ。老舗《しにせ》の料亭の広間に長々と座卓がしつらえられ、白い包布のかかった座布団が並び、着流し姿の名だたる作家たちが十人ほども向かい合わせに座って不機嫌そうにカメラを睨んでいた。

今でもあんなふうなのだろうか。当時と比べれば男女のバランスは変わり、現状はむしろ女性委員のほうがずっと多いけれど、だからといって自分に有利なわけではない。同性の作家が味方についてくれるとは限らず、かえって当たりがキツい場合もある。嫉妬か、同族嫌悪か。両方にきまっている、と佳代子は思う。

今回の候補作は全部で五作。男女比は三対二で、文春が版元のものは二冊入っている。ジャンルでいうとミステリーが二作、時代小説と異世界ファンタジーが一作ずつ、そこに青春小説であり恋愛小説であり成長小説でもある『月のなまえ』が混じっている。ごくふつうの一般小説だということが、これまた不利なのか有利なのかわからない。

じっとしていると息が詰まりそうだ。手にしていたノンアルコールビールのグラスを置こうとすると、千紘が言った。

「何か食べるもの取ってきましょうか。お肉とかいかがです?」

「いい。自分で行く」

立ちあがり、店の隅に用意された料理の数々を初めてゆっくり眺める。白いクロスのかかったテーブルに、いわゆる〈インスタ映え〉のしそうなメニューが並んでいる。

鯛のカルパッチョや、自家製リコッタチーズとトマトとナッツのマリネ、生ハムとルッコラのサラダなどの冷菜はそれぞれ氷を敷き詰めたバットの上に大皿ごと載せられ、逆に温かい料理、黒トリュフのオムレツや小さく切り分けられたラザニア、ムール貝の白ワイン蒸しや羊肉とローズマリーのソテーなどは、湯を張ったバットの下から固形燃料のキャンドルで保温してある。至れり尽くせりだ。

が、食欲はまるで湧かない。どんな料理もショーウィンドウの蠟細工のように見える。天井に埋め込まれたスピーカーから、『はげ山の一夜』が流れている。息苦しさのあまり丸首の襟元が詰まって感じられ、喉のところに指を入れて引き下げた。

今日の服は、新刊サイン会の時と同じミッドナイトブルーのワンピースだ。このあと記者会見となった場合、本の装幀が映えるようにと考えてのことだった。

その時を想像するだけで、心臓が跳ねる。皆に背を向け、そっと時計を覗いた。

――四時、二十分。

とりあえず最初の投票は終わっただろうか。ああ、胃がきりきりする。結果なんかどうあれ一足飛びに時間が過ぎてしまえばいいのに。

弱気の虫に襲われるそばから佳代子は、こんなことではいけない、と懸命に自分を奮い立たせた。生みの親が〈我が子〉を信じてやれなくてどうするのだ。

これで完璧だと思えないようなものを本にして世に送り出したりはしない。いつもそうしているように今回も、自身のありったけを妥協なく注ぎ込んだ。登場人物の心情とその変化を細やかに書き込み、筋立てのためにやや突飛な行動を取る箇所については不自然さを払拭するに足る事情を用意した。結末だって、読者のすべてを翻弄《ほんろう》しつつ納得させ、心地よく涙を流せるようなものになっているはずだ。あれだけ緻密に作り込んだ作品が賞に値しないというのなら、やはり選考委員の目がどうかしているとしか思えない。

文春から出た『楽園のほとり』のほうが作品として上だと、石田三成も緒沢千紘も言った。けれども実際に賞の候補に挙がったのは『月のなまえ』のほうだ。

予備選考はあくまで厳格であって私情でどうこうできるようなものではない、一人ひとりの一票は役職などにかかわらず同じ重さで扱われる……とは石田の言だが、それを信じるならば、『月のなまえ』にはそれだけ多くの人間の心を動かす何かがあるということではないか。予備選考委員らが自社から出ている『楽園』ではなくてわざわざ『月』のほうを候補に選ぶほどに、大勢の意見としてはそちらが優れているという判断だったわけだ。

石田や千紘には、見る目がなかったのか。それとも『月』が選ばれたことには、何らかの――それこそ小林が「天羽シフト」と言ったような――意味合いがあるのか。思考は堂々めぐりするばかりだ。

食べたくはなかったが、格好だけのためになるべくあっさりとしたものをいくつか皿に取る。カルパッチョの酸っぱい匂いが空っぽの胃にひりひりとしみる。

席へ戻ろうとしたところへ店のドアが開き、『南十字書房』の佐藤編集長が入ってきた。『月のなまえ』を連載していたのは、小説誌「南十字」だ。

佳代子は、初めて堂々と腕時計を眺めながら言った。

「ずいぶん早かったじゃない」

「えー、勘弁して下さいよう」おもねるように佐藤が笑う。「すいません、なかなか外せなくて」

「へえ。天羽カインの〈待ち会〉以上に外せない用事なんてあるんだ?」

冗談めかした口調だが、まったく冗談でないことは伝わったらしい。佐藤が笑いを引っこめ、申し訳ありませんでした、と頭を下げる。

「いいわよ。どうせまだまだ決まりっこないし。飲みもの、好きなの頼んでゆっくりしたら」

席へ戻って皿を置き、飲みかけだったグラスに手を伸ばそうとすると、そこになかった。おや、と思った手の先に新しいグラスが置かれる。きんと冷えた黄金色のビールだ。

「同じノンアルにしましたけど、よかったですか」

千紘だった。元どおり左隣に座った彼女から、いつもと温度の変わらない優しいまなざしで微笑みかけられ、張りつめた気持ちがわずかにゆるむ。

「ありがとう」佳代子は言った。「あなたも食べてる？　どんどん食べなさいよ、残ったってしょうがないんだから」

「はい、頂いてます」

ふと、彼女が声を低めて顔を寄せてきた。

「他社の担当者から『あいつビビってやがるぜ』とか思われるのが嫌で、無理して食べ始めたんですけどね」

驚いて見やると、千紘は続けた。

「ヤバいですよ、この店」

「え？」

「自分で選んどいて言うのもあれですけど、天羽さん、ラム肉とか召し上がりました？　ちょっとどうかしてるんじゃないかってくらい絶品なんですけど」

佳代子は思わずふき出した。

「……じゃあ、私も少しもらおうかな」

「はい！」

千紘が嬉しそうに立ちあがって取ってきてくれたラムのソテーには、パリッと揚がったローズマリーとタイムの小枝が美しく添えてあった。柔らかな子羊の赤身を口に入れ、奥歯でゆっくり嚙みしめる。赤ワインをベースにしたソースの酸味とともに、熱い肉汁がじゅわりと舌の根にしみ、少し獰猛な肉の匂いとハーブや粒胡椒の爽やかな香味が渾然一体となって鼻へ抜けてゆく。

今朝からほとんど何も喉を通らず、ここへ来てからも飲みものの味すらしなかったのに、千紘がその無垢な笑顔で勧めてくれるものだけは美味しく感じられる。こんなにも原始的な信頼があるだろうか。

冷たいビールで口の中を洗い流すといくらか勢いがつき、続いて自分で取ってきたカプレーゼを口に入れた。驚いた胃袋がきゅうっと軋む。

そのまま他の担当らと話していると、果敢にも佐藤編集長がこちらへやってきた。向かいに座っていた他社の女性編集者が気を利かせて席を譲ったその後へ、当たり前のようにどっかり腰を下ろし、わざとらしいほど深々と頭を下げる。

「改めまして、遅くなって申し訳ございませんでした」

「いいったら、べつに。あなたのことなんて誰も待ってないから」

ズルッ、とずっこけてみせるリアクションが古すぎて背中が寒くなる。

「だけど、」と佳代子は言葉を継いだ。「今ここに藤崎新がいないっていうのはおかしくない？」

隣で、千紘の手がぴくんと跳ねる。

「いや、すみません。じつは藤崎のやつ、」

「知ってる。ナントカいう新人作家の入稿作業でいっぱいいっぱいなんでしょ」

「そうなんですよ。よくご存じで」

誰から聞いたかといえば一人しかいない。

佐藤がちらりと千紘を見やって続ける。

「発売日を考えると本当にもうギリギリでしてね。言い訳になりますが、僕が遅れたのも一緒にその件を話し合っていたせいでして」

「何をそんなに手間取ってるの」

「どうにもね、書き下ろしの最後の着地がうまく決まらないようなんです」

「そんなの、発売日なんて関係なしに何度だって書き直させればいいのよ」

「それが、何といいますか、どうもうまくなくてですね」

「どういう意味？」

「こちらから書き直すように言うと渋るんですよ。意固地になられて今さら本が出なくなるのも困るので、はっきりそうとは言わず、本人が自ら直したくなってそうしたという形へ誘導するのが、まあ、けっこう大変らしくて」

「はあ？　何それ、甘やかしすぎでしょ」

「藤崎にもそう言ってるんですがね。持って行きよう一つでスゴイものが生まれるかもしれないと言うもので」

「ばかばかしい。なんで担当がそこまで気を遣わなくちゃいけないのよ。書けないのは才能がないからじゃないの」

「いや、しかしポテンシャルは充分に」

「この世界、ポテンシャルだけでやってけるなら苦労はないのよ。御託《ごたく》ばかり並べて走らないポルシェより、そのへんの軽自動車のほうが真面目に前へ進むだけマシでしょ」

「ははは、さすが手厳しいなあ」

「新くんに言っといて。『作家が担当の意見を受け容れないのは、信頼してないからよ』って」

「いやもう、おっしゃる通りです。藤崎にも申し伝えます」

迎合してへらへら笑う佐藤の腕時計は、生意気にもロレックスだ。

——四時、五十分。

そろそろ議論の帰趨《きすう》が見えてきたあたりか。

もう何度目かで思った。せめて司会が石田三成だったなら、と。そうしたら、今よりもう少しは心安く、委ねる気持ちになれたかもしれない。自分にできることなど何もないと言ってはいたが、彼だったらたとえば天羽カインに対して好意的な意見には少しだけ深く頷くとか微笑むとか、その程度のことはしてくれた気がする。白鳥局長では無理だ。肩入れするとしたら文春から候補に挙がった男性作家にきまっている。

「それはそうと」

佐藤の口調が変わった。

「『テセウスは歌う』、ありがとうございます。拝読しましたよ」

「あら、そう。どうだった?」

「こんなことを申し上げては失礼かもしれませんが、天羽さん、一作ごとに巧くなられますねえ」

佳代子は目を眇《すが》めて佐藤を見やった。

「あんまり好きじゃないな」

「え」

「『巧い』って言葉。なんだか上っ面のテクニックを言われてる感じがして、褒め言葉に聞こえない」

「あっ、いやいやいや、そんなつもりは毛頭なくてですね。僕の思う『巧い』は、構成の妙とか文章の良さとか、テーマの深さとかそれらを扱う手つきとか、そういうことを全部合わせた上での、」

「わかってるってば。冗談よ。褒めてくれてるのはわかったから」

苦笑してみせると、佐藤もようやくほっとした顔つきになる。

「イレギュラーな経緯ではあったけど、今になってみればお宅から出せるのがいちばんだったと思ってるの」

「嬉しいお言葉を。こちらとしても、労せずにあんな素晴らしい原稿を頂けてありがたい限りですよ」

——労せずに。

千紘の苦労と献身を思うと苛立ちはあったが、この場で目くじら立てることでもない。黙っていると、佐藤がにこにこしながら、胸板を膨らませるようにして息を吸い込んだ。

「それで、ひとつご相談なんですが……」

「何？」

「今度の御本、藤崎のやつにもちょっとは手伝わせてやってもらえませんか」

視界の左端、緒沢千紘がぱっと顔を上げて佐藤を凝視する。

「手伝わせるとは？」

「本来ならば、単行本は藤崎の仕事じゃないですか。もちろん天羽さんがこの緒沢を、それこそ信頼して託して下さったことも、彼女がそれに応えて全力を尽くしているのもわかってますけど、ここから先は校閲作業を進めつつ装幀デザインなんかも一つひとつ決めていくことになりますし、そのへんの段取りは藤崎が慣れてますんで」

「……つまりそれ、緒沢千紘だけでは心許《こころもと》ないって言ってる？」

「あ、いやいや、そんなことはないです。彼女は優秀ですよ」

「じゃあいいじゃない」

「ただ、大事なお作品ですから。複数の人間の目が入ったほうがいい部分もあるかなと」

「要らない」

きっぱりと、佳代子は言った。

「要りませんか」

「っていうか、むしろ邪魔。『船頭多くして船山に上る』って言うでしょ。私も千紘ちゃんも、何をすればいいかぐらい充分わかってるから大丈夫」

やや間があったのち、そうですか、と佐藤は言った。

「わかりました。念のために一度伺っておこうと思っただけですので」

にこにこしたまま答えるあたりはさすがの狸《たぬき》だった。千紘へと視線を移す。

「じゃあ、緒沢さん。ますます責任重大だけどしっかり頼むね。報告だけはきちっとして」

佐藤が立っていった後は、周囲のざわめきと音楽とが戻ってきた。空いた席には誰も来ない。おかげでやっと息がつける。

佳代子は、前を見たまま呟いた。

「あれでよかったよね？」

左隣の空気がふっとそよいだ。

「ありがとうございます」

湿った吐息とともに千紘はささやいた。

「凄い本にしましょうね」

16

午後六時二十八分だった。

鳴っているのがテーブルに置かれた天羽カインのスマートフォンだとわかった瞬間、店内にいた十数名の編集者が次々に口をつぐんだ。カウンターに寄りかかって談笑していた者たちも、注文したカクテルを今まさに受け取ろうとしていた者も、ぴたりと動きを止めて息を殺す。

千紘はすぐ隣でカインを見つめた。耳に当てたスマートフォンを握りしめる指先が真っ白だ。触れたらきっと凍るように冷たいのだろう。

「はい。……そうです、はい。……はい」

黙って先方の話に耳を傾けていたカインの肩から、かすかに力が抜けた。

「そうですか」瞑目《めいもく》して言った。「わかりました。失礼します」

皆の視線が注がれる中、通話を切る。

それきり、何も言わない。

どうでしたか、と誰も訊こうとしないのは、最初に飛び出して撃たれるのが怖ろしいからだ。かといっていち早く落胆していいものかどうか、これが本人のドッキリでないことを確認してからでなければこれまた後が怖い。

カインは黙りこくっている。静まりかえった店内に流れる声楽曲がやけに耳につく。よりによって『蝶々夫人』の、あのアリアだ。

「……天羽さん」

千紘がそっと呼びかけると、ようやくこちらを見た。粉々に割れたガラスのようなその目を見て、答えを覚る。

「ねえ、なんでよ?」

聞いたこともないほど切羽詰まった声でカインが呻いた。

「あれのどこが駄目だっていうの？　ふざけてない？」

「……確かに、ふざけてますね」

千紘が怒りをこめて応じると、カインの白い顔が歪んだ。

「おかしいよね。だって失礼でしょ。三回も候補にしておきながら今度もまたこの仕打ちって、いくらなんでもあんまりじゃない？　ひとのこと何だと思ってるわけ？　どうせ落とすんだったら最初から選ばなきゃい……ちょっとそのへんの人、なに突っ立ってんだよ座れよ！」

弾かれたように皆が動いて、椅子取りゲームのように席に座る。店のスタッフらが気まずそうに背を向け、できるだけ静かに手を動かし始める。

千紘はカインを凝視した。他の皆も、彼女の豹変ぶりに目を見張り、身をこわばらせている。

「直木賞って最悪だな。毎回毎回こうやって赤っ恥かかされるほうの身にもなれよ」

カインの呪詛《じゅそ》が続く。

「なんでこういうことが許されるわけ？　文春のやりかたが傲慢過ぎない？」

「おかしいと思います、私も」千紘は言った。「こんな仕打ちはないですよ。あり得ない」

誰かのもとに報せが入ったらしい。受賞者は男女二人、そのうち一方は文藝春秋刊のミステリーだとわかった。

「やっぱりこういうことになるんだよ。最初から文春のが二冊も入ってたら、そりゃどっちかは獲るよな。出来レースなんだよ」

向こうの端で切り出したのは、ついさっきまで今回は天羽シフトだと力説していた『百泉社』の小林だった。椅子にそっくり返って、文春の二人を睨むように見やる。

「どうなってんの、お宅の会社。天羽さんの言うとおりだよ。いくらなんでも作家に失礼だろう」

「……すみません」

年長の川崎が、苦渋に満ちた面持ちで頭を下げる。もともと化粧の薄い顔が今はさらに白っぽい。

「ただ、ご存じのように、選考結果ばかりは私どもにはどうすることも」

「あのねえ」横から『集学館』の山下までが口を出す。「建前が聞きたいわけじゃないんだよ。お宅の局長をここへ呼んだらいいんじゃないの？　天羽さんの前で一部始終を説明させるべきでしょ」

「そうそう、それくらいの責任は取らせないとな」

「いったい誰が天羽さんの受賞に反対したのかが知りたいですね」と、『丸川書店』の木村が続く。「誰かよっぽど力の強い選考委員が反対しない限り、こんな結果はあり得ませんよ。誰が敵で誰が味方なのか、ちゃんと分析しないと」

「ほら高野くん、今すぐ白鳥さんに連絡しなさいよ。きみができないっていうなら僕がしようか？」


――あの時と同じだ。

前回の〈待ち会〉を思い起こし、千紘は暗澹《あんたん》たる気持ちになった。あの時もやはり、誰かがオールの編集長をここへ呼んで説明させろと言いだし、けれど記者会見のアテンドその他で忙しくて実現しなかったのだ。今夜はどうなるのか。ほとんど吊るし上げのような状況の中、文庫担当の高野が店の隅へ行って白鳥局長に電話をかける、その背中を、他の皆がそれぞれ尻の据わりの悪そうな様子で眺めている。

千紘は、そっとカインのほうを窺った。

横顔しかわからないが、仮面でもつけたように表情が動かない。

どうしてこの顔が歓喜に笑み崩れるところを見られなかったのだろう。『月のなまえ』は、一から彼女に伴走して一緒に作りあげた作品だっただけに、悔しくて、悔しくて、歯を食いしばっていないと本人より先に叫び出してしまいそうだ。自分の怒りは少なくとも彼女の次に大きいはずだけれども、他の皆は本気で地団駄を踏むほど悔しがっているわけでも怒っているわけでもない、それがまた憤ろしい。

担当作家の〈待ち会〉に駆けつけた以上、その受賞を願わない者はいない。誰だって、報せを聞くなり万歳を叫びたいし、安堵して抱き合いたいし、何より当人の喜ぶ顔が見たいにきまっている。

けれども今ここにいるベテラン編集者たちは、前回やおそらく前々回の〈待ち会〉から学んだのだ。率先して暴言を吐き散らすことによって天羽カインの怒りを鎮めるべく、いわばパフォーマンスとして怒ってみせている。

可哀想なのはスケープゴートとなった文春の二人だった。彼らだけは逃げ場がない。通話を終えた高野青年が、こわばった顔でこちらをふり返る。

「……白鳥が、来るそうです」

「いつだよ」

「これからすぐに」

千紘は、カインが拳を握りしめるのを見た。

上背も横幅もある白鳥は、目を伏せていてもあまり低姿勢には見えなかった。千紘はいつも苛々させられるのだが、鷹揚《おうよう》なのか鈍感なのか、豪胆なのかガサツなのかよくわからないところがこの男の強みでもある気がする。

東京會舘では今ごろ記者会見の真っ最中だろう。「オール讀物」の編集長ならば金屏風のそばを離れることはできなかったろうが、局長という立場だけに諸々を下の者に任せて動くことができたようだ。白鳥は、背広のボタンをはずして向かいに座るなり、いかにも神妙な表情を作って切りだした。

「このたびはほんとうに残念でした。……それで、ええと、どこからお話しすればいいか、」

「最初からきっちり説明して」硬い声でカインが遮る。「誰のどんな言いぐさも抜かさないで、とにかく全部」

懸命に気を落ちつかせようとしてはいるが語気は荒い。ふだんなら年長者に対しては一応敬語をつかうのに、今はそれすら飛んでいる。

「そうですか。でしたら説明させていただきますが、本来は外へ漏らす内容ではありませんので、どうかここだけの話に」

「馬鹿にしてんの？」

「え」

「いちいちわかりきったことを言わないでよ」

視線を落とすと、白鳥は意を決したように再び目を上げた。

「まず――最初の投票で、天羽さんの作品は五作中の三位でした。一位と二位は非常に僅差で、最終的にその二作での決選投票となり、結果としてまったく同点だったので二作同時受賞となったわけですが……途中、話し合いの過程では、天羽さんを強く推す方もいらっしゃいましたよ」

「誰よ」

白鳥は、二人の名前を口にした。

「嘘でしょ」

とカインが切りつける。

「いや、ほんとうに」

「じゃあ、せっかくその二人が推してくれたのに、決選投票はなんで二作のままだったわけ？　あんたの差配ひとつで、三作での決戦に持ってくことだってできたんじゃないの？　そうしたら番狂わせが起こる可能性だって」

「それは……どうだったでしょうか」

「どうだったでしょうかじゃないよ！　司会のおまえが無能だったからじゃないか！」

「すみません。力及びませんで」

「何その棒読みみたいな謝り方。ちょっとでも悪いと思ってるならそこに手をついて土下座でもしてみせろ！」

しん、と音のしそうな沈黙の中、白鳥はテーブルの真ん中あたりに目を落としている。睨みつけるカインの膝の上で、握りしめた拳が震えている。

千紘はその手を握りたかった。このひとは今、怒っているんじゃない。哀しいのだ。手塩にかけて育てた我が子を寄ってたかって貶《けな》されて、穢されて、泣き叫びたいのをこらえているからこんなふうなのだ。

「あの、白鳥さん。一つ伺ってよろしいですか」

急に口をひらいた千紘を、周囲の全員が驚いて見た。カインもだ。

白鳥局長は、こちらが天羽カインの担当であることを覚えていたようだ。神妙な顔を崩さずに応じた。

「何でしょうか」

「違っていたら申し訳ないんですけど……御社が版元である作品は、最終候補に残すとしても最大二作までという決まりごとがあるっていうのは本当ですか」

「明文化されているわけではないけれど」白鳥は言った。「最終候補が五作でも六作でも、うちから出たものがそのうちの半数にはならないようにしています」

「なんだかフェアに聞こえますけど」

「フェアなんですよ。なかなか信じてもらえませんけどね」

周囲の編集者たちの間にさざなみのような苦笑が広がり、すぐに静まる。

「それがどうかしましたか？」

「もう一つ伺いたいんですが、今回の最終候補作を絞り込んでいく段階では、『月のなまえ』と並んで、おそらく『楽園のほとり』も候補に挙がってたんじゃないかと思うんですけど。いかがですか？」

「それは……ええ。あちらも素晴らしい作品でしたから」

「版元は、御社ですよね」

「そうです」

「その『楽園』が候補作の圏外に去ったのは、予備選考のどの時点でした？　もしかして、かなり絞り込まれてからだったんじゃないですか？」

白鳥の太い眉根が寄った。

「ええとつまり、何をお訊きになりたいのかな」

「つまりこういうことです。今回の受賞作の一つとなったあのミステリー作品はきっと、最初から御社の大本命だったんですよね？　それを引き立てこそすれ邪魔はしないようなもう一作をわざと候補にねじ込んだせいで、同じ文春から出ている『楽園のほとり』が割を食う形であらかじめ弾かれて、その代わりにまるで罪滅ぼしみたいに弊社の『月のなまえ』が候補になった——そういう可能性はまったくないですか？」

右の頰にカインの視線を強く感じる。焼けつくようだ。

いっぽう、白鳥のこめかみがわずかに痙攣《けいれん》する。この男が感情を露わにするのは珍しかったが、それでも、

「まったくないですね、それは」

長年にわたって場数を踏んできただけのことはある。白鳥の口調は変わらなかった。

「最終候補作に残るのは、予備選考において委員の票を集めたものだけです。誤解があるようなので、正確に申し上げましょう。文春のものを二作以内にというのは、最終投票の結果を受けて考えることです。いっぽうで、最後の投票に入る前に同じ作家の御作が複数組上に残っている場合、一作に絞る議論を先にします。つまり、天羽さんの二作だったらどっちがいいかと委員で投票して、『月のなまえ』が残ったんです。あの作品に皆が投票した理由は、小説作品として素晴らしかったというのがもちろん大前提だけれども、なんといっても数多くの読者を獲得していた

からです。うちから出た作品よりもずっと沢山売れて、版を重ねていた。ご存じのとおり直木賞は人気投票でもベストセラー賞でもありませんが、時代を代表している作品というのはそれだけで価値がある。この出版不況の折に、これだけ売れている作品を……というか、この作品が今売れている理由を、選考委員の先生がた皆さんで検証していただくことには大きな意義があるはずだ、と——そのように考える委員が多かったから、そのまま最終候補にも選ばれたのだと思いますよ」

「だったら、」たまりかねた様子でカインが言った。「なんで落とされたわけ？　検証の結果とやらを聞かせなさいよ」

「それはですね、」

「私の作品はたしかに読者を獲得してる。時代に受け容れられてバンバン売れてる。そりゃあもう、今回の他の候補作家と選考委員を全員合わせてもかなわないくらいにね。なのに選ばれないのは、要するにやっかみってことじゃないの？」

「お言葉を返すようですが、それはないと思いますよ」

「そうかなあ？」

「先ほど私は、強く推す委員が二人いらしたとお話ししましたが、じつのところ、強く反対する委員も三人ほどいらっしゃいました」

「誰」

「それは申し上げられません」

「なんでよ！」

「ただ、最終的な決選投票を行う前の時点で、選考委員全員がそちらの意見に納得なさいました。推していたお二人でさえも、です」

「だからその意見とやらを聞かせろって言ってんだよ」

白鳥は、口をつぐんだ。少しの間をおき、それから眉の上を小指で掻くと、やはり口調を変えずに言った。

「『エモーショナルな語り口には見るべきものがあり、万人の共感を得そうな人物造型に好感をもったが、惜しむらくは登場人物の言動に飛躍がない。人間にはもう少しわからなさが欲しい』」

「はあ?」

「『次々に登場する人物が皆、作者の語りたいテーマを代わりに語るなど作為が見え、かえって小説がこぢんまりとしてしまった』」

「……ちょっと待てよ」

カインの声が、聞き取れないほど低くなる。

「それの何がいけないんだよ。小説なんてそういうものだろ。作者の思うテーマを、登場人物が語らなくて誰が語るんだよ。いったい誰に何を託して書けって?」

白鳥は黙っている。

「ねえ、わけわかんないんだけど。そんなくだらない、理屈も通らない意見のせいで私の作品は落とされたってこと? それで二作が決選投票って……白鳥おまえ、黙って聞いてるだけで何もしなかったわけ? 議論がそこまで進んじゃう前に、何とでもやりようがあっただろ!」

息の続かなくなったカインが、荒い呼吸を整える。

その間に、静かなピアノ曲だったBGMがいきなり歌劇『アイーダ』の「凱旋《がいせん》行進曲」に変わった。戦勝を祝うトランペットのファンファーレが高らかに鳴り響く。

「……力及ばず、申し訳ありません」

先程とほぼ同じ言葉で〈謝罪〉する白鳥を、カインがまじまじと見つめる。やがて、無言で自分のグラスに手を伸ばし、飲み残しのビールを勢いよくひっかけた。

白鳥は何も言わなかった。慌てもせず、怒りもせず、近くにあった誰かのおしぼりで濡れた顔と上着の胸、ズボンの腿《もも》を適当に拭うと、立ち上がって一礼をする。

「どこ行くのよ。逃げるつもり？」

「すみませんが、受賞者お二人のアテンドがありますので」

あたかもファンファーレに合わせるかのように再び一礼して歩き去ってゆく彼を、引き留める編集者はいない。小林も木村も山下も、先ほどまでの勢いが嘘のように、ただ苦い顔でうつむいている。

〈グローリア！〉

晴れやかな合唱に合わせて店のドアが開き、

〈グローリア！〉

またゆっくりと閉まる。

高まってゆく大合唱の中、誰ひとり口をきかなかった。

17

仕事をしていれば一日二十四時間では足りず、ひと月ふた月が飛ぶように過ぎてゆくものだが、いざ休んでみると同じはずの時の流れが鈍い。カタツムリの歩みよりなお鈍い。

じっとしていると頭がおかしくなりそうだった。それでなくとも弱っている心と身体がますます調子を崩してゆくのがわかる。このままではいつしか起きあがることさえできなくなってしまいそうで、石田三成はやがて、無理を押して早く起きるようになった。有給扱いの一ヶ月を遣いきってからしばらくたったあたりのことだ。日中はできるだけ陽の光を浴び、体を動かすよう努めた。

それでも最初のうちしばらくは、メールの着信音が鳴るたびに心臓が跳ねた。おそるおそるひらき、目を走らせ、それが他愛のないものであると覚れば覚ったで、安堵とともに自分の情けなさにうんざりする。

勤続二十年、文芸誌や週刊誌などあちこちの編集部を転々とした末、ようやく「オール讀物」の編集長を任ぜられたというのに、まさかここまで馬鹿ばかしくも笑えない出来事がきっかけでつまずくとは思いもよらなかったし、自分がこんなに不甲斐ないとも思っていなかった。妻には会社の人間関係のトラブルとだけ言ってある。仕事のことだから口出しはしないものの、さぞかし夫に失望していることだろう。

〈汝の為すべき事を速やかに為せ〉

選考会が終わると同時にぱったり届かなくなったあのメールの、差出人が誰であるのかはいまだにわからずにいる。添付画像の著書と宿泊者カードから考えて天羽カインと無関係であるわけはないのだが、本人はどうやら何も知らないようだし、周辺の人物だとしても意図がはっきりしない。

そもそも石田自身、何が何でも犯人を知りたいとは思わないのだった。知るのが怖いという以上に、とりあえずカインでさえないのならもはやどうだってよかった。差出人の目的が何であったにせよ、自分はもう直木賞とは関係なくなるのだから——。

出社するのはおおかた三ヶ月ぶりで、丸裸だった街路樹の緑がかなり濃くなっていることに驚いた。

折り入って相談したいことがあると告げてあったため、白鳥文芸局長は奥まった特別応接室へと通してくれた。ふだんはインタビューや撮影に使う部屋だ。

向かい合わせのソファに腰を下ろした白鳥が、背もたれに身体を預けて脚を組む。石田は立ったまま深々と頭を下げた。

「このたびは、私の不注意のせいでご迷惑をおかけしてしまい……」

「いや、それはもういいよ。誰だって、さあ病気になろうと思ってなるわけじゃないんだからさ」

「だとしても、司会をいきなりお願いするというのは、あまりにもあまりなことで……」

「わかったわかった。まあ座って」

石田はようやく顔を上げた。重ねて促され、ソファに浅く腰かける。

「ともあれ、思ったより元気そうでよかったよ」

「かえって少し太りました」

休んだ当初はひどく痩せたのだった。食べものの味がことごとくわからなくなり、ほんとうにコロナにかかったのではと自らを疑うほどだった。妻や子どもらがあまりに心配するものだから、元の体重に戻そうと無理して食べたところ、腹周りと顎の下にだらしなく肉がついた。胃袋の皮がのびたのか、最近はやたらと腹が減る。

「まあ、焦ることはないよ。急を要する引き継ぎやなんかは今のところないから、いきなり無理しないで、体調を考えながらゆっくり復帰してくれればいい」

以前からこんなにも部下に優しい上司だったろうかと思いかけ、それを打ち消した。白鳥に限らず、人は自分に余裕がある時はいくらでも寛容になれる。言い換えれば、相手を格下に見る時だ。

「それで？　俺に相談っていうのは？」

石田は座り直した。

「じつは――『オール讀物』の編集長を辞めさせていただきたいんです」

えっ、と言ったきり、白鳥は絶句した。

「この上さらにご迷惑をおかけするのは誠に申し訳ないんですが、自分にはこの先、直木賞の司会をするような資格も責任も」

「いや、待ちなさいって」白鳥が眉根を寄せる。「いっぺん落ち着こうよ三成、何もそこまで思いつめなくたっていいじゃない」

「落ち着いてますよ。思いつめてもいませんし」

あえて深く呼吸してみせる。

「昨日今日思いついたことじゃないんです。あのとき白鳥さんに司会をお願いした時点で心に決めていたことですから」

「そうは言うけど、俺としては当然、三成が元気になって戻ってきたら続投してもらうつもりで待ってたんだよ」

「ほんとうにすみません」

「すみませんじゃなくてさ。そういう心づもりだったからこそ、三・四月合併号と五月号は、俺が編集長代行を引き受けるかたちにしたんじゃないか。そうでもなかったらとっくに副編集長に任してる」

白鳥の言うのは本当に違いなかった。労働基準法に照らしても休職中に社員を異動させるわけにはいかないが、代わりの誰かを後釜に据えるつもりだったなら、局長がわざわざ代行を務めたりしないだろう。

合併号はすなわち直木賞の発表号でもあり、年に二度の豪華版だ。委員それぞれの選評、受賞作の抄録と、受賞者自身による長めのエッセイかインタビューおよびグラビア、ほかに過去の受賞作家らによる短編や対談などなどが賑々《にぎにぎ》しく掲載される。今回は二作同時受賞とあって、編集部の皆の負担はさらに大きかったろう。

たっぷり二ヶ月にわたり書店に並んだその発表号の中でもとくに選評を、石田は自宅でおそるおそる、しかし一言一句飛ばすことなく読んだ。候補作の一つだった天羽カインの『月のなまえ』について、好感を持って推したけれども賞には届かず残念だった、と評した委員もいたが、別の委員は真っ向から辛口の評を書いていた。中には一行とて『月のなまえ』に触れなかった委員もいた。何も言わないことがいちばん残酷な批評とも言えるわけで、それを目にしたカインがどれほど荒れたかは想像に難くなかった。

「あのさ」

言われて我に返る。

「はい」

「ここだけの話、何かあった?」

「べつに何も」

答えてから、否定するのが早過ぎたかと臍を嚙む。同じことを白鳥も感じ取ったらしい。眉根がますます寄る。

「表向き、『石田はコロナの後遺症が酷くて恢復《かいふく》に時間がかかった』ってことにしておいたけど、」

「ありがとうございます」

「本当のところは、俺もまだ聞かせてもらってないよな。さっき、『司会をするような資格も責任も』って言いかけたけどさ、資格がないってどういうこと」

「……いえ」

「いったいあの時、何があったの。何もなくて三成が司会を投げ出すとは思えないんだけど」

窓に下ろされたブラインド越しに光が射している。テーブルや床の上に落ちたストライプ模様が異様に眩しい。

「もしかして、誰かに言われた？　あれを入れろとか、これを入れるなとか」

「いえ。そういうことじゃないんです」

「まあそうだよな。うちの社員なら、多かれ少なかれ誰もが言われることだもんな。だったらどうして」

石田は黙っていた。

詳しい経緯を、今になって愚痴のように報告するのは馬鹿らしかった。もっと早く相談してくれればと言われたなら、どうしてそうしなかったかの理由まで説明する羽目になる。

あの宿泊者カードの名前――潔白である以上どのように脅されようが堂々としていればよかったじゃないか、とは自分でも思う。思うがしかし、この手の話はすぐさま特大の尾ひれがついて業界全体に広まるのだ。選考会前も今もその点は同じで、いくら白鳥が〈ここだけの話〉と言ったところで人の口に戸はたてられない。というか、そもそも白鳥自身、異様に口が軽い。〈石田はコロナの後遺症が……〉にしたって、本当に真相を口外しないでくれたかどうかも、周りがそれを信じてくれたかどうかも怪しい限りだった。

「すみません」

もう何度目か、石田は頭を下げた。

「とにかく、編集長を辞するからには『オール』にはいられないので、どこか別の部署への異動を考えていただけないでしょうか。お願いします」

白鳥が唸り、ソファの背にもたれかかった。こちらの意思がどこまでも固いことをようやく呑み込んだようだ。石田の背後、壁と天井の境目あたりを見あげて深々と溜め息をつく。

「わかった。できるだけ早く対処するから、一旦預からせてほしい」

聞くなり、全身から力が抜けるほどほっとした。そう思えた自分にも安堵する。

「どうもありがとうございます」

心から言って頭を下げると、白鳥がおもむろに口調を変えた。

「そういえば三成、天羽さんの件は聞いた？」

ぎくりとする。

「……天羽さんの件、とは」

「待ち会の時のさ。選考会のあと、いやもうかなりの剣幕だったんだけど」

一応は重病人ということになっていた自分に、わざわざそんなことで連絡してくる同僚はいない。

知りませんでした、と答えると、白鳥は表情を変えずに、そうかあ、と呟いた。

「じゃあまあ、それはいいや。俺が話すのもおかしなものだから。ただ——機会があったら、三成からも彼女にうまく言っておいてくれないかな」

「何をですか」

「あんまり気にしないでほしい、って。たしかに厳しい評は今回もあったけど、選考委員の評価なんてその時その時で変わるんだから、いちいち気にしてたらきりがない。それより、あんなつまんないことでぎくしゃくして、次から天羽さんが候補を受けてくれなくなったら困るんだよね。彼女が候補になってくれたほうが直木賞全体が盛り上がるし、できることなら今売れてる人に受賞してもらいたいじゃない。そこんとこ、うまく言ってあげてよ。頼むよ」

彼女、三成のことは信用してるみたいだからさ——と、白鳥は言った。

これまで副編だった後輩が後任の編集長に抜擢《ばってき》され、石田は当分の間、文芸局の編集委員としてフレキシブルなかたちで勤務することとなった。

暇を持て余すことはなかった。特定の編集部に所属するのでなくとも、『オール讀物』はもちろんのこと社内の他の雑誌やウェブ媒体からもインタビューや対談を記事にまとめる仕事がしょっちゅう持ち込まれる。作家を直接担当しないことを別にすれば、やっている内容は編集部にいた時とあまり変わらないし、しばらく遠ざかっていた現場に復帰できて、石田はむしろ嬉しかった。出世がどうのこうのなどと、考えたところで仕方ない。

今は六月号の編集作業が進んでおり、この日、石田は帝国ホテルの一室にいた。前回を最後に直木賞選考委員を勇退した南方権三氏に、数々の選考会をめぐる思い出を語っていただく——それもただインタビューするのでは芸がないので、同じく選考委員を務める萩尾《はぎお》今日子《きょうこ》氏に対談の相手を、と依頼したところ、

「わかった。つまり私が聞き役になって話を引き出せばいいのね？」

二つ返事で引き受けてもらえたのだった。作品世界はまったく違うが、それぞれ人気作家であるこの二人の顔合わせは話題になりそうだ。

部屋には他に、それぞれの作家の担当者たち四名が顔を揃えていた。

記事をまとめる役目を白鳥から打診された時、石田としては彼らの手前ためらいが無いではな

かったのだが、

「選考会の司会を務めたことがある三成が、その経験を活かさない手はないだろう？」

白鳥に言われて肚を括った。もとよりこういう仕事は嫌いではないのだ。

向かい合わせに座った二人の作家が、ここしばらくの選考会をふり返る。もっと時代を遡ると南方の独擅場《どくせんじょう》となる。

長年のトレードマークだった煙草や葉巻をきっぱりやめたという南方は、コーヒーで口を湿らせながら言った。

「とにかく俺はさ、いざという土壇場で意見を変えるやつってのがどうにもアタマくるんだよ」

「そうはおっしゃいますけど、」すかさず萩尾今日子がつっこみをいれる。「南方さん、私には以前ぷりぷりしながらおっしゃってたじゃないですか。『女ってのはホントに意見を変えねえな！』って」

「え、俺そんなこと言ったっけ？」

たじたじとしてみせる様もユーモラスだ。凝ったツイード生地で仕立てたジャケット、胸に覗くポケットチーフの色味も分量も洒落《しゃれ》ている。一方、萩尾今日子のほうは黒一色のワンピース、両袖がうっすらと透けている以外はまるで修道女のような佇まいだった。

「だけどさ、そういうのとはまた違ってさ、萩尾さんだってさんざん見てきただろ？」

「何を？」

「全体の意見が真っ二つに割れて、あともうちょっとでこっちの陣営の推してる作品を受賞にまで持ち込めるか、あるいはせめて二作同時でも……っていう最終段階になって、いきなり日和《ひよ》って敵方へ寝返るやつがいるじゃない。○○とか××とか」

録音機材は複数回っているが、さすがに実名は出せないかなと石田は思った。〈ここだけの話〉として明かされることこそがいちばん面白いのだが、記事にしてしまうと各方面に角が立ちまくる。

「まあそういう俺もさ、昔は若くてさ。寝返ることこそしなかったけど、大先輩の選考委員の指摘に目から鱗がボロボロ落ちたことはあったよ」

すでに鬼籍に入った女性作家の名を、南方は挙げた。

「今でもよーく覚えてる。その時の選考会も票が二つに割れて、片方が時代小説でさ。俺としてはまったく別の作品を推してて、時代物のほうもまあ悪くはないけどちょっと地味じゃないかくらいに思ってたわけ。ところが指摘されてびっくりした。その作品の中に、登場人物が外に干してあった洗濯物を取り入れて埃をはたく場面がある。いつもより埃がいっぱいついてる。なんでかっていうと、じつはちょうどその頃に浅間山の大噴火があった。埃はつまり風に乗って運ばれてきた火山灰だったわけだ。書き手は資料をひもといて噴火という歴史的事実を知った、けれども物語の中にはあえてそれ以上書かなかった。この、一見すると地味な手つきが何より素晴らしい、とその大先輩が言ったんだ。『歴史を描くというのはね、時に、洗濯物の埃なのよ』って」

「……すごい。いま鳥肌が」

「だろ？　俺も目の覚めるような心地がしたんだよ。資料を読み込んで吸収したら、いざ書く時はそのうち九まで捨て去る覚悟でいなきゃいけない。わかっていてもなかなかできるもんじゃない」

「それで、選考の結果はどうなったんですか？」

「二作同時受賞だった。そこまでの熱弁をふるわれたら、こっちだって納得するしかないもんなあ」

歴史とは、洗濯物の埃。――文中の小見出しが一つ決まった。

対談の終わりには窓辺にソファを寄せ、カメラマンが白い撮影用アンブレラを背にフラッシュを焚《た》きながら、二人並んだショットを何バージョンか押さえる。ノートパソコンの画面で撮影画像をチェックした上で、

「オッケーです！」

声がかかった。

「以上で終了です。長時間ありがとうございました」

「お疲れ様でした」

同席していた担当編集者らが口々に労《ねぎら》う。

このあとは、萩尾今日子もお気に入りだという銀座のフランス料理店を予約してある。そこでも話が弾めば、南方氏行きつけのバーへ流れることになるのだろう。

「石田くんも来るんでしょ？」

一緒に長い時間を過ごせば、オールの編集長を辞した理由を根掘り葉掘り追及されるだろう。

「すみません、今日はこのあともう一件打ち合わせがありまして、こちらで失礼させていただきます」

「そうなの？　残念」

「お前ねえ、そういう不粋なことをするんじゃないよ」

「ほんとうに申し訳ありません」

せめてタクシー乗り場まで見送ろうと、先に立ってエスカレーターを下りる。今夜は小さな会合程度しか入っていないと見え、途中階のクロークではスタッフらが手持ち無沙汰に待っている。一階、ホテルのちょうど裏手にあたる宴会場側入口にも人影はあまりなかった。そこを出ればタクシー乗り場だ。二台確保するべく、そちらへ向かおうとした時――。

柱の陰に立っていた女性がふり向いた。

驚いて立ち止まった石田に相手も気づいて、わずかに目を瞠る。あたりに敷き詰められた真紅の絨毯が、まるで彼女の為だけに用意された舞台装置のようだ。

「あれっ、天羽さんじゃないですかあ」

石田の後ろから来て無邪気に声をかけたのは、長らく南方の担当を務めてきた谷田《たにだ》という男だった。天羽カインの文庫を作ったこともあったはずだ。

「どうしたんですか、こんなとこで」

「こっちのセリフよ。今の今まで向こうのラウンジでインタビュー受け……」

言いかけたカインの視線がふと上がり、少し後からエスカレーターで降りてくる編集者たちと二人の作家を見上げる格好になった。一瞬で顔つきが変わる。

石田はとっさに別の話題で割って入ろうとしたが遅かった。

「あら、南方先生」ひと息早くカインが声を張る。「萩尾先生も」

気づいた御大が片手をあげ、

「よう天羽。どうした、元気か？」

鷹揚に笑いかけるのを鼻先ではたき落とすかのように、

「ちょっとお時間よろしいですか」

すでに質問ではなかった。南方が谷田のほうをちらりと見やり、苦いような酸いような顔になる。萩尾今日子は初めから笑っていない。

一階フロアに皆が降り立ち、総勢七人に囲まれる形になったが、カインは前のめりに続けた。

「ここでお目にかかれてよかった。おふたりにどうしても伺いたいことがあったんです」

「おう、何だ」

「どこがいけないんでしょうか」

「え？」

「どうして何度も何度も、ああまで侮辱されなきゃいけないんでしょうか」

「いったい何の話だよ」

「直木賞のですよ、きまってるじゃないですか！」

フロアの向こう端を、十人前後の団体がぞろぞろと通りかかった。披露宴の後なのだろう、燕尾服や黒留袖や華やかなドレスに身を包んだ人々がこちらを見て何やらささやき合う。たとえ葉巻をくわえていなくても南方権三は目立つのだ。

しかしカインはそちらなど一顧だにしなかった。

「三回も候補にするってことは、賞をもらっておかしくないだけの水準はクリアしてるってことですよね」

南方を睨みつける目尻が吊り上がっている。

「それなのにいざとなったら獲れないのは何でなんですか。今回の選評でもまるで公開処刑みたいに貶されてばっかりで、『特殊で異常なものを書けば小説になるわけではない』だの、『作者が主人公に溺《おぼ》れてしまっている』だの、『作家としての才気は認めるが才気が声高に主張しすぎている』だのって……」

「よく覚えてるな」

「当たり前でしょう。何とか理解しようと思って真剣に読み込みましたもの。だけど納得できない。『登場人物の言動に飛躍がない』のは、むしろ褒められることじゃないんですか？『人間にはわからなさが欲しい』なんて言うけど、わからない人間を書いたら今度は『人間が書けてない』とか言うんでしょう？ どうしろっていうんですか。私の作品の何が駄目なんですか」

「駄目だとは言ってないだろう。まあ落ち着けって、な？ そんなおっかない顔してたらせっかくの美人が台無しだぞ」

「セクハラですからね、それ」カインはぴしゃりと言った。「いいからごまかさないで、はっきり答えてください。どうして私は直木賞がもらえないんですか」

「そんなこと言われたってさ」南方が口を尖らせた。「俺一人で決めてたわけじゃないしな」

「なるほど、そうやって逃げるんですね」

さしもの南方も鼻白み、両の肩がぐっと盛りあがる。隣で谷田が、

「天羽さん、さすがにそれはちょっと……」

言いかけた時だ。

「私でもかまわない？」

冷ややかな声が響いた。石田が目を上げると同時に、皆もふり向く。

萩尾今日子だった。そばにいた担当編集者が、クロークから取ってきて今まさに差し出そうとしていた春物のコートをおずおずと引っこめる。

「ねえ天羽さん、どう？　私でよければ答えるけど」

細身ながら南方より上背のある彼女が真顔のままそうした言葉を口にすると、おそろしいほどの圧が感じられる。黒一色の服装のせいもあるかもしれない。

「――ぜひ、お願いします」

カインが受けて立つ。

「ほんとうのことが知りたいのね？」

「ええ」

「斟酌《しんしゃく》しないわよ」

「かまいません。望むところです」

「そう」

萩尾が息を吸い込んだ。

「じゃあ言いましょう。今回の『月のなまえ』――私は、全候補作品の中で、最低点を付けました」

周りが息を呑む。南方が一文字に口を結び、鼻から強い息を吐く。

「選評にも書いたわよね。『この作品で候補になったことが気の毒としか言えない』って。だけど考えてみたら、気の毒なのはあなたじゃなくて、読まされた私たちのほうよ。南方さんは優しいから今みたいにおっしゃるけど、私はまったく評価できなかった。中には良いところを見つけて褒める人もいたし、多くの作品の中から候補になっているのだから、水準は当然クリアしています。でも、推していた人たちも、議論の果てに皆さん意見を変えた。最後まで肩を持つ人は誰もいなかった。なぜだかわかる？　ああ、あなたはその『なぜ』を訊きたいのよね、自分ではわからないから。自分の作品に足りないところが見えないってこと自体、俯瞰の目が足りてないということよ。作家として致命的だと思うけど」

石田は、天羽カインがこれほど蒼白になったところを初めて見た。その手に扇を渡したならすぐにでも鬼女となって舞い始めそうだ。

「これでもまだ先を聞きたい？」

カインが唸り声をもらし、食いしばった歯の間から言った。

「はい」

「そもそもテーマが陳腐。ありがちな社会問題をそのまま書きすぎね。片や、アルコール依存症の母親をひとりで背負い込んでいる少女。片や、実の父親から性的虐待を受けている少年。二人に手を差し伸べようとする夫婦はいかにも善良で仲良く見えるけどじつはセックスレスで、お互い外に愛人がいる——確かそんなふうだったと思うけど、違った？」

「……いえ」

「そういう流行りの題材を滔々《とうとう》と語るのって小説のやることかしら。ドキュメンタリーのほうがよっぽど伝わるんじゃない？　傷ついたり苦しんだりしている人物にいかにも寄り添っているふうな視点のとり方をなさってるわよね。それをテレビドラマのようだと評する委員もいたけれど、私に言わせればその言い方はテレビドラマに失礼だわ。今時のドラマはもっと洗練されている。だいたい、辛くて悲しい話を書くのに、作者が先に泣き出してどうするの。登場人物それぞれを冷徹に突き放すくらいでなくてどうするの。寄り添うどころか行き過ぎて同化してしまうから、会話も地の文も説教くさく響くのよ。あれこれ理由づけしないと人の不幸ひとつ描けないんだったら、それはあなたの筆が足りてないだけ」

ひと息にそこまで言うと、萩尾今日子は隣の担当者のほうへ手を伸ばしてコートを受け取った。着せかけようとするのを制し、腕にかける。

「反論があるなら、作品で示してちょうだい。——ごめんなさいね南方さん、お待たせしてしまって」

いや、と首を振った南方が、低い声で言った。

「優しいのは、あんたのほうだよ萩尾さん」

谷田が、いかにも居心地悪そうに、ええとじゃあそろそろ、と促す。一行が歩きだす。タクシー乗り場はガラスのドアを出てすぐだったが、石田はそこに残り、皆の背中を見送りながら頭を下げた。

ややあってから、背後に声をかける。

「この後は、東京にお泊まりですか」

カインは黙っている。よほどこたえたのだろう、無理もない。

「よかったら、夕食をご一緒しませんか。ホテルの中でしたらフレンチか、懐石料理か中華か

「……それかお急ぎでしたらお茶だけでも」

やはり返事がない。

ふり返る。

赤い絨毯の敷き詰められたフロアで、石田ひとりが喋っていた。

— 18 —

【テセウスは歌う】

第一章

『テセウスの船』と呼ばれる有名な思考実験がある。

古代ギリシャの英雄テセウスがクレタ島から帰還した時、船には三十本の櫂があった。誉れ高き船は、後の世まで長く保存されることとなった。しかし木材は朽《く》ちる。人々は櫂を一本また一本と新しいものへ取り換えてゆき、傷んだ船体を補修していった。

そしてここに哲学者らの議論が巻き起こる。ある者は「もはやこの船は元の船とは別ものだ」と言い、またある者は「いいや、ずっと同じ船である」と主張したのだ。

最終的にすべての部品が置き換えられたとして、その船は今も同じ船だと言えるのか。あるいは取り換えた古い部品を集めてもうひとつの船を組み立てた場合、いったいどちらを『テセウスの船』と呼ぶべきなのか。要するに、同一性の問題をめぐるパラドックスだ。

でも、じつのところ、あたしが気になっているのはそこじゃない。

もしそれがすでに元の船でないのだとしたら。

途中のどの時点でそうなったのか——帰還不能限界点はどこだったのかということだ。

★

期末テスト最終日の夜だった。前の晩も徹夜で勉強したドライアイに、病院のしらじらとした灯りはあまりにも眩しかった。

窓際のベッドに服のまま仰向けに寝かされている母さんを見おろしながら、あたしは目をしばたたいた。いっそ泣けたら瞳も潤うのに、涙なんか一滴も流れやしない。目薬が切実に欲しいけど、いくら病院だからといって急にはもらえないだろうな……っていうか、なんであたし、こんなに冷静なんだろう。

母さんの閉じた瞼は落ちくぼんでいた。いつの間にここまで歳を取ったかとびっくりするほどだった。痩せた頬が大きく凹み、唇の端に寄った深い皺の間に、何か白っぽい滓のような、バナナの筋の切れ端みたいなものが乾いてこびりついている。薬をたくさん飲んで泡を吹いた名残か、それとも胃洗浄をした際の唾液の跡かもしれない。

ベッド脇のスタンドに吊り下げられた容器から、黄色い液体が一定の間隔を置いてしたたり落ちていて、半透明のチューブは腕の内側に刺さる針へと繋がっていた。ついさっき看護師が二人来てあわただしくしつらえていったものだ。他に患者のいない二人部屋、入口に近いほうのベッドは空いていた。

ギシ、とパイプ椅子が軋んだ。父さんが壁際に椅子を寄せて腰を下ろしたところだった。あたしもその隣に座った。二人の溜め息が長々と重なる。

「……とりあえず、心配しなくていいそうだ」

しぼんだ声で、父さんは言った。

「そう」

「二、三日は入院だってさ。俺、今夜はここに泊まるよ」

「わかった」

「そういえばお前、もう見たか」

「何を」

父さんがごそごそと上着の内ポケットをまさぐって取り出したのは、四つに畳まれた便箋のような紙片だった。

「いいよ、そんなの。見たくない」

「お前にも書いてあるから」

気の進まないまま受け取って広げると、さんざん見慣れた文字が並んでいた。これから死のうとする間際にしてはいつもと変わらない達筆で、しかもわざわざ毛筆だ。あまりにも母さんらしくて笑える。

崩し字を判読するのに苦労したけれど、隣の父さんに読み方を尋ねるのは残酷なような気がして、眉根に皺を寄せながらどうにか読み進む。

〈生きてゆくことがそのまま苦痛でしかないのです。勇気のなかった私をお許し下さい。神様はおのれの命を絶つことを決してお許しにはならないでしょうけれど、もう、だめです……〉

神様への懺悔《ざんげ》に見せかけた父さんへの繰り言があれこれ続いたその後で、ようやくあたし宛てに、

〈優《ゆう》ちゃん、ごめんなさい。母さんはもう疲れました。他の終わらせ方も考えたのだけれど、あなたにはこれからも学校があるし、ご近所の目もある。だからこうしました〉

我が家にあった様々な薬を全部で三十錠ほど飲んで、母さんは意識を失っていたのだった。すぐそばの和室の梁《はり》からはコンセントの延長コードが輪っかになってぶらさがっていた。

首を吊ったりしたらほんとうに死んでしまうから、そっちはやめて薬を控えめに飲むことにしたんだろうなとあたしは思った。それがわかるくらいには、この人とも長い付き合いだ。あたしが冷たいわけじゃない。

遺書（と呼ぶべきなんだろう、一応）にも書いてあったとおり、母さんはクリスチャンで、神様を熱烈に信じていた。いま思うと、彼女がちょっと度の過ぎた信仰に走った背景には、父さんの女性関係のだらしなさがあったのかもしれない。誰もが認める人格者で社会的にも成功をおさ

めていながら、父さんには何というか、ある部分でひどく自分に甘いところがあって、

〈今度のひとで三人目なのよ〉

何日か前、あたしに向かってこぼしながら母さんは、情けない、ああ情けないと泣いていた。身を揉むようにしてすすり泣く姿までがどこか芝居がかって見えた。おかげであたしの気持ちはどんどん醒めていくばかりだった。

あまりに月並みなその「遺書」を、あたしは元通り畳んで返した。もう何度も読んだはずのその手紙を、父さんはもう一度広げてじっと眺めている。

「……バカが」

低く漏れたつぶやきには、母さんへの非難以外のものも含まれているように思えた。

ぱかんと口を開いたままの母さんが呼吸するたび、小さいいびきが聞こえる。眺めているだけでこっちの息が詰まりそうになってきて、あたしは立ちあがり、窓を開けて首をつき出した。

夜八時を過ぎ、あたりを闇が取り囲んでいた。三階下の道路はそれほど広くなく、行き来する車も多くない。

冷たい風に乗って、遠くから踏切のカンカン鳴る音と電車の通る音がかすかに聞こえてきた。救急車に一緒に乗って来る間は窓の外を見る余裕もなかったものだから、ここがどのへんなのかよくわからない。

しばらく眺めていると、少し離れた十字路を見慣れたバスが横切っていった。ガソリンスタンドの灯りに照らされて、行き先まで読める。路線がわかったおかげで、病院の位置もだいたい見当がついた。ずいぶん長く走った気がしたけれど、そんなに遠くまで来たわけではなさそうだ。

突然、自分が空腹であることを思い出した。

「ねえ父さん、お腹すかない？」

あたしは、ふり向いて訊いた。

「そうだな。そういえばすいたかな。晩飯も食ってないもんなあ」

父さんが、無理して声を張る。あたしのことを力づけようとしているのだろうけれど、そのじつ、まいっているのは父さんのほうなのだ。

「お前、明日も学校あるんだろ」

「ううん。テスト明けでお休み」

「そうか。じゃあ、頼んでいいか」

「なに」

「いっぺん家へ帰って、必要なものを持ってきてくれないかな」

着替えなど必要なものを紙に書いて、父さんは往復のタクシー代と一緒に渡してくれた。

「ついでにコンビニで弁当でも買ってきてくれると助かる」

「わかった。任せて」

「優の好きなもの買いなさい。俺は何だっていいから」

この白い病室――母さんが時々苦しげに口をぱくぱくさせる他は何も起こらない、したがって母さんを見ている以外に何もすることのないこの部屋に、父さんをひとり置いていくのは気がかりだったものの、あたしは仕方なく病院を出て、前の通りでタクシーをつかまえた。

乗り込む時に見上げると、さっきの窓から父さんがこちらを見おろして手を振っていた。

振り返しながら、あたしは一瞬、セピア色の夢の中に迷い込んだような錯覚にとらわれた。リストにあったものをきっちり揃えて病院へ届け、再び家に帰りついた時には夜十時をまわっていた。

いつもならまだまだ宵《よい》の口だけど、今夜は頭がふらふらする。ゆうべは徹夜、朝から英語と世界史と古典のテストを受け、帰宅するやいなや母さんが倒れているのを発見して会社にいる父さんに知らせ、駆けつけた救急車に乗りこむ羽目になったのだ。さすがにもうぐったりだった。テレビをつける気力さえもない。

ソファに座り込むと、あたしはポケットからスマホを取り出した。

とっくに寝ているかもしれない。梨絵《りえ》はああ見えて真面目で優秀だけど、それでもふだんよりは夜更かしが続いていただろう。

念のためミュートメッセージにして、

〈起きてる?〉

と送ったら、瞬時に既読がついた。

〈起きてるよーん〉

ごきげんなウサギのスタンプと一緒に返ってくる。

〈何してた?〉

〈ボーッとしてた。いつでも好きなときに寝ていいんだなって思ったら、もったいなくて寝られないw〉

〈わかる〜！〉

クマが笑い転げるスタンプと合わせて送った後、

〈なら、ちょっとだけ話せる？〉

そう書いて、送信ボタンを押した。

ほぼ同時に向こうからかかってきた。

「どうしたの？」

蜂蜜に砂糖をまぶしたみたいな声が言った。

「もしかして、私のこと恋しくなっちゃった？」

「……うん」

「やだ、今日の優ってばめっちゃ素直。――もしかして、何かあった？」

いきなり言い当てられて苦笑が漏れた。

いつだってそうだ。梨絵は、あたしの気持ちのわずかな揺れさえも見逃さずに気遣ってくれる。ほんの小さな擦り傷にもちょうどいいサイズの絆創膏を差し出してくれるみたいに。

「まあ……あったといえばあった、かな」

「私に話せるようなこと？」

「話したいけど、電話だとちょっとね。……明日会える？」

「もちろん」

「じゃあ、午前中にうち来れるかな」

「いいけど、優んちだとおばさまがいるでしょ。いいの？」

あたしはリビングの天井を見上げた。いつもよりすごく広く感じられる。

「それがさ、いないんだ。今夜なんか父さんもいない」

「うそ」

「ほんと。今この家にあたし一人」

三つ数えるくらいの間があって、梨絵が言った。

「わかった。ちょっと待ってて」

「え」

「今からそっち行く」

「ええっ」

「たぶん三十分くらい」

電話が切れてから二十八分後には呼び鈴が鳴った。

ピンクのウサギのぶらさがったミニボストンに、たぶんパジャマや歯ブラシや化粧品や着替えやなんかを詰めて、梨絵は白い息をまき散らしながら玄関先に立っていた。

「ばかじゃないの、こんな遅くに」嬉しさを隠してあたしは言った。「大丈夫だった?」

「うちはほら、親がゆるいから」

「違うって、来る道だよ。危なくなかった?」

「血相変えて自転車ぶっ飛ばしてる女子なんか、誰もちょっかい出さないでしょ。めんどくさくて」

意味もなくハイテンションで笑い合いながら、彼女がここまで漕いできた自転車を門の中へしまい、二人で家に入った。ダウンジャケットを脱いでマフラーを取った襟元から、いつもの梨絵の匂いがする。愛用のボディソープとコロンと、かすかな汗とが入り混じった匂い。

性急すぎるのはわかっていたけれど、我慢できなかった。あたしは後ろから梨絵を抱きすくめ、こちらを向かせて唇を重ねた。

そのままリビングのソファに座らせ、押し倒してゆく。ほんのついさっきここに座ってＬＩＮＥしたばかりなのに、その彼女がもう腕の中にいることが信じられなかった。

あたしのちょっとした変化を電話越しにも感じ取り、理由もわからないうちから懸命に自転車を飛ばして会いに来てくれたのだ。嬉しくて、愛しくて、たまらなかった。

「梨絵……」

耳に口を付けて囁《ささや》くと、彼女の身体から力が抜けた。内臓と骨をごっそり抜き取ったイカみたいにだらんとなって、潤んだ目であたしを見上げてくる。

再び唇を重ね、前歯をそっとこじ開けるようにして舌を絡めると、梨絵のそれは熱かった。くぐもった声で彼女が言った。

「優の唇、冷たい」

「歯を磨いたばっかりだから」

「こういうこと、しようと思って？」

「どうかな」

もっと深く絡めた。梨絵の腰が浮いて、からだごと火照《ほて》っていく。

「梨絵、ねえ、愛してる」

「私もだよ。優のこと、好き。大好き」

――大好き。

でも、〈愛してる〉じゃないんだな、とあたしは思った。

彼女はその言葉を口にしてくれない。これまで何度も言わせようとしたし、何度も頼んでみたけれど、まだ一度も聞けたことがなかった。

〈よくわからないから〉

というのがその理由だった。

〈愛してるっていうのがぴんと来ないの。自分がちゃんとわかっていない言葉で気持ちを伝えたりしたら、ぜんぶ嘘になっちゃうでしょ？　私にとっては、大好き、が最上級なの。そんなの絶対、優にしか言わないよ？〉

「ねえ、言ってよもっと」

あたしは囁いた。

「……何を」

「大好き、って。ちゃんと言ってくれないと不安になる」

梨絵の眉が、ハの字になった。

「なんでそんなこと言うの？」

「だって……」

「いつだってちゃんと言ってるのに、信じてくれないの？」

凸《でこ》も凹《ぼこ》もよく似たお互いのからだをぴったり合わせて抱き合うと、あたしの鼻の先に、あたしよりも細く尖った肩が触れた。なんだか癪に障って、がぶっと噛みついてやる。彼女は甘えるような泣き声をもらしてしがみついてきた。

「やだ、優なんか嫌い」

「うそばっかり」

「そんなことするひと、大嫌い」

「梨絵？」

「ああもう、好き。大好き。きまってるじゃない、いじわる！」

思いっきり抱きしめる。このまま絞め殺してしまいたいほどだった。好き、という気持ちがこんなに凶暴なものだなんて、梨絵とこんなふうになるまで知らなかった。

梨絵の家に泊まる時は、ひとつのベッドで寝ても絶対に声なんかたてられなかったけれど、今夜は違っていた。あたしはいつもよりたくさん〈いじわる〉をした。

そうしながら何度もあの白い病室を——口を開けていびきをかいている母さんと、今もその寝顔を見おろしているかもしれない父さんの姿を思い出していた。

母親が自殺未遂をした晩に、女の子と裸でもつれ合ってこんなことをしている自分は、きっと普通じゃない。どうかしてる。頭がおかしいんだ。そう思うたび、梨絵にわざと泣き声をあげさせた。自分が嫌で嫌でたまらなかった。だから彼女に〈愛してる〉とはっきり言葉にしてもらいたいのかもしれなかった。

ずいぶん長く抱き合ったあと、梨絵はあたしの腕枕に頭をのせてこちらを見つめた。長い睫毛に縁取られた瞳が、まるで縁側の日向《ひなた》に置いたアイスクリームみたいにとろけていた。

「んもう。電話じゃ話しにくいって言うから来たのに」

唇を尖らせて彼女は言った。

「ごめんごめん。顔見たら我慢できなくて」

「それで……何があったの?」

「いや、うん。じつはうちの母親がさ」

あたしは、今日――いやすでに昨日――起こったことを、ひとつずつ順を追って打ち明けた。父さんをはじめ、救急隊や警察や主治医の先生にもそのつど同じことを繰り返し説明した後だったので、梨絵に対してははからずも立て板に水みたいになった。

途中から彼女は眉根をぎゅっと寄せ、口を結んでどんどん怖い顔になっていった。ひととおり聞き終わると、

「……何、それ」

低い声で言った。

「優、あなたいったい何やってんの? こんなことしてる場合じゃないでしょ」

「だって、今夜はもうあたしにできることなんて何も、」

「そうじゃなくて。そんな大変なことがあったのに、なんでそんな呑気《のんき》なのよ」

「ごめん」

「っていうか、なんでもっと早く話してくれなかったの。私、あんな変な声あげたりしてバカみたいじゃない」

「そんなことないよ、可愛かったよ」

「だからそういうことじゃなくて！」

「ほんとごめんって」

ひたすら謝り倒すしかなかった。

「言ったじゃん、我慢できなくなっちゃったんだって。あれ別に、したかったからだけじゃないよ。玄関開けて梨絵が立ってるの見たとたん、いっぺんにホッとしちゃったからだよ」

口もとはまだへの字に結ばれたままだけれど、こちらを睨みつけていた目の奥から少しずつ険が薄れていくのがわかった。

やがて、彼女は言った。

「……こっちこそ、ごめん。いちばん辛いのは優にきまってるのに、責めたりして」

あたしは思わず笑った。

「辛くなんかないよ。自分でも不思議なんだけど」

「無理しなくていいのに」

「いや、ほんとにさ。なんかもう、シワシワの顔で眠ってる母親を見てても、気持ちがさっぱり動かない。バカだなあって思うだけ。こんなことして追いつめたら父さんをよけい遠ざけるだけなのに、なんでそれくらいのこともわかんないんだろうって」

「おじさま、今もその女の人と？」

「わかんない。別れたとは言ってたけど実際のところはね。だいぶ長く続いてた人みたいだし」

と、みるみるうちに彼女の目に水の膜が張りつめていった。

「え、なんで梨絵が泣くの？」

「だって……」彼女は声を詰まらせた。「ひどいよ、優。おばさまが可哀想」

「え」

「裏切ったのはおじさまのほうなんでしょ？　なのになんで味方についてあげないの？　優はさ、冷たいよ」

「そう、かな」

「付き合ってても時々思う。自分にとって大事な相手に対しては優しいけど、そうじゃない人にはすっごく冷淡っていうか、心の底からどうでもいいっていうか、ほとんど見もしないでしょ」

「それって、ふつうじゃないの？　人間ってそういうもんじゃない？」

「わかんないけど、私はそうじゃなくありたいよ。それにおばさまは、他人じゃなくてあなたのお母さんなんだからさ。それこそふつうだったら、娘は父親が浮気したら母親の側につくものじゃない？　おばさまだってそれを期待してたはずだよ」

「勝手に期待されてもね」

思うより、それこそ冷淡な口調になった。けれど止まらなかった。

「梨絵のところはお母さんと仲がいいけど、うちは違うの。はっきり言ってあの人のことなんか大嫌いなの。いくら父さんとのあれこれがしんどいからって、あたしが試験勉強してる時にまでそばへ来てグチグチぐちぐち言うんだよ？　父さんに何を言われたとか、相手の女とどういうセックスしてるとか、いついつの帰りが遅かったのは会議じゃなくてまた逢ってたからにきまってるとか、会社でも噂になってるに違いないとか……知らないよそんなこと。本当に嫌なら別れればいいじゃん。あたしは父さんにつくよ。ないとは思うけど相手の人をお母さんって呼べって言うなら平気で呼ぶし、そうでなくとも世間でよくあるみたいにグレたり反抗したりなんてことは絶対しない」

「優……」

「だってあたし、どうでもいいんだもん。そうやって周りの状況とかが変わっても、あたしは何も変わらない。それだけは自信ある。ほんっとどうでもいいの。早く大人になって、家を出て自由になりたい、ただそれだけ」

強く激しい言葉をとめどなく吐き出しながら、胸の内側にはそれと同じか上回るほどの量の何ものかが、ひたひたと、満々と、溜まってゆく心地がしていた。悲しみに似ているけれど、涙ではなかった。もっと冷たくて蒼《あお》い、味のしない水のようなものだった。

「わかった。その時が来たら、私も優と行く」

梨絵の指先があたしの頰に触れる。

何度かためらい、口ごもった後で、彼女は言った。

「……大好きだよ、優。ずっと一緒にいよう」

すべてがここから始まるのだと、あの頃は二人ともが思っていた。

似てはいても違っていた。あれは、すべてが終わる始まりだったのだ。

19

いちばん明るくしても、寝室の灯りは柔らかい。文字を読むにはぎりぎりだが、二人とも集中できるのでここにいる。

佳代子の背中には、アイアン製のベッドのヘッドボードがある。尻の下のマットレスは、ゲラや資料をあれこれ広げても充分なダブルサイズだ。

初めのうちこそ担当作家に向けて脚を投げ出すのを躊躇していた緒沢千紘だが、金曜土曜とこの家に泊まるうちにはさすがに遠慮が減ってきたようで、今は自分も同じベッドに上がり、フットボード側に寄りかかってゲラを読んでいる。

互いに必要な時しか口をひらかない。長い沈黙の中、紙をめくる音、線を引っぱって何かを書きつける音だけが響いている。

夜十一時。疲れた視神経が鈍く痛み、瞼を強く押すようにして揉みほぐすと、再び目を開けた時には文字がよけいに霞《かす》んでいた。

佳代子はゲラから顔を上げた。千紘の足裏がまるで幼い少女のようにすべすべとして清潔なのを眺めているうち、じわりと眠気が忍び寄ってくる。いけない。横になるならもう少し先まで、せめて第二章の終わりまで手を入れてからにしたい。

「千紘ちゃん、コーヒーは？」

「あ、どうぞおかまいなく」

彼女が慌てて身体を起こした。

「私が飲みたいの」

「……じゃあ、すみません、お言葉に甘えます」

ゲラの束をベッドの上に置くと、佳代子は床に下ろした足先でまさぐるようにしてバブーシュを履き、キッチンへ向かった。

続くリビングの床に木々のシルエットが黒々と落ちている。ふだんなら日が暮れる前に分厚いカーテンを引いてしまうが、今夜は満月にくっきり照らし出される林の陰影があまりに美しいので開けたままにしてあった。一人きりの時ならばきっと、その美しささえ怖ろしく感じられていただろう。軽井沢の夜には、東京のそれとはまるで違った原始的な禍々しさがある。

湯を沸かしながら豆を挽く。夜の静けさを打ち壊すような騒がしい音が響く。

窓を開けていればこの音は、裏手の離れで暮らすサカキの耳にも届くかもしれないが、そんな季節は夏のほんの一時期だけだ。ここでの三月四月はまだ冬と言っていい。

『テセウスは歌う』の刊行予定は五月下旬。最終入稿はいよいよ来週の火曜に迫っている。

冒頭から手を入れるのはもう何度目になるだろう。『文広堂』の竹田のもとから原稿を引き上げる前でさえ、とことんこだわって完璧に仕上げたつもりだったのに、千紘とのやり取りの中で一箇所でも言葉を足したり引いたりするうちに他のところまでが気になり始め、またあちこち直す羽目になっている。

が、それが嬉しい。千紘に指摘されたところを、彼女の予想を超える出来映えとなるように書き直したり書き加えたりするのがたまらなく愉しい。

やはり能力の問題なのだ、と佳代子は思った。認めるのは業腹だが、石田三成との間でもたまに同じようなことがあった。

作家には作家の才能というものがあるが、編集者にもまた独自のそれがある。連載中、石田が書き込んだエンピツが十あったら、そのうちの八か九までは無視するか×をつけてやったが、残りの一つ二つは大きく○をつけて採用した。どれだけ×をくらっても石田は凹まなかったし、○にもはしゃがなかった。ただ淡々と伴走してくれるのが心地よく、時に頼もしかった。

帝国ホテルのフロアで石田ら一行と遭遇したのは、つい先週のことだ。東京は温かく、こちらの気温に慣れた身には汗ばむほどだった。

エスカレーターで下りてくる選考委員二人を目にしたとたん、どうしてあんなに頭に血がのぼってしまったものか――南方などは逃げの一手でさっさと保身に回った。男とはそういうものだから今さら腹も立たない。

それに比べて、萩尾のあの言い草ときたら何だ。確かにキャリアの差は大きいが、同じ業界で一枚看板を掲げている者同士、物事には言い方というものがあるだろう。

〈反論があるなら、作品で示してちょうだい〉

上から見下ろすようなあの声がよみがえる。

悔しかった。販売部数でいうなら、萩尾や南方どころか選考委員全員のそれを合わせたって負けやしないのに、と歯嚙みする。

出せばたちまちベストセラー、今すぐに作家を辞めたとしても、ついでに言えば夫と別れたとしても、一生遊んで暮らしていけるだけの蓄えはすでにある。

けれどもう、欲しいのは富ではない。栄誉だ。賞だ。堂々と直木賞を獲って世間に認められたい。単なる流行小説家ではないのだということを、立派に実を伴った「ザ・作家」なのだということを、世の中に対してはもちろん、あの傲慢な夫にも証明してみせなくては。

佳代子がゲラに書き込みをするそばで、千紘は先ほどから何か考え込んでいる様子だった。同じ箇所、それもずいぶん初めのほうで引っかかって前へ進めずにいるようだ。

濃いめに淹れたコーヒーをマグカップに注ぎ、マカロンや焼菓子とともにトレイに載せて運んでいくと、千紘は恐縮してベッドの上に正座した。

「これだけ脳を使ってるんだから、お互い夜中の糖分は大目に見ようね」

「昼間の糖分は」

「もともとカウント外」

ああ脳味噌にしみる……などと笑い合いながら菓子をつまみ、苦いコーヒーを味わう。千紘がマグカップをサイドテーブルに置いたところを見計らい、佳代子は言った。

「さっきから何悩んでる？」

彼女がはっと身を固くした。

「……それは」

「いいよ、遠慮しないで言って」

千紘が、膝の横に置いたゲラに目を落とす。手に取り、思いきったようにこちらへ差し出した。何箇所かに付箋が貼られており、そのページをめくると、いくつかの文章に鉛筆で波線が引いてあった。

「これは、どういう意味？　表現がわかりにくかった？」

「いいえ。……あくまでご提案なんですけど、その波線部分は、トル、としてもいいかもしれないなと思って」

「トル？　ここ全部、要らないってこと？」

「もちろん天羽さんのご判断次第なんですけど」

しばらく見なかったほど張りつめた表情だった。

佳代子は黙ってゲラに目を走らせた。この文も、その段落も、それぞれ想いを強くこめて綴った箇所ばかりだ。

順繰りに追っていき、第一章の終盤にさしかかる。

最後の二行にも線が引かれているのを目にしたとたん、カッと腹が煮えた。

「何これ、なんで？」

思わず口調がきつくなる。

「よりによってなんでここなの？　要らない？　これ」

「あの、いえ、わかります。すごくエモーショナルな表現だし、読む者の胸にも迫ってきますし、かっこいいとも思います」

「だったらどうしてよ！」

「だから、です」

白い顔をして、それでも一歩も退《ひ》かずに千紘は言った。

「あえてそこを削ることで、かえって感動が深まる気がするんです。言葉で説明するよりも、無限に想像させるというか……読み手を信じて投げかけるというか」

とうてい納得できずに、佳代子はゲラを握りしめ、一章の終わりの部分を読み直した。とりわけ結びの二行は、書きつけた瞬間のことまで覚えている。我ながら天才ではないかと思えたほど気に入っている箇所だった。

梨絵の指先があたしの頬に触れる。

何度かためらい、口ごもった後で、彼女は言った。

「……大好きだよ、優。ずっと一緒にいよう」

すべてがここから始まるのだと、あの頃は二人ともが思っていた。

似てはいても違っていた。あれは、すべてが終わる始まりだったのだ。


これのどこがまずいと言うのだ。全体のプロローグにも相当するこの箇所で、主人公がかつて輝いていた〈あの頃〉を回想する大事な場面ではないか。

苛々しながら、佳代子は千紘が線を引いた二行に指をあてて隠した。憮然としたまま、もう一度読み返す。


梨絵の指先があたしの頬に触れる。

何度かためらい、口ごもった後で、彼女は言った。

「……大好きだよ、優。ずっと一緒にいよう」


——三秒後。

全身に鳥肌が立ち、毛根がぞわりと起きあがるのがわかった。

なんということだ。最もお気に入りの二行をばっさり削り、このセリフで章を閉じたとたんにじわじわと滲《にじ》み出る余韻たるや……。

よけいなことを書かなくても、いやむしろ書かないことによって、読者にははっきりと伝わるのだ。この二人が〈ずっと一緒に〉などいられないということが。

もしや、ここに鍵が隠されているのだろうか。

〈辛くて悲しい話を書くのに、作者が先に泣き出してどうするの〉

「千紘ちゃん」

「……はい」

「もっと、教えて」

「え」

「言っとくけど私、あなたのこと絶対離さない。逃げられると思わないでよ」

仕事にきりを付けて横になったのは午前一時過ぎだった。

〆切が火曜、千紘が東京に帰る月曜まではあと一日しかない。先程の要領でよけいな文章をどんどん削りにかかるなら、まともに睡眠を取っていたのでは間に合わなくなる。

昨日、一昨日と客間で寝起きしていた千紘と相談し、今夜はこのままここで一緒に寝ようということになった。四時間半後にアラームをセットして、朝六時には起きる。片方が起きられなかったら、もう片方が起こすのだ。

「おやすみなさい」

「おやすみ」

ダブルの羽布団を分け合って目を閉じた。

「あの、私、もしかしたら歯ぎしりしちゃうかもです。ごめんなさい」

「私のほうこそ鼾《いびき》がすごいかもよ」

くすくすと笑い合う。

灯りが全部消えていても、月の光が蒼い。どこか近くでけたたましい叫び声のようなものが聞こえ、

「あれって何ですか？」

千紘が不安そうに身じろぐ。

「あれはね、キツネ」

「キツネ？　ってあのキツネ？」

佳代子はふき出した。

「他にどのキツネがいるのよ」

「だって、北海道とかならともかく」

「それはキタキツネ。今のはホンドギツネ」

「天羽さん、詳しいんですね」

「そりゃ住んでれば自然にね。ちなみにタヌキだっているし、ウサギもアナグマもハクビシンも、シカもカモシカもわりと見るよ。野生化したアライグマもね。ツキノワグマにだけは会いたくないけど、糞なら山道でたまに見かけるし」

「へぇえ……」

子どものように感心する千紘が可愛らしく、佳代子は目を閉じたまま微笑んだ。

キツネの吠え声が遠ざかってゆく。そろそろ繁殖期を迎えるのかもしれない。

窓の外、木々の梢《こずえ》を揺らす風がごうっと音を立てる。雪はもう降らないでくれるだろうか、霜《しも》はどうだろう。あと何回か雨が降ったら、ようやく本格的な春がやってくる。

「……あの、起きてますか？」

まるで小説の中の〈優〉のようなことを、千紘はそっとささやいた。

「起きてるよ」

佳代子も優しく返す。

「どした？」

「寝なくちゃいけないのはわかってるんですけど、これだけ」

「うん？」

「ありがとうございます」

「え」

「さっき……私の失礼な提案を、あんなふうに受け容れてくださって」

「何言ってるの。お礼を言うのはこっちでしょ」

すると千紘は、おずおずと、けれど一生懸命に続けた。

「今さらですけど私、今回の『テセウス』、大好きなんです。これまでの作品とは明らかに違いますよね。これも失礼な言い方ですけど、桁違いに深いというか、今までにないところへ到達してると思うんです。それに私、あの子たち二人が愛おしくて、哀しくて……ほんとうの悪人なんて一人も出てこないのに、なんでこんなにうまくいかないんだろう、なんでみんなこんなに傷つかなくちゃいけないんだろう、だけど人生って、生きるって、きっとそういうものなんだよなあ……って。なんだか自分を投影するような気持ちで読んじゃうんです。何度読み返しても感動が目減りしていかない、それどころかますます深まっていく。凄い作品だと思います」

「ありがと。千紘ちゃんにそう言ってもらえたら、もう勝ったようなものだね」

「そうですよ。絶対です」

ふふっと千紘が笑った。

やがて、言った。

「前にお話しした、あのことですけど」

「……うん」

「だからっていうんじゃないんですけど……いえ、もしかするとだからかもしれないんですけど、いまだに男の人と親しくなるのが怖くて。〈優〉も〈梨絵〉も私とは違って、べつに男の人が怖いから女の子を好きになったわけじゃないですけど、でもあそこには、女性同士の愛情の交歓がそれはそれは美しく描かれているじゃないですか。すごく綺麗だけど、綺麗事じゃない。ちゃんと生々しくて、痛くて、切実で、それでいてやっぱりどこまでも綺麗で。うまく言えないんですけど私、どれだけ慰められたかわからないです。こういうふうに読まれるのは天羽さんの本意じゃないと思いますけど、何ていうか……私も、幸せを全部諦めなくてもいいんだな、って」

「千紘ちゃん」

「男の人とはなかなか抱き合う気持ちになれなかったとしても、だからって人生そのものが色褪《いろあ》せてしまうわけじゃない。世の中にはたくさんの人がいて、みんながいろんな事情を抱えてて、だから、性的な意味だけじゃなく、誰かの凸と、私の凹が、たまたまぴったりうまく組み合わさることだってあるんじゃないかな、って、そう思えたんです。『テセウス』の……いえ、天羽さんのおかげです」

風がまた、梢を揺らして渡ってゆく。

どこまで吹いてゆくのだろう。あのまま山の斜面を駆けのぼり、いつか高みにたどりつくのだろうか。それとも途中で勢いを失って消えてしまうだろうか。

羽布団の中、ほんのすぐそばに千紘がいる。

佳代子は手を伸ばし、ちょうど触れた指先を握った。一瞬驚いて跳ねた千紘の指が、おずおずと握り返してくる。

「天羽さん」

「うん？」

「この作品で、獲りましょうね」

ごう、と窓が鳴った。

20

しばしば訴えているのに、上はどうしてか真剣に取り合ってくれない。佐藤編集長も、総務の担当の女性も、どうせ全部こちらの気のせいと思っているのだろう、話だけは遮らずに聞いてくれるがそれだけだ。

佐藤など、終いには必ず威厳のある顔を作って、「悪いようにはしないからもうしばらく待ってほしい」と言う。もうしばらく、が溜まりに溜まってじきに二ヶ月だ。

その鬱屈を、緒沢千紘はかなりの努力で我慢してカインには話すまいとしてきた。話せば、相談の名を借りた告げ口になってしまう。同僚を売るような物言いはしたくない、と思う以上に、そういう女だとカインに思われてしまうのが嫌だった。

〈最高の小説をこの世に送り出す〉という天から与えられた使命が、作家・天羽カインにはある。一編集者の個人的な悩み事なんかに貴重な時間を割いてもらうわけにはいかない。だから、東京で打ち合わせをする間は、完全に仕事脳に切り替えるべく努めた。例の岩盤浴サウナで汗を流している時でさえ、心の鎧《よろい》までは脱ぐまいと奥歯を噛みしめていた。

今回の天羽邸合宿でもそうだ。非日常の空間でうっかり箍《たが》が外れたようになってはいけない。この三日間は隅から隅まで、本来の目的のためだけに費やされなければならない。

金曜の晩に会社を出て、軽井沢へ向かう北陸新幹線に乗りこんだあの瞬間の解放感と興奮は大きかった。抱えている鞄がずっしり重いのは、カインに好きなだけ書き込んでもらえるよう、再校まで終わったゲラのコピーを——自分のぶんも合わせて二部——持ってきたからだった。相談しながら最後の朱《あか》を入れてもらって完成させ、月曜朝にそれを抱えて東京へ戻るのだ。

担当作家の自宅に幾日も泊まらせてもらってのゲラ作業など、知る限りにおいて聞いたことがなかった。しかもカインは昨夜、こちらが編集者として決死の覚悟で差し出した提案を、最終的には受け止め、受け容れてくれたのだ。これほどの信頼をもらっていて、それ以上の何が欲しいというのだろう。

とはいっても、すべてが丸く収まったわけではなくて、あれから後も沢山のやり取りと衝突があった。

〈このセリフはちょっと説明的に聞こえる気がします〉

〈ここはあえて、心理描写をあまり書き込まないほうがスマートかもしれません〉

〈たぶん、余白や行間から立ちのぼるものだけで充分じゃないかな、と思うんですが〉

言い方まで考えて切りだしても、それがカインの考えとは相容れないこともやはりあるのだった。

千紘はそうした場合、もちろん先に引き下がる。後から「でもやっぱり」などと蒸し返すような失礼なことはしない。

が、しかし、現時点でひとつ、痛恨のミスがあった。例の部分……第一章の終わりの二行をカインがばっさり削ってくれた、あの箇所だ。

すべてがここから始まるのだと、あの頃は二人ともが思っていた。

似てはいても違っていた。あれは、すべてが終わる始まりだったのだ。

第三章まで直しが進んだあたりで、千紘はもう一度そこを読み返した。そうして、はっとなった。もしやここは、二行とも削るのではなく、一行目はそのまま残して後ろの一行だけをトルとしたほうが効果的なのではないか。ついでに〈あの頃は〉もトル。

すべてがここから始まるのだと、二人ともが思っていた。

この一行をもって第一章の結びとしたなら、すでに提案した形――梨絵の「ずっと一緒にいよう」という決めゼリフで終わる形よりも、もっと良くなる。余韻にもさらにふくらみが生まれる。削るのではなく、戻すのだ。きっとカインも喜んでくれるだろうとわくわくしながら切りだしてみた。

「直さないよ」

と、カインは言った。

「さっきのあなたのアイディアを、私はほんとうにいいと思った。だから直した。一度判断したんだから、これ以上はもう直さない」

「でも、」

「でも？　何」

「……いえ」

目の奥のひんやりとした光がカインをまるで断罪の神のように見せていて、それ以上は言えなくなった。

作品は畢竟、作者のものだ。こうすれば絶対に良くなるのに、とこちらがどれほど歯痒く思っても、最終的な決定権はカインにある。

千紘は自分に言い聞かせた。欠点は、必ずしも全部取り除けばいいというわけではない。欠点に見えるものもまた、そのひととの大事な個性なのだ。

全身に力の入っている千紘を、カインなりに気遣ってくれたのだろう。時折さしはさむ休憩の間など、あえて作品とはまったく関係のない話題をふってきた。

最近観て印象的だった映画のストーリーや演出の妙、役者の演技について。たまに地元の音楽ホールへ主にクラシックを聴きに行くが、音響面がなかなか優れていて都会の著名なホールに勝るとも劣らないこと。こちらは東京よりも季節が遅れるので、桜を見るにはまだひと月以上もかかること……。とりとめもない話をしながら、コーヒーや紅茶、ハーブティーに中国茶、それらに合わせた菓子を何種類出してもらったかわからない。

「いつもいつも、こんなに自分を甘やかしてるわけじゃないんだからね」弁解がましくカインは言った。「昨日今日は特別なんだから」

「ですよね。大事なお仕事の時は甘いものが必要ですもんね」

「張り合いのないこと言わないで。千紘ちゃんが来てくれてるからにきまってるでしょ」

怒ったように頬を膨らませてそんなことを言うカインは、作品を間に挟んでやり取りしているときとは別人のようだった。あまりの落差にくらくらと眩暈《めまい》がするほどだった。

帝国ホテルでの選考委員二人とのやりとりについても、そうしたお茶の時間に聞かされた。カインがめずらしく感情を排して淡々と話せば話すだけ、千紘は全身の血が逆流しそうなほど腹が立った。

〈作家として致命的〉だの〈あなたの筆が足りてない〉だのと、なんて無礼な言い草だろう。同じ作家同士、書くものやキャリアがどれだけ違っても最低限のリスペクトはあってしかるべきなのに、人前でそこまで徹底的にこき下ろすなんて、まともな大人のすることではない。

加えて千紘が最も看過できなかったのは、その場に石田三成がいたという事実だった。

「何なんですか、それ。天羽さんがそこまで失礼なこと言われっぱなしだったのに、石田さん、途中で一度も割って入ろうとしなかったんですか？」

「まあね」と、カインは苦笑した。「でも、それは仕方ないかな。萩尾さんに喧嘩売ったのはこっちだし、だいたいほら、文春の一社員ごときが選考委員のセンセイに強いこと言えるわけないじゃない」

貶しながら庇《かば》うような物言いになおさら腹が煮える。膝頭を握りしめていると、カインがちらりと流し目をよこした。

「ちなみに、千紘ちゃんだったらそこでどうしてた？」

「絶対に黙ってませんでしたね」と、千紘は唸った。「たぶん今ごろはめでたくクビです」

声をたてて笑ったカインが、そのあとふっと息をつく。

「ああ、初めてスッとした」

白いテーブルクロスの上には窓越しの木漏れ陽が散っていて、微笑みかけられると千紘の胸の奥はたちまち窮屈になった。

自分はこのひとに恋をしているのだろうか、と思ってみる。

そう、なのかもしれない。肉体を伴う欲望とはだいぶかけ離れているけれども、このひとにとっての特別でありたい、唯一でありたいと願う心は、すでに火照って焼けつくようだ。それを恋と呼ぶのなら、どうぞ呼んでもらってかまわない。

残り時間もいよいよ少なくなってきた日曜の午後のことだ。

同じ敷地内に建つ離れで寝起きしている例の初老の男が、カゴいっぱいの山菜と信州産の白ワインを一本届けてくれた。名前はたしか〈坂木〉といったか。過去の病気のせいで発声が困難とのことで、ふだんは草刈りでもしていない限りほとんど気配がない。山菜はともかくワインのほうはどうしたのかと思えば、この家とは別に管理を頼まれている別荘のオーナーから日頃のお礼にともらったものらしい。

「お礼ねえ。すぐそこのスーパーで売ってる地元産のワインっていうのが微妙だけど……」

さっと拭いたボトルを冷蔵庫に入れながら、カインは言った。

「これがわりといけるのよ。私は好き」

「せっかくなのに、こちらで頂いてしまっていいんでしょうか」

「いいのいいの、サカキはもっぱらビールだし。ま、このぶんなら、よそでも仕事だけは真面目にやってるようね」

フキノトウやタラの芽の天ぷらはその晩の食卓にのぼった。カインの手にかかると、柔らかな浅葱《あさぎ》色をしたフキノトウは薔薇の花のように開き、艶々と輝くタラの芽はますます鮮やかさを増してサックリと揚がる。きんと冷えた信州産の白は、素直な味がして美味しかった。

「気立てのいい若者、って感じのワインでしょ」

勧められるまま、二杯目をご馳走になる。ゲラ作業もほぼゴールが見えてきて、千紘もようやくまた、ものの味が感じられるようになっていた。

この三日間、これ以上は不可能なほどの集中をもって一字一句と対峙《たいじ》してきただけに、確かな実感としてわかる。当初の予想をはるかに凌《しの》ぐほどの凄まじい作品が、いよいよ完成しつつあるのだということが。

自惚《うぬぼ》れではない。あの作品はすでにして傑作だ。カインと二人で世に送り出す、血と涙の結晶だ。欲を言えば、というか絶対に言えないことだが、これでもしこちらの指摘した箇所を彼女がすべて直してくれていたなら、〈傑作〉を超えてひとつの〈奇跡〉にまで到達していただろうに――。

タラの芽に箸をのばす。

「そういえば、千紘ちゃんがあのとき選んでくれた日比谷のお店……」

箸が、宙で止まった。

「あそこのラム肉料理は確かに絶品だったね。ランチとかもあるかもしれないし、今度また行ってみない?」

千紘は、目を伏せたくなるのをこらえて微笑み返した。

「いいですね。ぜひ」

一月半ばに行われたあの待ち会のことを、本人が口にするのを初めて聞いた。

「そりゃね、いい思い出なんかないけど……」カインが鼻のあたまに皺を寄せる。「なんか、漠然と嫌なのよね。お店には何の罪もないのに、このままだとあの場所に負けてる感じがして」

「かっこいい」千紘はしみじみと言った。「私、天羽さんのそういうとこ、好きです」

黙って微笑んだカインが、グラスのステムをつまみ、口へ運ぶ。

「ただ、言わせてもらえばお宅の藤崎新」

ぎょっとなって見やると、すでに真顔だった。ゆっくりとした手つきで、グラスが元の位置に戻される。

「彼が待ち会に姿を見せなかったのだけは、いまだに許せない。担当新人作家の校了日が迫ってたって？　言い訳にもなりゃしない。直木の発表がいつになるかなんて、ひと月も前からわかってることじゃないの。自分が作った本が闘ってるんだよ？　何をおいても駆けつけるのが担当者の仕事でしょ。責務ってもんでしょ。違う？」

「……申し訳ありません」

「あなたに謝れなんて言ってない。責めを負うべきは、藤崎新と佐藤編集長。とくに新の奴に関しては、信用してただけに裏切られた気分。私もまだまだ甘いってことだね」

千紘は、箸を置いた。

――いや、いけない。ここまでずっと我慢してきたのだ。この話題はこのまま流せ。

「どうかした？」

「いえ」

「ねえ、新ってふだんはどうなの。誰に対してもあんなふうに裏表がある感じ？」

「……どうでしょうか」

「あんな無礼なふるまいを他の作家にもしてるなら、とっくに問題になってるはずよね。え、もしかして私に対してだけ、ああいうナメくさった態度を取ってるってこと？」

思わず顔を上げた。

「違います！」

「庇う気？」

「そうじゃなくて……天羽さんだけじゃないです」

「あら、へえ」カインの眉が片方だけ吊り上がる。「続けて」

「つまり……」

口ごもっていると、鋭い声が飛んできた。

「いいから続けて、隠さないで」

「あの人、いっつもそうなんです、陰では」

言ってしまった。

「最初は頼もしい、いい先輩だと思ってました。いろいろ親切に教えてくれるし、女性に威圧的なところもあんまりないし、単純すぎるきらいはあるけど学ぶべきところも沢山あるって……。だけど最近、つまり天羽さんからの原稿を私がお預かりして単行本まで担当することになったあの時から、態度が露骨に変わったんです」

「つまり、嫉妬？」

「だと思います」

「嫌がらせとかは？」

「表立ってはそれほど。でも嫌味みたいなのはちょくちょく言われるし、彼が言いつけたせいで私、佐藤編集長に呼び出されて注意受けましたし」

「注意って何を」

「天羽さんに力を注ぎ込みすぎてるって言うんです」

「はあ？　それの何がいけないの？」

「作家とはもっと距離を取って、周りにも仕事を回せとか何とか……。そりゃ確かに、私にとって天羽さんは特別ですよ。当たり前じゃないですか、だって天羽カインなんだから。でも、他の作家さんたちをないがしろにしてるわけでもないのに、まるでこちらの体調や心を気遣うみたいなふりして私から『テセウス』を取り上げようだなんて、どうしても我慢できなくて……佐藤さんじゃ埒《らち》があかないから会社の総務にも相談したんですけど真面目に聞いてもらえないし」

「何をどう相談したの」

「……藤崎さん、変な噂をまき散らしてるんです。私が精神的にだいぶ病んでるとか」

「何それ」

「このまま仕事させといたら危ないとか、作家にも会社にも迷惑がかかってからじゃ遅いとかって。百歩譲って編集長だけに言うならまだしも、他の関係ない編集部とか給湯室でたまたま会った人にまでしょっちゅうコソコソ告げ口してるんですよ」

「何のためによ？」

「さあ。よっぽど許せなかったんじゃないですか。大ベストセラー間違いなしの天羽作品を私にかすめ取られて、自分の手柄に出来なかったのが。だけどあの人、外面《そとづら》がいいから人望だけはあって、みんな彼の言うことを信じちゃうんです。日に日にみんなの私を見る目が冷たくなっていって、会社なんかもう針の筵ですよ」

一気にまくしたてたせいで口が渇き、ぬるくなったワインに手をのばそうとして、はっとなった。

喋り過ぎた。明らかに喋り過ぎた。

こんなに嫌な物言いばかり、悩みを打ち明けるにしてももう少しオブラートにくるんだ言い方があったはずだ。

「やだ……ごめんなさい」どこかへ隠れたい思いで、千紘は頭を下げた。「どうか、今のは忘れてください。私ったらどうしてこんな……ワインがへんなところへ入っちゃったのかな。天羽さんにだけは絶対言わないでおこうと思ってたのに結局」

「ばかねえ。ずっとひとりで我慢してたの？」

黙っていると、テーブルの上をカインの溜め息が塊になって寄せてきた。その後に、鋭い舌打ちが続く。

「やっぱり、私がナメられてるのよ」

「それは違、」

「違わない。通常の連載作品ならともかく、今回の作品はそうじゃないでしょ。『文広堂』から原稿を引きあげて、他の誰でもない緒沢千紘に託したのは、作者である私の判断。編集長にもその上にも了解は取ったんだから、『南十字書房』としては何の問題もないはずよ。問題の火種はただひとつ、藤崎新。自分より立場の弱いあなたに陰でネチネチ嫌がらせするなんて、それってつまりあなたに一任したこの私に真っ向から文句つけてるのと同じことじゃないの。ふざけた話よねえ」

「でもあの、」

「大丈夫。すぐには何もしないし、あなたから聞いたなんてことはおくびにも出さないから。ま、そのうち思い知ればいいんじゃない？　私を本気で怒らせたらどうなるか」

カインの両の目がやけに強く光っている。吸い寄せられるように見つめながら、千紘は覚った。話す気はなかった、だなんて自分へのごまかしだ。ほんとうは、これをこそ望んでいた。

月曜日、千紘は東京駅から会社へ直行し、そのまま夜遅くまでひたすら朱字の確認作業を進めた。

カインはかなりの癖字……もとい、達筆だ。その字で彼女がゲラに書き入れた修正部分を、一つひとつ間違いのないように読みとり、校閲部や印刷所の担当者がひと目見てわかるように校了紙に清書していく作業だった。

途中、同僚から相談を受けたり、別の担当作家から連絡があったりした時だけは対応したが、それ以外の時間はすべて捧げて没頭し、ふと目を上げるとフロアに人はまばらだった。窓の外は暗く、壁の時計は九時を回っている。どうりで腹が鳴ったわけだ。

食事に出る気にはなれず、非常食としてロッカーに常備してあったコンビニのドーナツをかじり、インスタントコーヒーで流し込んだ。最終章にさしかかり、残すところあとわずか。もうひと息だ。

じつのところ、これだけ吟味に吟味を重ね、加えたり削ったりして磨きあげてなお、天羽カインという作家は、いったん世に出てしまった自分の作品には驚くほど執着しない。一冊の本になった瞬間から、もう次作のことを考えている。これまでもそうだった。

〈時間の無駄ですから〉

いつかのインタビューで彼女は答えていた。

〈作品は我が子も同じ、とことん愛してますよ。だから送り出すより前に、句読点の一つまで完璧に仕上げるんです。それをわざわざ後から読み返して、自分ばっかり気持ちよくなって何になります？　ただのマスターベーションでしょ〉

そう、だからこそ、と千紘は思うのだった。

このあとは、何もかもすべてが、担当編集者の肩にかかってくる。今、ここが、最後の砦《とりで》となる。一つのミスも許されない。自分が全責任を負う覚悟で、責了まで無事に漕ぎ着けなくてはならない。

あの日突然にこの原稿を託されてから今に至るまで——。思えば、自分なりの答案用紙と、正解の書かれていない解答欄とを照らし合わせるような作業だった。判断に困り、助けを求めて天を仰げば、その先にはいつも天羽カインという名の神様がいて導いてくれた。初校ゲラ、カインから返ってきた著者校、その書き込みの反映された再校ゲラ、再びの著者校……分厚いそれらの全ページ、全行、全語句にわたってそうしたやり取りを進めてゆくうち、やがて千紘の全身に不思議な感覚が満ちていった。

自分はいわば、巫女《みこ》だ。

〈神〉のことばを自らの身の裡におろす依代《よりしろ》だ。

出版業界広しといえど、あの天羽カインと裸を見せ合い、互いの心の脆《もろ》い部分までくまなくさらけ出して語り合ったのは、私しかいない。編集者がどれだけいようと、三日も寝食を共にして言葉の海に溺れきることができるのは私だけ。同じベッドで布団にくるまり、手を握り合って眠ったのもこの私だけだ。

得も言われぬ気持ち良さだった。生まれてこのかた、これほどの興奮、これほどの陶酔は味わったことがない。

ドーナツの最後のかけらを頰張る。口の端についた砂糖と油がねっとりと甘く、舌先で舐めると自然、笑みがこぼれた。

作家・天羽カインのことならもう全部わかる。自分だけがほんとうの彼女を知り、他の誰より深く理解している。もしかすると当のカイン自身よりも……。

食べ終えた指先をウェットティッシュで丹念に拭い、千紘は再びペンを手に、残りのゲラに取りかかった。

21

軽井沢の住人にとって、五月は一年のうちで最も心地よい季節だ。

先月まではまだ路面の凍結や忘れ雪の心配があったが、大型連休が明ければさすがに本格的な春が来る。サカキが軽トラックとアウディを一台ずつジャッキで上げ、タイヤをスタッドレスからノーマルに替えてゆくそばで、白樺《しらかば》の木は若緑色の葉を広げ、野生の藤が薄紫色の花をぱらぱらと散らしていた。

月半ば、佳代子のもとに『南十字書房』から重たい段ボール箱が届いた。「見本本　在中」――逸《はや》る気持ちを抑えて開けてみると、中には緒沢千紘からのポストカードとともに『テセウスは歌う』二十冊が詰められていた。

厚地のビニール袋から、一冊取り出して眺める。窓越しの陽射しが新刊単行本の上でちらちらと躍る。

美しい。今回もまた、思っていた通りの本に仕上がった。淡いブルー系に銀粉が混じったような色合いの紙に、かなり個性的な書体でタイトルが配置されているので、平積みになった時にはきっと目を惹く。こちらから千紘やデザイナーに装幀のイメージを伝えるところから始まって、カバーや表紙の紙質、タイトルと著者名のフォント、腰に巻く帯の色合いから文言に至るまで、何一つ疎《おろそ》かにせず、そのつど自分で判断しながら進めてきたのだ。

扉をそっと開き、ページをぱらぱらとめくって、真新しいインクの匂いを胸深く吸い込む。この瞬間がたまらない。紙の書籍ならではの悦楽だ。

本を置き、かわりに佳代子は千紘の添えてよこしたカードを手に取った。タイトルと書き出しに合わせて選んでくれたのだろう、白地に金の箔押しで帆船が描かれた美しいカードだ。裏に返すと、彼女独特の几帳面な文字が並んでいた。

天羽カイン様
いつも大変お世話になっております。
いよいよ『テセウスは歌う』の見本が完成いたしました！

思いがけずお招きいただいた軽井沢のご自宅で、ほとんど出版を待つばかりだったお原稿をお預かりしてから今日まで、この作品のために全身全霊を傾け続けてくださり、ほんとうにありがとうございました。

今回もまた、物語が磨かれてゆく過程をすぐそばでご一緒できましたこと、何より嬉しく思っております。

これまで以上に沢山の読者の方々へお届けできるよう、社を挙げて励んでまいります。

どうぞ引き続き、よろしくお願いいたします。

緒沢

過程をすぐそばで——。微笑しながら、彼女の言うとおりだと思った。すぐそばもすぐそば、担当編集者と一つベッドで眠るなど、長年やってきて初めてのことだった。

出来たてほやほやの単行本を、リビングのサイドボードの上、美術関連の洋書の並びに立てかける。白い壁にブルーの装幀が映えて、まるで初めからこの部屋に飾るために作られたかのような佇まいだ。

佳代子はすぐ隣のステレオコンポを立ち上げ、CDを滑り込ませた。ラフマニノフのピアノ協奏曲第二番、円熟のアシュケナージとコンセルトヘボウ管弦楽団の演奏だ。周囲の別荘にいま誰も滞在していないのを良いことに、家鳴り震動するまでボリュームを上げ、ソファに横たわり目を閉じて聴き入っていると、身の裡にひたひたと満ち、膨れあがってゆくものがあった。

大作を書きあげた満足感と達成感、今月末には書店に並ぶこれがどのように読まれてゆくかへの期待感……。それだけには留まらない。ただ〈沢山の読者〉に届くだけでは足りない。今度こそ、この作品でこそ、頑迷な選考委員らの思い込みをも覆し、はっきりと目に見える賞《プライズ》を得なくてはならない。そうならなければおかし過ぎる。

石田三成の言を思い起こすまでもなく、上半期の直木賞は前年十二月から五月にかけて刊行された作品が対象になり、最終候補作が六月半ばに発表される。あと一ヶ月もない。

おそらく五月末に出る『テセウスは歌う』は、たとえ審議されるとしても下半期へ持ち越される確率が高いだろう。かえって好都合かもしれない。半年近くの猶予の間にどんどん売り伸ばし、とうてい無視できないほどのベストセラーにしてやる。そのためなら全国の書店を行脚《あんぎゃ》するくらい何でもない。

これまで、新しい作品を出すたびに、賞へのノミネートを心の底から願ってきた。けれども今回は何か違う。今までにも増して一種特別な思い入れがある。こんなに必死の思いで、それこそ全身全霊を傾けて作品を磨き抜いたのは初めてだったからこそ、結果が欲しい。報われてみたい。自分の作品を前にとことん客観に徹しきった、あの苦しい努力には意味があったのだと確かめたい。

『テセウス』で獲れなかったら、と佳代子は思った。

もう、書かないかもしれない。

翌日には発売前重版が決まった。

今までの最速は『丸川書店』による発売日から三日目の重版で、二万部だった。それが今回は

のだが、三万部、初版と合わせると八万部となる。それだけ『南十字書房』の本気度が窺えるとも言える

「読みが甘いってことじゃないの」

佳代子は手を動かしながら切って捨てた。

いちばん広い会議室のテーブルに、千五百冊の新刊が十冊ずつの山に積まれてびっしりと並べられている。追加のサイン本作りを依頼されたので、インタビュー数件と日程を合わせたうえでわざわざ上京したのだ。

「ねえ編集長。私、前からずっと言ってたはずよね。最初から思いきって部数を積まないと、全国の書店にまで行き渡らないって。覚えてる？」

「もちろんです」

「だったらどうして初版をもっと積まなかったの？　売る気ないってこと？」

「いやいやいやいや、勘弁してくださいって」

佐藤編集長は顔の前で手をふりながら情けなく眉尻を下げた。

「宣伝はこれからばんばん打っていきますし、もっともっと売り伸ばしますよ。主要書店にはすでにプルーフを送って先に読んでもらってるんで」

「知ってる。そのせいで進行が早くて苦労したんだから」

「ですよねえ、ありがとうございました。いやあ、助かりますよ。書店員さんには天羽さんの熱烈なファンが多いから」

それぞれの書店において文芸の棚を作る担当スタッフが、目立つ場所にどれだけ積み上げてく

れるか、推薦のPOPをどう書いてくれるか、そういったことの一つひとつで売上は大きく違ってくる。それは確かだ。

「だからって、他人の情熱ばかりアテにしててどうするの？」佳代子は言った。「運に任せるわけ？　販元自らもっとこう、新刊を展開してもらうための箱やポスターを用意するとか、販促グッズを作ってプレゼントキャンペーンをぶち上げるとか、やりようはあるでしょうが。気合い入れなさいよ」

「ご安心ください。宣伝部も販売部も一丸となってアイディア出し合ってますから」

「そう。たとえばどんなアイディア？」

「ええと、」

「そういうの、全部教えてもらえる？」

「えっ」

「予定している販促キャンペーンとか、書店まわりのスケジュールよ。当然、全国行くよね」

「いや、それはまさに調整中で……」

「そんなことも決まってないなんて、天羽カインをナメてんの？　じゃあ今、ここで決めるから、どの書店に何部ずつ配本してるか、リストを見せなさいよ」

「いやいや、あんなものはご覧になったところで何の参考にも……」

「いい加減にしろ！」

さすがに顔を上げて、佳代子は本の山脈の向こう側に座る佐藤を睨みつけた。

「私、某社の担当にこっそり見せてもらったことあるんだから。多く置いてある店に行かなきゃ意味ないでしょうが。それと、発売後しばらくは、大型書店での売上推移データを毎日チェックするよね」

「そ……」

「初日からどれくらい売れて、それに対して追加の注文が何冊入ったか。買ってった客の男女比、年齢層、あと類書との比較データなんかもあったっけ。みんなリストにして毎日送りなさい」

「類書……ですか」

「とぼけないで。購買層が重なってる他の作家の新刊よ。一、二週間の売上推移やなんかがはっきり見比べられるよう、表にしてあった。今さら隠さなくていいってば。ああいうの、お宅の会社だってきっちり調べてるはずでしょ。見せなさいよ。営業の参考にするんだから」

佐藤編集長が「うーん」と、こもったような低い声で唸る。

「まさか、できないとか言わないよね。こっちは真っさらな原稿を、よそから引きあげてまでお宅の会社に差し出したんだから、とことん口を出す権利はあるはずよ」

「こちらを信用して任せてはいただけない、と」

「何にも考えてくれない版元を信用できるわけないだろ！　私が信用したのは、編集担当者としての緒沢千紘だけ。販売や宣伝について任せてもらいたいなら、まず実績を見せることね」

はあ、と佐藤が目を落とす。「わかりました。とりあえず、担当部署と相談してお返事します」

「一刻も早くそうして」

苛立ちを隠す気はさらさらなかった。物事をその場でサクッと決めることのできない人間と話すと、ほんとうに消耗させられる。

やり取りの間も佳代子は一度も手を休めなかったし、むろん書き損じることもなかった。左側には先ほどから千紘が黙って立ち、例によってサイン済みの本に間紙をはさんでいる。

いっぽう、右側にいるのは編集部から手伝いにきた何とかいう女性だった。本来ここにいるべき藤崎新は、

〈すみません、藤崎は本日外出してまして、くれぐれも天羽さんによろしくと〉

さっき佐藤がそう言って、本人から預かったという高級ショコラティエの紙袋を渡してよこした。中には新刊への礼と、よかったら息抜きに召し上がってください、と書かれた一筆箋が入っていた。

まったく胸に響かなかった。千紘がくれたカードの百分の一ほどもだ。藤崎新に対する佳代子の印象は、直木賞の待ち会に続き、今日もここに居合わせなかったことで地に堕ちた。

今回の作品づくりに直接関われなかったのがそんなに業腹か。たとえ思うところはあったにせよ、自社から本が出る以上、挨拶ぐらいしに顔を出すのが大人の態度というものだろう。

いや、もうこれ以上とやかくは言うまい。どうせ落伍《らくご》者《しゃ》だ。必要のない人間だ。自分や緒沢千紘を敵に回すとどうなるか、いずれ新には思い知らせてやる。

千五百冊へのサインを終えた後は、三件目のインタビューが別室で行われた。主に料理のレシピ紹介を中心とした生活情報誌だが、発行部数が桁違いに多いので宣伝効果も期待できる。

前の二件と同様、千紘は部屋の隅に控えて〈天羽カイン〉の答える内容に深く頷き、時には自分の手帳にメモなど取っていた。自身も天羽作品の大ファンだという女性ライターとは、取材開始前から作品への感想で互いに盛り上がり、場の空気を温めるのに大いに貢献してくれた。

「印象的なセリフや、人生訓のような一文がたくさん出てきますよね」

三十代の女性ライターは真剣な目をして言った。

「天羽さんご自身としては、特に思い入れの深いセリフってありますか？」

佳代子は、しばらく考えてから答えた。

「難しいですけど一つ選ぶとすれば、ある場面で主人公たちの片方が口にする、『あなたを、許したわけじゃない』という言葉でしょうか」

千紘が、無言で強く頷く。未読の読者のためにぼかして言ったが、テーマにも関わる重要なセリフだった。

「あれがもし『あなたを、許さない』だったら、意味合いがまったく違っていたと思うんです。人が誰かに『許したわけじゃない』と口にするとき、兆《きざ》しはすでにそこにあるんですよね」

「兆し……」

「言い換えるなら、新しい関係性への最初の光、みたいなものかな」

インタビューとは不思議なものだ。質問に対してできるだけ精確に答えようと自身を俯瞰する中で、ようやく言葉になることがある。今も、口に出してみて初めて胸に落ちた。『テセウスは歌う』を通して自分が最も書きたかったのは、絶望の闇が長く続いたあとに射す、たった一筋の光だったのだ。

小一時間の取材が終わり、それまで黙々と撮影していたカメラマンが機材やノートパソコンを片付け始める。女性ライターが、テーブルの真ん中に置かれていた録音機のスイッチを切ってバッグにしまいながら言った。

「それはそうと、先日は弊誌から不躾《ぶしつけ》なお願いをしてしまって申し訳ありませんでした」

「え」

佳代子は急いで記憶をまさぐった。〈お願い〉とは何だろう。先日ということは近い話だろうに、覚えがない。

「担当の矢野《やの》が恐縮しておりました。その矢野からの伝言です。『おそろしくお忙しくていらっしゃることは伺いましたし、覚悟もしておりましたが、弊誌読者にも天羽さんのファンが沢山いますから、いつかずっと先でもご登場いただけたらと……また機会を改めてお願いをさせてください』とのことでした。お伝えだけしておきますね」

佳代子は、にっこりしてみせた。

「こちらこそ、今回はご期待に添えなくてほんとうにごめんなさいね。矢野さんに、どうぞくれぐれもよろしくお伝えください」

千紘ともども、エレベーターまで二人を見送る。

扉が合わさったところで、佳代子はふり向かずに言った。

「今のあれ、どういうこと?」

細い声が、ごめんなさい、と呟く。

「謝れなんて言ってない。訊いたことに答えて」

返事がない。ふり返ると、千紘は蒼い顔でうつむいていた。

「お伝えするのを、すっかり忘れてしまっていて……」

「めずらしいこともあるものね」

「申し訳ありません」

ここ数ヶ月、佳代子は細かい仕事の窓口を千紘に頼むようになっていた。言い出したのは千紘のほうで、ちょうど『文広堂』の役員らとのしんどい話し合いを終えたあの日の帰りのことだ。

瑣末なシャドウワークに忙殺されていた佳代子は彼女の申し出を受け容れ、『南十字書房』関連の仕事ばかりでなく、たとえば恋愛や結婚といったテーマに関する単発のインタビューやエッセイの依頼などについても、先方とのやり取りを千紘に任せていた。自由になった時間を仕事に振り向けられると考えれば、回りまわって『南十字書房』の益にもなろうというものだ。

「それで、いったいどういう内容だったわけ？」

「連載を……」千紘は咳払いをした。「あの雑誌に、暮らしのエッセイの連載を、というお話でした。でも、メールで条件とかを詳しく訊いたら、開始時期までほとんど猶予がなくて、しかも毎月七枚の分量なのにギャラは『些少で恐縮ですが二万円で』って……天羽さんにその条件で書けだなんて、あんまりバカにしてるじゃないですか」

「なるほど。それで、千紘ちゃんの判断で断ったんだ？」

「……はい。ちょうどゲラ作業が佳境の時だったので、お煩わせするほどのことでもないと思って。ごめんなさい、ご報告だけはきちんとするべきでした」

「そうだね」佳代子は言った。「危うく、ポカンとして赤っ恥かくとこだったよね」

「申し訳ありません！」

千紘が、逆さになるほど頭を下げる。そのまま、いつまでも上げようとしない。佳代子は溜め息をついた。

「悪いけど、そういうパフォーマンスって嫌いなの」

それでも上げない。

「やめてったら。……やめろ！」

ようやく上げた顔は、今度は真っ赤だった。頭に血が下がったらしい。

「あのね。あなたが私のためを思ってそうしてくれたのはわかってる。講演とか、テレビ出演とか、そういう依頼はあなたが考えて断ってもかまわない。でも、書く仕事、私自身の文章に関わる仕事については、どんなに小さいことでも私に指示を仰いで。あなたが判断するんじゃなく、必ず私に確かめて。そう言ってあったよね？」

「はい」

「言っとくけど二度目はないからね」

と、その時だ。

すぐ隣のエレベーターがチンと音を立てて、男性二人が下りてきた。佳代子を見るなり、わ、と立ち止まる。

「ああよかった、間に合いました」

藤崎新だった。

「ご挨拶だけでもしておきたくて、もしかしたらまだいらっしゃるかなと」

「わざわざどうもありがとう」佳代子は言った。「素敵なチョコまでいただいて」

いえ、ほんの少しですみません、と新が謙遜してよこす。後ろにいる男はどこかで……と思ったところへ、

「こちら、市之丞隆志さんです」

佳代子は、ああ、と声をあげた。

「なるほど、去年の新人賞の人ね」

「はい。よろしくお願いします」

あんなにふてぶてしいスピーチをした男が、ずいぶんと丁寧に会釈する。

「まさか覚えていてくださるとは思いませんでした」

「自分で言ったんじゃないの。名前を覚えて帰れって」

「どうも、恐縮です」

その市之丞を、隣に立つ藤崎新は何やら妙ににこにこと、絵に描いたような温かなまなざしで見守っている。どうせ、今をときめく大先輩に引き合わせてやるとでも言って引っぱって来たのだろう。そうすることで間接的に自分の編集者としての力や功績をアピールし、マウントを取ろうとしているのが透けて見える。利用されていると思うとたちまち腹が煮えた。

佳代子は、新に負けず劣らずにっこりしてみせた。

「ねえ市之丞さん、正直に言ってみて。藤崎新は、あなたにとってどんな編集者？」

「げ。そんなこと、当人を前にして訊かないで下さいよ」

笑ってごまかそうとする新を尻目に、問いをかぶせる。

「ねえ、どう？　藤崎くんって、作品をちゃんと読めもしないくせに、無茶ばっかり言うでしょう」

ふ、と市之丞が笑った。

「その傾向はありますね」

「やっぱり」

「でも、優秀ですよ」

「ええ？　いったいどんなところが？」

「僕が天才だってことを認めて、ぜんぶ好き勝手にやらせてくれるところ」

思わず絶句してから、今のは間髪入れず笑い飛ばすところだった、と臍を噛んだがもう遅い。

こちらを見おろしてくる市之丞の薄笑いが不愉快すぎて、うなじのあたりがカッと熱くなる。

「なるほど。まあ、相性ってあるから」

「あの、天羽さん」横合いから千紘がおずおずと口をはさんだ。「そろそろ、次のお時間が……」

次などなかったはずだ。が、ここは彼女の出してくれた助け船に乗ることにする。

「失礼するわね」佳代子は、鷹揚に微笑みかけた。「受賞後の第一作もどうぞ頑張って」

「もう、とっくに発売されてます」

毛が逆立つかと思った。

「そうだったね。すっかり忘れてた」

じゃあまた、と、元いた部屋へと踵を返す佳代子を、市之丞と新が揃って見送る。部屋に入り、千紘がドアを閉めるなり、佳代子は椅子を蹴り飛ばした。

「何あれ、むかつく！」

千紘は頷いたものの、まだ神妙な面持ちを崩さない。

「なんで黙ってんのよ。一緒に怒んなさいよ！」

叱りつけると、ようやくほっとしたように彼女も息をついた。

「あの二人、このところずっとああなんですよ」

「ああとは？」

「さっきも言ってたとおり、先月末に市之丞さんの新作書き下ろしがやっとのことで出たんですけど、」

「よくないんだね？」

「それが……わりといいんです」

佳代子は眉をひそめた。「まさか」

「そう思うでしょう？　本人はあのとおり癖が強いし、ひとの言うことなんか絶対聞き入れないのに、今度のはかなり出来がいいんです。しかも売れてます。編集部でも評判になってて、受賞作との合わせ技でけっこう売り伸ばせるんじゃないかとか」

「じゃあ、新くんが今日出かけてたのは」

「あっちも二人で書店まわりですよ。ホワイトボードに書いてありましたもん」

なるほど。それを見越して、わざわざ前もって有名店でチョコを買い、編集長に託しておいたというわけか。あざとすぎて鳥肌が立つ。

「そういえば、あれから嫌がらせとかは？」

水を向けると、千紘の顔つきがみるみる変わり、思い詰めたような表情になった。

「相変わらずですね。へんな噂は流れるし、他のみんなも陰口たたくし。そんなことしてて何が楽しいんだか」

「へんな噂って、どんな？」

口を結んで黙っている。

「言ってよ」

強く促すと、微苦笑を浮かべながらかぶりを振った。

「いいんです、私さえ気にしなければ」

「千紘ちゃん」

「関わり合ってほしくないんです。天羽さんは、そういう馬鹿ばかしいこととはできるだけ遠いところにいて下さい。お願いします」

—22—

発売日は五月二十六日となっていたが、全国主要都市ではそれより二、三日早く店頭に並び始め、その週のうちに『テセウスは歌う』はあらゆるベストセラーリストのフィクション部門第一位に躍り出ていた。

千紘は連日、天羽カインと行動をともにしていた。昨日は名古屋《なごや》の老舗書店でのサイン会、そのまま帰京して、今日は銀座や有楽町《ゆうらくちょう》周辺の書店への挨拶まわり。怒濤《どとう》のスケジュールだが、それもカイン自らが望んだことだ。

デビューしたばかりの新人や、数年経ってようやくブレイクの兆しが見えた書き手であればいざ知らず、天羽カインほどのキャリアがあってなお、まめに書店まわりをする作家は少ない。

「ありがたいっちゃありがたいっスけど、気を遣うのがしんどいってのもありますよ」

販売部の吉田が小声で言った。

「誰が、誰に？」

「んー、ぶっちゃけ書店が作家にかな。俺なんかは、作家と書店の両方にです。大御所だったりするといろいろ難しいことも多いじゃないスか。もちろん書店さんによっても違いますけど、来てくれてありがたい反面いつもよりよけいに気を遣わなきゃならないし、サイン本が売れる人と売れない人がいるし。こっちがお連れしましょうかって訊いても、是非ぜひ！　とはなかなか……。それよりは、勢いのある若手をどんどん連れて来てくれって言われることが多いっスね」

吉田と千紘は、客の邪魔にならない隅に立ち、周囲を窺いながらひそひそ話をかわしていた。

午後の部の最後に訪れたこの書店には上階に小さなティールームがあり、紅茶とケーキでもいかがですか、と店長自ら案内してくれたのだが、千紘は途中で席を譲ってきた。かわりに店長に呼ばれて飛んできた文芸の担当スタッフは、憧れの作家と間近に話せて嬉しそうだ。

「そりゃね、天羽先生は別格っスよ」吉田が続ける。「どこの書店も大歓迎です。そのぶん、付き添うこっちはビビりまくりですけど」

「やっぱそうなんだ」

「だって、おっかないじゃないスか、俺たちには。販売部の誰も一緒に回りたがりませんもん。俺も連日は正直キツいっス」

昨日サイン会を開いた名古屋の老舗書店も、今日挨拶に回った各書店もともに、吉田が営業を担当している店舗だ。彼は昨夕、書店のオーナーと並んで名古屋駅ホームに立ち、カインと千紘の乗る新幹線を最敬礼で見送ったあとすぐに店へとって返し、もろもろの後始末を終えてから自分は最終の新幹線で帰京したらしい。

吹けば飛ぶような体型や、いまだに学生気分の抜けない口調は相変わらずだが、昨夏のサイン会の時に比べるとずいぶん頼もしくなってきた。千紘が教育係を務めた新人研修当時を思えばなおさらだ。

「緒沢さんはマジ凄いっスよ」吉田が続ける。「あのバケモンにめっちゃ信頼されてますもんね」

「こら、言いすぎよ」

「いやあ、ホントですって。ま、あんまし羨ましいとは思いませんけど」

くくく、と笑った吉田が、慌てて背筋を伸ばした。ティールームからカインが現れたのだ。

店長とスタッフに見送られて書店を出ると、車道にはすでに千紘の呼んでおいたタクシーが停まっていた。吉田を残し、今日は軽井沢へ帰るというカインと二人で東京駅へ向かう。

「駅の何口につけましょうかね？」

運転手に訊かれ、千紘はカインの横顔を見やった。北陸新幹線の乗り口に最も近いのは日本橋《にほんばし》口だが、惣菜などの買い物をするなら八重洲口で降ろしてもらうことが多い。

「丸《まる》の内《うち》口にお願い」

カインが意外なことを言った。千紘を見て付け加える。

「もう一軒だけ、挨拶して帰ろうと思って」

「もしかしてOZONの」

「そう。吉田くんの担当店舗じゃないけど、あそこはいつもひとりでよく行くから」

駅前の巨大な複合ビルに入っている書店のことを言っているのだった。カイン自身、東京での仕事の帰りや、すぐ隣のホテルに泊まった翌朝などに立ち寄って、充実した書架の間をそぞろ歩き、上階の文房具売り場までゆっくり見て回るのが楽しみなのだという。

自宅に居ながらにして購入できるネット書店は確かに便利で、目的の一冊へと最短距離で案内してくれる。効率だけを求めるならそれで充分と考える向きもあるだろう。

けれど千紘が知る限り、出版業界でそんなことを口にする者はいない。リアル書店にはネット書店とはまた違った奥の深い愉しみ方があって、わざわざ足を運ぶ醍醐味《だいごみ》もメリットも、効率などとはまるで別のところにこそある。目当ての一冊を探しに入ったはずが目移りして、まるで関係のない本を何冊も抱えて帰ることもしばしばだが、それがまた良いのだ。まわり道の中にこそ人生の喜びがあり、余剰が必ずしも無駄とは限らない。

平台の目立つ場所に置かれているのは話題の新刊ばかりではない。各分野の棚を担当する書店員がそれぞれにアンテナを張り巡らせ、工夫を凝らして、読みやすく役に立つ本や、役には立たないが面白い本、面白い上に世界を広げてくれる本、あるいはまた読みにくいが生きているうちに必ず読むべき本、などなどを多岐にわたって取りそろえてくれている。言い換えれば、手ぐすね引いて待ち構えてくれている。

だからこそ、自分と相性のいい書店とそうでない書店が生まれもする。食いしん坊にとって信頼できるレストランが、洋服好きにとって信頼できるブランドがあるように、読書好きにもそれぞれ、自分が最も信をおく書店が存在するものなのだ。

「めっきり少なくなっちゃったもんねえ、本屋さん」

だんだん暮れかける窓の外を見やりながら、カインが呟く。ちょうど同じようなことを考えていたらしい。

「千紘ちゃん、覚えてる？　コロナ禍の最初の頃に、不要不急の外出と〈密〉を避けるためにって書店が軒並み休業したことがあったでしょう」

「緊急事態宣言の時ですよね」

「あの時、夜ひとりでシャワーを浴びててさ。シャンプーを洗い流すのに目をつぶった瞬間だった。いきなり、ものすごい不安に襲われたのよ。もしもこのままウィルスが猛威をふるって、書店が二度と開かなかったらどうなるんだろう。人がばたばた倒れては死んでいく中で、誰もが命と生活を持ちこたえるだけでいっぱいいっぱいで、とうてい小説なんか悠長に読んでる場合じゃなくなって……あの時は実際みんなそんなふうだったでしょ。もしこの先もずっと今のままだったらどうしよう。そりゃ多少の蓄えはあるけどそういうことじゃなくて、誰も本なんかに目もくれない世界になってしまったら、私はいったい何を仕事にし、何を支えに生きてったらいいんだろう……。想像するだけでぞっとした」

ほんとうに、ぞっとした、とカインはくり返した。

「あの感覚はたぶん、一生忘れられないな」

タクシーが皇居のお堀端にさしかかる。街灯はすでに点っていた。左側の車窓に、花の終わった桜や、風に揺れる柳の下をランニングする人々が見える。マスクの装着率はひと頃より低い。

「しばらくたって、書店がぼちぼち営業再開して、二ヶ月ほども前に出た自分の最新刊が平積みになってるのをようやくこの目で見た時は、ぼろっぼろ涙が出たもんね。ネット書店のベストセラーリストはチェックしてたけど、それとは全然違ってた。ものすごく救われる気持ちがした。要するに、あの時なんだよね——リアルの書店さんとの縁を、もっともっと大事にしなきゃって思ったのは」

千紘は頷いた。言葉の一つひとつが毛穴から沁みてくる心地がした。

これだけ深く濃く付き合ってもいまだに、うっかり機嫌を損ねないようにと気は張るし、突然叱りつけられれば震えあがる。けれどもこのひとの、自作を愛してくれる読者と書店のこと以外は視界に入らないといった態度に触れると、その徹底した潔さに別の意味で震える。たとえこの世の誰もがそうしたことを曲げて受け取り、全世界が敵に回ったとしても、自分は、自分だけは、このひとの理解者でありたい……。

車は大通りを右折し、やがて丸の内口のホテルエントランスに停まった。七階より上がホテルになっているが、人気《ひとけ》のない一階をアトリウム側へ突っ切れば書店の入口に出る。

「いるかな、兵頭《ひょうどう》さん」

昨今、読者や市場に影響力を持つ書店スタッフを総称して〈カリスマ書店員〉などと呼ぶ。ベストセラーだけでなく、隠れた名作やこれからブレイクしそうな新人の作品まで幅広く目を配り、読者のための優れた案内人に、また市場への仕掛人になってくれる人たちだ。

その一人、兵頭実和子《みわこ》はパワフルな行動力と牽引《けんいん》力で知られており、雑誌やウェブの書評欄に連載を持つほか、各出版社の編集者からも頼りにされていた。彼女が見込んだ作品を、全国各地に散らばる系列書店が一丸となって応援することで、これまでにどれほどのベストセラーが生み出されてきたことか。いわば凄腕の火付け役なのだった。

千紘も、文芸編集部へ異動してきてすぐ、藤崎新から彼女を紹介された。もちろん『テセウスは歌う』はプルーフの段階でいちばんに送ってある。きっとまた、出来たての単行本を一等地に並べてくれているだろう。

店に入ろうとしたところで、しかし千紘は立ち止まった。

「待って、天羽さん」

「何、どうしたの」

「あれって文春の人たちじゃないですか」

指さす先へ目を凝らしたカインが、あら、ほんとだ、と呟く。

背の高い白鳥がひときわ目立っていたので気づいたのだった。そのそばには、なんと石田三成の姿もある。舌打ちしそうになるのを、千紘はこらえた。休職から復帰したと噂には聞いていたが、つくづく邪魔なだけの男だ。

彼らがいる理由もすぐにわかった。入口の立て看板に『南方権三氏　トーク&サイン会』と大書されている。午後六時から七時半——後の一時間がサイン会だとすれば、そろそろトークは終わる頃だろうか。

「……挨拶していかれます？　南方さんに」

ほんの一瞬、瞳の奥を揺らしたカインが、そんな自分に焦れたように言った。

「そりゃそうでしょ。筋は通しておかないとね」

二階へ上がるエスカレーターの途中からすでに、マイクを通した南方の濁声《だみごえ》が聞こえていた。

聞き手役は兵頭実和子のようだが、話術に優れた作家がほとんど一人で喋っている。たしか喜寿を過ぎたはずなのに、まるで感じさせない。

イベントスペースのまわりにいびつな同心円を作るようにして、多くの客が話に聞き入っていた。作品を長年読み続けてきた筋金入りのファンもいるのだろう、フロアの空気が帯電しているかのようにびりびりと熱い。

カインが後ろのほうの書棚の陰に落ち着いたので、千紘もその隣に立った。

頃合いを見て、

『さて、そろそろお時間も迫ってまいりました』

兵頭の声が言う。

『おう、もうそんなか。じゃあさ、最後に、兵頭さんから何か質問はないの』

『えっ』

『俺らはどんな偉そうなこと言ったって、ただ自分の作品を書くしか能がないけど、あなたがた書店員は違うじゃない。言ってみれば日本じゅうの職業作家の、生殺与奪の権を握ってるわけだよ』

『そんなことはありませんって』

『だって俺ら、本屋に嫌われたら生きてけないもん』

『ありがとうございます、そんなふうに言って下さって』

『だからさ、知りたいのよ。兵頭さんが今、いちばん俺に訊いてみたいことって何?』

えーと、と彼女が考え込む。作家から逆に質問されるとは予想していなかったのだろう。

ややあって、彼女は言った。

『先生の御作品と、直接関係なくてもかまいませんか』

『もちろん』

『じゃあ、ひとつだけ。南方先生は、前回の選考を最後に直木賞の選考委員を勇退されましたよね。その先生に伺います。直木賞って、いったい何なんでしょう』

千紘は息を吞んだ。

すぐ隣のカインは微動だにしない。

『ほう。こりゃまたでっかい質問だな』

『すみません。でも、直木賞がいったいどういう賞なのか、どうしてここまで特別視されているのか、改めて考えると不思議に思えてきて……。数多ある文学賞の中で、ふだんそれほど本を読む習慣のない皆さんからも注目度の高い賞といえばやっぱり、芥川賞・直木賞と本屋大賞の三つかなと思うんですが、本屋大賞はご存じのとおり、全国の書店員から投票を募って、その年いちばん売りたいと思う本を選ぶ賞です。そもそもの始まりを言えば、直木賞に選ばれる作品と私たち書店員の推したい作品との間に大きな乖離《かいり》があるのでは、という疑問から生まれた賞でした。そうは言っても、プロの作家である皆さんが作品の完成度や文学性を評価する時の感覚と、商品として本を扱う私たちの感じ方が違うのはあたりまえでもあるので、だったら私たちにできることを読者のためにやってみよう、という思いがあったわけです。ただ正直申し上げて、いま勢いのある作家さんの作品がせっかく直木の候補になって、それなのにちょっとよくわからない理由で落とされることが続くと、やっぱりスタッフからブーイングがもれるのも事実なんですよね。もちろん、だからこそ各賞の棲み分けができているとも言えるんですけど——作家の皆さんにとって直木っていうのは、ほんとうのところ、どういう賞なんでしょうか』

『うーん、なるほど』

南方が唸った。

『すみません、なんだか漠然とした質問で』

『いや、そんなことはないよ。どうしたって漠然としか訊けない物事というのはあると思う。同じように、漠然とした答えしか返せないこともね。それでもいいかな』

『はい。お願いします』

『俺はさ、二十数年前に直木賞の選考委員になった。じつのところ俺自身は、三回候補になっているがもらってないんです。それなのに選考委員を頼まれて、べつに恩も義理もないから断ることだってできたんだけれども、結局引き受けた。どうしてか。〈第二の南方権三を出さないようにする〉という使命があると思ったからです』

聴衆の間に、声にならないざわめきが広がる。

『直木賞を受賞していない俺は、自分の力だけで名前を大きくしなきゃいけなかった。それがどれだけ大変なことか、骨身に染みているからね。優れた才能のある作家にはぜひとも賞を獲ってもらって、そのまま大きくなってほしい。それは日本のエンターテインメント小説界のためでもある。直木賞というのは作家にとって、特大のエンジンであり、翼であり、武器にも盾にもなるものです。受賞した後、あなたがたの本屋大賞を含め、大きな文学賞をどれほどたくさん積み重ねたとしても、死んだらニュースで『直木賞作家の誰々さんが』と読みあげられる。例外はノーベル文学賞ぐらいかな。直木賞というのはつまりそういう賞なんです。望むと望まざるとにかかわらず、作家の看板になる』

『なるほど』兵頭は続けて訊いた。『では南方さんはこれまで、どういう基準で直木賞を選んでこられたんでしょうか。本屋大賞は、書店員のアンケートだからわかりやすいじゃないですか。でも直木でどの作品が選ばれるのかって、本当に予想がつかない。時々私たちが店頭で推してるものがボロクソに貶されたりして悔しい思いをすることもあるし、先生には怒られるかもしれないけど、『商売の邪魔しないでよ』っていう意見も聞こえてきたりします。今時、厳しい選評を言うことに何の意味があるのか、せっかく読んでみたいと思ってくれた読者の気持ちに水をさしてどうするんだ、って』

『そうか……また難しいところを衝いてくるな。ひとつはっきりしてるのは、先ほど兵頭さんも言っていたように、直木賞の場合、選考する側は現役の実作者だからね。ストーリーが面白いとか共感できるなんてことよりも、小説としての面構え、文章の艶、テーマの現代性、あるいは人間というものがそのわからなさを含めて書けているか、説明の芸術ではなくイメージの芸術たりえているか……そういったあらゆることを総合的に見るわけです。その中でも、俺が最も重視してきたのは、志《こころざし》の高さかもしれないな』

『志……ですか』

『そう。自分はどうしてもこれを書くんだ、という志。それさえこちらにビンビン伝わってくるなら、たとえ少々の欠点があったって思いきり推したくなっちゃうね。志こそは、小説の持つ最大のパンチ力だと思う。そういうパンチを浴びるから、候補作を読むとぐったり疲れる。でも、本気でパンチを打ってくる相手には手加減しません。俺も本気で打ち合う。それが礼儀です。正直、殴り合ってる時に、これが売れるか売れないかなんて考えたことないんだ。だから時には兵頭さんたちの仕事を邪魔してしまうかもしれない。それは申し訳ないと思うよ。ただ、俺たちも書店員の皆さんと同じで、小説が好きだから、好きで好きでたまらないから選考をやってこられた。おっしゃるように本が売れることももちろん大事。その一方で、実作者が志を感じてその健闘を称えるような、あるいはバトンを託すような文学賞も、俺はあっていいと思ってる。俺はね』

少しの間があった後、ありがとうございました、と兵頭実和子がトークを締めくくる。大きな拍手がわき、店内にアナウンスが流れ、このあと続けてサイン会が行われる旨が伝えられる。ずんぐりとした南方の姿が、整理券の順に並ぶ人々の列に隠れて見えなくなる。

と、

「何が殴り合いよ」

カインが、能面の顔で言った。

「ひとの作品を一方的に叩いておいて偉そうに。サイン会が終わるまで待つのもバカみたいだし、今日のところは帰……」

その時だ。

フロアの向こうから帆布のエプロン姿の兵頭実和子が、忍者のようなすり足で駆け寄ってきた。目が強く光っている。

「やっぱり天羽さん！　よかった、お会いできて」

千紘は、カインの気分がたちまちＶ字回復するのを感じた。

「さっきのトークの時、エスカレーターを上がってらっしゃるのがチラッと見えたんですよ。もしかしてそのまま聴いててくださってるかな、って。サイン会には並ばれるんですか？」

早口で前のめりに訊く兵頭に、まさか、とカインは笑った。

「兵頭さんの顔が見たくて寄ったら、たまたま南方さんがいただけだもの」

「え、じゃあ……」兵頭が破顔する。「厚かましいことお願いしていいですか？」

「サイン本？」

「はい」

「もちろんですとも。お店にあるだけ何冊だって書きますけど、あちらはもういいの？」

カインがイベントスペースをちらりと見やると、兵頭実和子は「大丈夫です」と頷いた。作家の両脇を固めるのは文春から出張《でば》ってきた担当編集者だし、もともと前半のトークイベントが自分の担当で、サイン会からはベテランのスタッフらにバトンタッチすることになっていたと言う。

通された事務室で、千紘はバッグから銀ペンを取り出し、畳んだ間紙で試し書きをしてからカインに手渡した。店内のあちこちから『テセウスは歌う』が数十冊集められ、サインの済んだものから順に、若手スタッフの手でまた売り場へ戻されてゆく。

「これだけしていただいても、明日か明後日にはなくなっちゃうんじゃないかと」

兵頭は真剣な顔で言った。

「注文だって必ず入れてるんですけど、天羽さんのサイン本は競争率が高いせいか、なかなか希望通りには配本してもらえなくて……。御社からはいま、あの新人賞作家さんのサイン本ばっかり入ってくるんですよ」

「どうもすみません」千紘は頭を下げた。「なんか、かえってご迷惑をおかけしてるんじゃないですか」

「いえいえ。あの作家さんの二作目、ええと『戦慄のカルナヴァル』？　あれは前のよりかなり面白かったんですけど。たしか担当は藤崎さんでしたっけ」

「そうです」

「何かきっかけがあればブレイクする感じはしますよね。それはともかく……すみませんけど緒沢さん、販売部の方に言っておいてもらえませんか。兵頭が天羽さんのサイン本をもっともっと欲しがってたって。入れていただいたぶんは私が責任を持って、一冊残らず売り切りますから、って」

　ハキハキとした頼もしい物言いに、

「わかりました、必ず申し伝えます」

　強く頷き返しながら、千紘はカインへと目をやった。うつむいて最後の数冊にサインを書き入れるカインの口もとは、先ほどまでの不機嫌が嘘のようにほころんでいた。


「そういうことを僕に言われてもさ」

　翌日、会社で兵頭実和子の言葉を伝えると、藤崎はいやな感じの薄笑いを浮かべた。

「サイン本の配本先なんか、こっちがいちいち決められるわけないじゃん。販売部に言ってよ」

「販売部にはもちろんとっくに伝えました。一応のご報告です」

「はいはい、了解」

まるでハエでも払うかのような仕草で片手を挙げ、あとはもう話しかけないでくれとばかりに机の上のノートパソコンに顔を近づける。自分も天羽カインの担当であるというのに、なんたる不遜な態度だろう。

こいつが、と、千紘は奥歯を噛みしめた。

この男が、諸悪の根源なのだ。給湯室で、社食で、トイレで、ロビーで。社内のいたるところで自分に関する陰口が聞こえてくるのは、藤崎新が噂をばらまいているからにきまっている。

『テセウスは歌う』の、最終入稿のためのチェック作業がまさに佳境の頃、佐藤編集長に呼ばれた。どれだけ緊急の用事かと思ったら、最近の軽井沢出張に伴う宿泊費のことだった。

〈新幹線を含む往復の交通費は請求があるのに、二泊分のホテル代の領収書が提出されてないみたいなんだけど〉

ひとまとめの出張費として、これで処理できないわけではないが一応確認したいと言われ、なんの疚《やま》しいこともなかったので正直に答えた。

〈二晩とも、天羽さんのご自宅に泊まりましたから〉

それが、どういうわけか噂になった。

廊下の隅で女性誌の先輩二人が、

〈え、あの子ってそっち？〉

〈向こうもかもよ〉

〈やだ、枕営業ってこと？〉

うそー、などと囁き合うのが聞こえただけで、自分のことだとすぐにわかった。カインの耳にだけは死んでも入れるものかと思った。

会社にいる間ばかりではない。フェイスブックやインスタグラムのアカウントへも、最近とみに、ゴミのようなコメントが寄せられることが増えた気がする。あれだって、こちらに悪意を持つ社内の誰かかもしれない。

書けば必ずやベストセラーのモンスター作家を、〈あの子〉が餓鬼《がき》のように執念深く抱え込んで放さない。そんなふうにやっかんでこちらを攻撃したくなる気持ちはわからないでもなかった。自身の能力の乏《とぼ》しさに気づくこともできない、気の毒な人たち。

けれど仕方ないではないか。天羽カインそのひとが、緒沢千紘でなければ駄目だと言うのだから。緒沢千紘にしか原稿を任せられないと言うのだから。緒沢千紘こそが自分のほんとうの理解者だと、あんなにも堂々と公言しているのだから。

社内のみんなはむしろ感謝してもいいはずだ。小説が軒並み売れなくなり、ともすれば赤字に傾きがちな文芸部門にあって、天羽カインが叩き出す利益のおかげでみんなに給料が出る。ということはつまりこちらのおかげでもあるというのに、どうしてこんな目に遭い、日々辛い思いをさせられなくてはならないのだろう。理不尽にもほどがある。

昼間そうしたことを考えていると、心拍数が上がり、体は熱を持ち、指はこわばってうまく曲がらなくなった。逆に夜、ベッドでひとり目を閉じれば、浅い眠りの中でいちばん見たくない夢を見て、息苦しさにもがきながら目を覚ますこともしばしばだった。手足の先がどこまでも冷たくなり、背中から泥水の底へ沈んでゆく心地がした。

再び眠ったら同じ夢を見るかもしれない。

そんな時、千紘はスマートフォンをひらいて軽井沢での写真を眺めた。カインと二人三脚の改稿作業を進める合間合間、目にとまった美しいものを撮りためたアルバムだった。

大きな窓越しに投げかけられる濃淡のモザイクのような木々の影。蒼すぎる空を背景にそびえる落葉松の尖った梢。カインが手早く作ってくれるこの世で最も価値のある朝食。テラスで食べていると近付いてくる野生のリスの可愛らしさ。リビングのサイドボードに整然と並べられた洋書たちのひそやかな佇まい。二人してほんの数時間の仮眠をとった明け方、ランプの明かりに包まれて柔らかに発光して見えた揉みくちゃの上掛け……。

そうしたものを順繰りに眺めていると、胸の裡が撫でつけられ、少しずつ落ち着いていくのだった。

撮りためた写真は、一枚残らず保存してある。いや——正確には〈一枚を除いて〉か。

カインが手洗いに立った隙に急いで撮った一枚だった。用が済んだ後はすぐさま削除したのに、時折その色味と構図が脳裏にくっきり浮かびあがってくる。

もう、思い出したくもなかった。担当編集者として、一時は自分と同じくらいカインの信頼を得、カインの心に近いところにいた男の、あの卑《いや》しい笑い顔が浮かぶだけで蕁麻疹《じんましん》が出る。

〈汝の為すべき事を速やかに為せ〉

前回の直木賞の選考を控えてベストの行動を選べるように……それでいて具体的には何一つ示さずにおくことで無限の解釈ができるように。

本人の心がけ次第でいかようにも動けるよう、せっかく神の啓示を与えてやったというのに、あそこまで簡単に壊れたのにはびっくりした。覇気のない男だと思ってはいたが予想以上だった。

どうせ消えるならせめてカインの益になることをしてから消えればいいものを、そうしたことは一切なく、しばらくたって何ごともなかったかのようなさっぱりした顔で戻ってきた時はもっとびっくりした。あんな役立たずがたまたまカインと作った作品を、自分が一度でも褒めてしまったことが悔しく、なおさら業腹でならなかった。

アルバムの中の風景をどれだけ眺めてもなお胸の波立ちがおさまらない時、千紘は、本棚から天羽カインの過去作を手当たり次第に取りだしては、開いたページを食い入るように読んだ。

これらの作品一つひとつに、幾たび救われてきたことか。すべての文章、すべての言葉が自分の奥深く食い込み、心と身体の一部となって、もはや境目もわからない。

いつかこの先、『南十字書房』に居づらくなったなら――その時は、フリーの編集者として、天羽カインの専属になろう。

さほど突飛な考えでもない。海外では当たり前の、いわゆるエージェント制だ。原稿を完璧に磨きあげるところまでは自分ひとりがカインと関わり、完成した暁にはそれを各出版社に売り込む。定価や部数、宣伝戦略からマルチメディア展開に至るまで、あらゆる点で最高の条件を提示してよこした会社がその作品の出版権を得られるという仕組みだ。

有象無象の作家ならいざ知らず、他ならぬ天羽カインの新作なら、どの出版社も喉から手が伸びるはずだし、たいていの条件は呑むだろう。何より当のカインが〈担当編集者は緒沢千紘でなければ〉と言っているのだから、それで八方丸くおさまるではないか。

温めておくには良い考えだった。懐に入れたカイロがじんわりと熱を発するように、それさえあれば、自分を傷つけようとする同僚たちに対しても今だけ優しくなれる気がした。

カインなら、きっと受け容れてくれる。あの全幅の信頼といったらどうだ。今でさえ、よそからの仕事の依頼に関して、ほぼ千紘の考えで取捨選択することを許されているほどだ。些末な案件を報告せずにいたら叱られたが、あれくらいの小爆発には慣れなくてはいけない。

〈私が何かおかしなこと言い出したら、『天羽さんそれ間違ってます』って、千紘ちゃんが教えて〉

〈お願い、約束して。他の誰が知らんぷりして黙ってても、千紘ちゃんだけは私に本当のことを言ってくれるって〉

思い起こすだけであまりの多幸感に気が遠くなる。

むろん、相応の覚悟は必要だ。あんな嬉しい言葉をくれたカインだけれども、例によってその時々の感情で反発し、判断を間違えることはいくらもある。あの改稿作業のさなかにだってしょっちゅうあった。

これまでも、これからも、そんな時には自分が勇気を持って正さなくてはならない。あなたはそのままでは裸の王様だ、と叫ばなくてはいけない。

それで嫌われたなら仕方がない、と千紘は思う。

何があろうと自分だけは、作家・天羽カインのためにとことん奉仕すると約束したのだから。

23

先日受けたインタビューの原稿があまりにひどすぎて眩暈がしそうだった。今どきめずらしいくらい高齢のインタビュアーで、取材の最中に録音もせず、走り書きのメモしか取らないでいるのを見た時点で嫌な予感はしていたのだ。

そうかといってこればかりは、白紙で突っ返せばそのまま載ってしまう。舌打ちと溜め息をくり返しながら、山ほどある事実誤認部分に朱を入れるのに集中していたせいで、机の端に置いたスマートフォンが振動していることに気づくのにしばらくかかった。

手を伸ばすと同時に鳴り止む。ちっ、とまた舌打ちが漏れる。

知らない番号だが誰だ、と思っていると、十秒ほどおいて再び唸り始めた。耳に当て、相手の話をおしまいまできっちり聞き終えてから答えた。

「お受けします」

自分の声が遠く、既視感で時空が歪む感じがした。


(いやあ、こんなことってあるんですねえ!)

電話の向こう、佐藤編集長の声はスキップでもしているかのように弾んでいた。

(そりゃあ『十二月から五月までに発行された作品』って条件は満たしてますけど、それにしたって発売から二週間そこそこでノミネートされることがあるなんて初めて知りましたよ)

相手がはしゃぐと、こちらは逆に醒める。

「弾数がよっぽど揃わなかったんじゃないの?」

(何をおっしゃいますやら。そんなわけないじゃないですか、ほとんど決まりかけてた他のどれかを弾き飛ばして、『テセウス』が入ったにきまってますよ。実力です。作品の力です)

この男に言われなくても、それはきっとそうだろう。また候補になったこと自体は喜ばしい。だがしかし、湧き上がるこの腹立たしさをどうしてくれよう。

「よくもまあ、そんなに能天気でいられるよね」

(え?)

「おたくにしてみたら、自分のところのが二作も入ったんだから、どうせ今ごろお祭り騒ぎだろうけど」

(あははは、おかげさまで)

佳代子は息を吸い込んだ。

「ふざけんなよッ!」

怒鳴りつけると、向こう側がシンとなった。ギャグ漫画によくあるように宇宙の果てまで佐藤が吹っ飛んでゆくところを想像して、気を落ち着ける。かろうじて普通の声で言った。

「私の作品を、あんなのと一緒くたにするつもり?」

(いいえ、そんなつもりは……)

言いかけた佐藤が、それ以上の言い訳を賢明にも呑み込み、すみません、と謝った。

発表によると、今回の直木賞最終候補は六作だった。『南十字書房』からは天羽カインの『テセウスは歌う』と並んで、市之丞隆志の『戦慄のカルナヴァル』がノミネートされた。サザンクロス新人賞の受賞作発売からほとんど間をおかずに書き下ろしで上梓した第二作で、その〈間をおかずに〉というのも本人のたっての希望だったという。他の候補作は、版元が文藝春秋のものが一作と、残り三作はばらばら、ジャンルも見事に異なっていた。

過去には処女作が直木賞の候補に挙がった作家もいるのだし、二作目でのノミネート自体はそうたいしたことでもないはずだ。それでも、デビュー早々にノミネートされたというだけで、騙されやすい世間はたいした才能の持ち主なのだと思いこむ。

それが証拠に市之丞隆志の作品は、今回の候補作ばかりか一作目の『幻の鬼』まで遡って読まれ始めていた。ホラー風味のバディものだった前作に対し、今回は戦後の東京を舞台に任侠《にんきょう》と政治の世界が活写されているというので、作風の幅広さを褒めそやす書評家もいるらしい。くだらない。

「前と何も変わってないじゃない。今度のタイトルも同じくらいダサ過ぎる。『戦慄の』なんてベタな形容詞、要る？　ねえ、要る？　いっそのこと『カルナヴァル』だけのほうがよっぽどかっこよくない？」

（さすがですワ、天羽さん！）

懲りることを知らない佐藤編集長が、拍手せんばかりの勢いで言った。

（藤崎のやつも、最後までまったく同じアドバイスをしてたらしいんですが、例によって市之丞くんがウンと言わなくてですねえ。まあ、あれじゃないですかね、今どきは逆にベタなほうが、読者のウケがよかったりするんじゃないですか）

「ああ、そう。売れれば何でもいいってことだ。そりゃそうか」

（またまたぁ。勘弁して下さいよ、おめでたい話じゃないですか）

「めでたくない！」

佳代子はきっぱりと言い捨てた。何度待たされたと思っているのだ。

そうは言っても緒沢千紘とだけは、東京の定宿でほんのささやかな祝杯をあげたのだった。

「すごい。まぎれもなく作品の力ですよ、天羽さん」

佐藤から聞けば腹立たしいばかりのセリフも、千紘が目を輝かせて口にするとしみじみと嬉しかった。ホテルの最上階で鉄板焼を堪能した後、部屋で再びシャンパンのハーフボトルを開け、千紘の差し入れのプラリネショコラをつまむ。

「私のお気に入りなんです。藤崎のバカが買ってきたやつより、こっちのお店のチョコのほうがぜったい美味しいですから」

張り合うようなことを言う千紘がいじらしい。

「ああもう……！」ソファの上でごろごろと身をよじりながら、千紘はクッションを抱きかかえ、声を押し殺すようにして叫んだ。「今度こそ、天羽さんが笑ってくれるところが見たいなあ！」

「そうだね」ベッドに腰掛けた佳代子は、微笑んで言った。「私も今度こそ気持ちよく笑いたいよ」

何かを察した千紘が、不思議そうな顔で起きあがる。

「どうかしたんですか」

「うん？」

「なんか天羽さん、いつもと感じが違う」

「そうね。私もそう思う」佳代子は正直に言った。「なんでかな。これまでにないくらい気持ちが平らっていうか」

「あんまり何も感じないって意味ですか？」

「そうじゃなくて、こう……凪《なぎ》、みたいな」

言いながら苦笑してしまった。

「偉そうなことは言えないの。だって、市之丞と新のアホ面を思い浮かべたら、やっぱり穏やかではいられないもの。もし、自分が落ちて向こうが受賞なんかしようものなら、」

「そんなバカなことあるわけないじゃないですか！」

「かもしれないけど、万が一にもそんなことになったら……私、そのへんのものを破壊し尽くすまで暴れるかもしれない」

想像してみただけで、屈辱に震える。

「それなのにほんと、なんでなんだろうね」

これまで候補に挙がった時のような、何も手に付かないまま脈だけが走り続けて、食べても味がしない、夜もうまく眠れないといった状態と比べると、今回はどうやら違うところにいるようなのだ。どうしてなのかはわからない。ただ、身体が地面から少し浮いているかのように軽い。

「それって……」千紘が考え考え言った。「書きあげたものに自信があって、すでにその結果に満足しているから、みたいなこととは違うんでしょうか」

「どうだろう。でも、それだったら、今までの仕事だってずっとそうだったはずだけど」

確かに、と千紘が呟く。

「ちなみに天羽さん、今回の『テセウス』も、読み直したりはしてない？」

「当たり前でしょ。あれだけ磨きあげて世に出したものを、何度もべたべた触ったりして曇らせたくないのよ」

「そうか。そうですよね」

「私がもし自分の作品を読み返すとしたら、うんと歳を取ってからかな。その頃には書いた内容も忘れてて、他人の作品みたいに読めるかも」

暗い窓に、腰掛けた自分の姿が映っている。歳を取るのを待つまでもなく、まるで見知らぬ他人のように見える。あそこに映っているあの冴えない女が、数々のベストセラー小説を世に送り出してきたなんて信じられない。

佳代子は立ってゆき、自分の薄い影越しに外へと目を凝らした。

眼下に何本もの線路が平行に走り、ホームもまた折り重なり、十二時も近いのにそのどれもがまだ煌々と明るい。右手には復元されてからもうだいぶ経つ煉瓦造りの東京駅舎、玉葱のようなドーム屋根が薄墨の暗がりに沈んでいる。

対岸のビルにきらめく灯りを眺めやりながら、佳代子は深く息を吸い込んだ。

「待ち会……今回は、やめる」

一拍おいて、えっ、と千紘が顔を上げた。

「誰も呼ばない。私たち二人だけで待とうよ」

「……天羽さん」

佳代子は思わず笑った。

「そんな顔しなくて大丈夫。たとえ駄目でも、大声出したり編集長呼びつけたりしないから」

すると千紘は、一度だけ首を横にふった。

「そうじゃなくて」

「うん？」

「――嬉しいんです」

＊

知らなければよかった、と思うことがある。

後悔先に立たずとはよく言ったものだ。知らなければよかったと思う時、ひとはすでにそれを知ってしまっていて、知らなかった昔には二度と戻れない。


YouTubeにアップされているその動画チャンネルを、佳代子は初めて観たのだった。直木賞候補作が発表になってからひと月、いよいよ明日が選考会という日の晩だった。

メールで知らせてよこしたのは佐藤編集長だ。

人気動画チャンネル〈ナギの小説道場〉にて、
黒矢《くろや》凪《なぎ》さんが『テセウスは歌う』をご紹介下さいました！
直木賞直前特番！　ということで他の全候補作に触れていますが、
我らがテセウスには最長！　の八分以上を費やして
かなり詳細に分析していらっしゃいます！

もちろん、ベタボメです！！！
以下にリンクを貼っておきますので、よかったらご覧下さい！

〈！〉の多さと、〈我らがテセウス〉なるナメくさった言い回しに苛々しながらリンク先に飛ぶと、よく見知った男性作家の顔がいきなりアップになった。

ペンネームから推測するに、本名はおそらく〈黒柳《くろやなぎ》〉なのだろう。女性誌でも小説誌でも何度か対談をしたことがある。作風と同じく立ち居ふるまいや物言いは非常にスマートで、腹立たしい思いをさせられた例しなど一度もないのだが、会うたび、この男はいったいなぜ小説なんか書いているのだろうとますますわからなくなる。不思議な作家だった。

動画の中でも彼はよく喋った。基本的に長所を見つけて褒める方針らしく、すでに自分以外の全候補作を読み終えた佳代子としては反論したくなることもしばしばだったが、いよいよ〈我らがテセウス〉が俎上に載せられてみると、なるほどこれはこれでよいのか、と思い直した。

自作が〈ベタボメ！〉だったからではない。

動画は、不特定多数が観る。未読の者ももちろん観る。致命的なネタバレを避けながら簡潔にあらすじを紹介し、しかも読みたくなるように誘導するのは存外難しい。

その点において、黒矢凪は天才的だった。ありとあらゆる言葉を駆使して褒めるのだが、嘘くさくならない。それでなくとも本の売れないこの時代に、将来の読者予備軍を少しでもその気にさせることこそ、地味ながら現状打破への近道なのかもしれない。そんなことを思いながら佳代子は観ていた。

〈いやぁー、何度も言うけど、このへんの展開が憎いっていうか、ほんっと巧いんですよねー、天羽カインって人は〉

淡いブルーのカバーにくっきりと記されたタイトルが、画面の中でひときわ目を惹く。

〈詳しくはぜひ読んで確かめてほしいんだけど、せっかくなので、僕のすごく好きな場面というか描写を一箇所だけ紹介したいと思います。わりと最初のほうです〉

あらかじめ栞《しおり》をはさんであったページを、凪が開く。色白な横顔をうつむけて、彼はするすると朗読を始めた。画面にその箇所が大写しになる。

強く激しい言葉をとめどなく吐き出しながら、胸の内側にはそれと同じか上回るほどの量の何ものかが、ひたひたと、満々と、溜まってゆく心地がしていた。悲しみに似ているけれど、涙ではなかった。もっと冷たくて蒼い、味のしない水のようなものだった。

「わかった。その時が来たら、私も優と行く」

梨絵の指先があたしの頬に触れる。

何度かためらい、口ごもった後で、彼女は言った。

「……大好きだよ、優。ずっと一緒にいよう」

すべてがここから始まるのだと、二人ともが思っていた。

〈——ね、どうですか、皆さん。なんとも美しい、切ない描写でしょ。僕、ここ読んだとき鳥肌が立っちゃってね。これまでのカインさんだったら、たぶんちょっと違うふうに書いてたんじゃ

ないかと思っ〉

動画を一時停止して、佳代子は立ちあがった。

仕事場を出ると階段を下り、誰もいないリビングの小さな灯りをつける。あの日、身の裡にひたひたと満ちてくる喜びとともに飾った青い単行本は、サイドボードの上、まだそのままの姿で佇んでいた。

月のない晩は、こんなにも暗い。

どこか遠く、鳴き交わす子狐たちの声が聞こえる。

24

午後六時を過ぎた。選考はどうやら難航しているようだった。

石田三成は、記者会見場に並んだパイプ椅子の列の中ほどに座り、手持ち無沙汰のあまり膝の上にノートパソコンを広げてニコニコ動画を観ていた。著名な文芸評論家が数人集まり、芥川賞および直木賞の結果発表までの間、候補作について感想や予想を述べ合うという番組だ。

賞の予備選考に関わっていた頃は、この番組での彼らの指摘が時に無遠慮で的はずれに思えて冷静に聞けないこともあったものだが、こうして現場を少し離れ、自由な立場になってみると、まるで霧が晴れたかのようにそれぞれの意見を面白く受け止めることができる。変われば変わるものだ。

思えば、ちょうど一年前の選考会の日は、料亭「新喜楽」にいて自ら司会を務めていたのだった。半年前の同じ日は、家で膝を抱えていた。会社に復帰できる時が来るとはとうてい思えなかった。一寸先も見えなかった。

今の立ち位置や仕事のペースは、本流からは逸れてしまったかもしれないがなかなか気に入っている。人生、いろいろあっても案外なんとかなるものだ。

六時十分。芥川のほうはすでに発表されたのに、直木がまだ決まらない。今この時、どんなやりとりが交わされているか知りたくてうずうずする。

膝の上では引き続き、出演者の予想が揃ったり食い違ったりしている。イヤフォンで聴いていると、本命とされているのは相葉心平《あいばしんぺい》の『燈明《とうみょう》』、候補作中で唯一の時代小説だ。幕末から明治にかけて、沖をゆく列強諸国の船から〈暗黒海〉と称されていた日本の海。焚き火程度の燈明台しかなく、少し離れれば真っ暗だったその沿岸の要所要所に、最初の西洋式灯台を建てるため尽力した人々を描く物語――なのだが、それと拮抗《きっこう》するかたちで『テセウスは歌う』を推す出演者も複数おり、そこへダークホースとして『戦慄のカルナヴァル』が……と、おおかたの予想ではそのような勢力図ができあがっているようだ。

六時二十分。

妥当な予想ではないかと石田も思う。時代ものも良かったけれども、個人的にはそれ以上に『テセウスは歌う』にびっくりさせられた。

正直、天羽カインに抱いていた印象がことごとく覆された。彼女の持ち味とも言えた、すべてを説明する冗舌体《じょうぜつたい》の地の文や、あれもこれもと事情を抱え込むキャラクター、泣けとばかりに迫ってくるエモーショナルなセリフ回しなどがぱたりとなりをひそめ、全体の印象が風通しよくタイトになった。抽象的に言うなら、いきなり〈小説になった〉。それでいて、書き手がいちばん伝えたかったであろう芯の部分だけは、ごつごつと荒削りなまま胸に迫ってくるのだ。

選考にあたる面々はこれをどう捉えるだろう。出す小説がことごとく十万部を突破する作家の華やかな顔を、じつは不器用で生真面目な努力が支えていることに気づいて評価してくれるだろうか。

と――会見場前方の入口付近がざわめいた。『日本文学振興会』の女性スタッフが、ゆるく丸めた白い紙を持って入ってくる。よく見ると紙が二枚。二作か。

ちょうど六時三十分。目立つ場所に用意された白板に、その紙が貼り出された。黒々と印刷された作家名とタイトルを見るなり、会場にどよめきが、耳にさしたイヤフォンの中では大きな歓声があがる。

相葉心平　『燈明』
天羽カイン『テセウスは歌う』

やった。二作同時受賞だ。

石田三成は、思わずぎゅっと拳を握りしめた。それから、長々と息を吐いた。ずっと呼吸の浅かったことに初めて気づいた。

ああ、ついにこの時が来た。やっとだ。ひとあし先に報せを受けたカインは今、どれほどの喜びを噛みしめ、どれだけ安堵しているだろう。これでもう待たなくてよくなったのだから。

「オール讀物」編集長の座に未練はないが、今回ばかりは選考会に同席して議論の流れを余さず聴きたかった。あとで誰かに詳しく聞かせてもらうにせよ、その場の空気までは伝わらない。委員一人ひとりの声の調子、話し方、誰と誰の意見が対立し、誰と誰が共闘し、どこから潮目が変わったか……。目撃できなかったのがじつに残念だ。

いや、それにしてもほんとうによかった。安堵しているのは自分のほうかもしれない。何か大きなものから解放された思いがする。

まず、各賞から選考委員の代表が壇上のスクリーンに現れ、「新喜楽」からリモートで議論の流れをざっくり説明し、講評を述べる。

そうこうするうちに、芥川賞の受賞者一名と直木賞の二名が会見場に入ってきた。舞台の上手側に用意された椅子にひとまず腰を下ろす。

還暦を過ぎてデビューした相葉心平はダークスーツに身を包み、感無量といったふうで目の縁を赤くしている。カインもさぞや、と見やれば、濃紺のワンピース姿の彼女はなぜかひどく硬い表情だった。少し顔色も悪いようだ。めずらしく緊張しているのだろうか。

石田がいる側の椅子席は、いつのまにか多くの関係者や記者で埋まっていた。会場全体がざわめきに満たされ、室温まで上がったように感じられる。

優れた純文学に与えられる芥川賞は基本的には新人賞なので、受賞者自身が年若なことも多い。記者からの質問に一つひとつ真摯に答える二十代の新進女性作家を、居合わせた皆が好感を持って受けとめているのがわかる。良い記事になりそうな問答だった。

続いて、相葉心平が壇に上がる。

デビュー作からすでに巧い作家だった。初めて読んだとき石田はこれほどの逸材が今までどこに埋もれていたのかと訝しく思ったほどだ。昨年の上半期に短編集で初候補となり、二度目の今回、長編で賞を射止めた。

相葉の訥々とした受け答えを、しかしカインはほとんど聞いていない様子だった。相変わらず強ばった表情で、自分の膝の少し先あたりへ視線を落としている。顔色は先ほどよりなお白く、蠟のように鈍く透けて見える。

いっそ最前列にでも座ればよかったと石田は思った。視線を合わせられないのがもどかしい。せっかくの晴れ舞台なのだ、どうか貧血など起こしませんようにと祈る。

司会者が「他に質問はございませんか」と確かめて、相葉の会見が終わった。時間がかかったぶん、皆の気分はいささかダレてきたようだ。

「改めまして、お伝えいたします」

故意にかどうか、司会の声が少し大きくなった。

「今期の直木賞は、相葉心平氏の『燈明』と、天羽カイン氏の『テセウスは歌う』の二作に決定いたしました。それでは、天羽カインさん、どうぞ壇上へお進み下さい」

ようやく顔を上げて立ちあがったカインは、拍手の中ゆっくり進み出ると、盛り花が飾られた台の向こう側に腰を下ろした。ゆるんでいた空気が一気に引き締まる。彼女の一挙手一投足に人々の目が注がれる。

「天羽カインさん、おめでとうございます。まずは、今のお気持ちをお聞かせ下さい」

端然と背筋を伸ばして座したカインが、蒼白い顔のまま、会場をぐるりと見渡した。目が合ったのがわかった。ほんの一瞬だけ石田の上に留まった彼女の視線が、再び誰かを探すかのように人々の上を滑り、しかしおそらく見つけられないまま、すぐ目の前の盛り花へと注がれる。ややあって、薄い唇が上下に離れた。

「もうずっと長いこと――喉から手が出るほど欲しかった賞でした」

わずかに掠《かす》れたような声で、カインは言った。

「もちろん、多くの読者に愛してもらえることも、全国の書店さんから今いちばん売りたい本だと言ってもらえるのも、ほんとうに嬉しいことです。応援して下さった方たちに、まずはこの場を借りて御礼申し上げます。ありがとうございました」

目を伏せて頭を下げる彼女に、温かな拍手がわく。

カインが再び目を上げた。

「けれども私は、それだけでは全然足りませんでした。どうしてもこの賞が……直木賞が欲しかった。私の書く小説は、ただ面白いだけじゃない、ただ感動できるだけじゃない、何かもっと大きな値打ちのある立派な文学作品なんだと、世間に認めさせたかった。これまで私を何度も候補にした文藝春秋や、何度も落とした選考委員を、実力で見返してやりたかった。いつか必ず受賞して、何よりも自分で自分を認めてやりたかったんです」

会場が静まりかえっている。しわぶき一つ聞こえない。

「……選考委員の先生方に、心より感謝いたします。このたびは、ようやく私の作品の良さをわかって下さってありがとうございました」

聴衆の何人かがふき出し、それでほっとしたように皆の緊張がほぐれる。石田も失笑した。これくらいのジョークなら、委員の面々も苦笑いしていることだろう。

「ですが、」

当のカインは少しも笑わずに声を張る。

「今になってこの小説が、完全に自分の作品とは言えないものであることに気づいてしまった以上、このまま見過ごすわけにはいきません」

「え、何だそれ」

と、誰かが思わず言った。

記者たちが互いに顔を見合わせ、ざわつき始める。

金屏風の前、唇を結んだ彼女が、鼻からゆっくりと息を吸い込み、ゆっくりと吐く。

「私こと天羽カインは――」

なぜかまっすぐに石田を見ながら言った。

「このたびの直木賞を辞退します」

終章

前代未聞の騒ぎは、まずネット空間を席巻し、同時にテレビと大手新聞を、続いてスポーツ紙と週刊誌を賑わせたのち、数週間が過ぎる頃ようやく一応の沈静をみた。

結果論ではあるものの、受賞作が今回二作であったことは僥倖《ぎょうこう》だったと言わざるを得ない。カインが辞退したことで受賞者はひとりになってしまったけれども、〈受賞作なし〉よりはるかにましだ。賞の運営側のためにも、待ち構えていた全国の書店のためにも、何より天羽カイン本人のために、石田三成はこのことに安堵した。

最初から最後まで喧《かまびす》しかったのは各種SNSだった。疑問は憶測を呼び、憶測はデマとなり、そのデマがいったん拡散されてしまえば打ち消す術《すべ》などなかった。中でもよく目につくのは、〈盗作〉の二文字だった。天羽カイン自身による「完全に自分の作品とは言えない」との発言が、そこだけ抜き出されて一人歩きした格好だった。

「思いのほか、ぶきっちょなんですよね。いざという時の立ち回りがヘタっていうか」

石田のぼやきに、彼女はたちまち目尻を吊り上げた。

「うるさいな。あんたにだけは言われたくない」

軽井沢のカインの家を訪ねるのは久しぶりだった。「オール讀物」編集部にいた終わりのほうはとくに、目に見えない後始末に忙殺されることが増え、作家とは東京で会うことが多くなっていた。

「何ていうかこう、もうちょっとぐらい適当に、小器用にこなせばいいのに……」

自分に言っているような気もしながら呟くと、カインも同じことを思ったらしい。

「てめえが編集長に返り咲いてから言え、バカ」

バッサリと斬って捨てられた。

そもそも賞の選考結果はまず、対象となる受賞者に知らされ、そこで「お受けいただけますか」との問いに答えた段階で初めて決定となる。今回、いったんは「お受けします」と答えておきながらわざわざ会見の席で辞退を申し出たことも、カインが批判にさらされる要因のひとつとなっていたが、その理由を彼女は記者たちの前でこう説明した。

昨夜、『テセウスは歌う』のある箇所に、自分の意図とは違う一文、著者校の段階で確かに削除したはずの一行が残されているのを発見した。非常に大切な箇所であり、自分はそれを作業上のうっかりミスであるとか、版元とやり取りをくり返す中で生じた不運な行き違いだとは考えていない。著者である自分以外の明確な意思が働いた結果であると考える。

昨夜から今日にかけても、そして受賞の報せをいただいた時も激しく悩んだけれども、その時点で先に「やはりお受けいたしません」と答えてしまえば、この問題は外へ出ないままうやむやになってしまうし、また逆に、些末な問題ではないかと目をつぶって賞を受けたなら、このさき一生後悔することがわかりきっている。

誰にどう責任を取ってもらうかはこれから考える。それは他人には関係がない。ただ、自分の作品に対してだけはどこまでも誠実でありたい。周囲には多大なご迷惑をおかけしたけれども、その旨、ご理解いただけるとありがたい――。

そんなような趣旨だった。それ以上のことを興味本位で探ろうとする記者の質問に、カインは頑として答えなかった。

今この家に、互いのほかは誰もいない。窓から周りの林を見渡しても鳥とリスしか見えない。駅からタクシーでここまで来る途中は日が射していたのに、カインがコーヒーを淹れてくれている間に空が暗くなってきた。梅雨はとうの昔に明けたにもかかわらず、なかなか夏らしくならない。

さてどこから切りだそうかと考えていると、クッキーを缶ごと真ん中に置いたカインが、ふっと鼻の先で笑った。

「訊きたいことがあるから来たんでしょ」

「よくわかりますね」

「訊けばいいじゃない。答えるかどうかはわかんないけど」

石田は座り直した。

「釈然としないことがあるんです」

「何」

「あの作品の中の一文に、天羽さん以外の意思が働いていた……そこまでの事情は何となく想像がつくんです。でも、天羽さんだったら、見つけたその瞬間、版元に怒鳴り込みませんか。市場に出回ってるぶんを回収・裁断した上で、速やかに該当箇所を直した改訂版を増刷しろ、と。僕の知る天羽カインならそうすると思うんですよね」

まじまじと石田の顔を見つめていたカインが、やがて口もとを歪めた。

「どこで見てたのよ」

「やっぱり」

「夜遅かったから怒鳴り込みには行けなかったけど、電話で編集長を叩き起こして猛抗議したわよ。で、今のあなたとおんなじこと言ってやった。すぐ回収しろ、今のままじゃあれは私の作品じゃない、って」

「そしたら、なんて？」

「明日の直木の発表が済むまで待ってくれって懇願された。完全回収も改訂版の増刷もそんなに急にはできないし、もしほんとに受賞となったらなおさら、店頭に本がないのは痛い。問題の箇所は次の重版分で必ず直しますからどうかどうかお気持ちを収めてくださいませんか、うんちゃらかんちゃら……」

「その条件、呑もうとは思わなかったんですか」

「なんで呑める？」

「削ったはずなのに残っていた一文ってことは、そもそもは天羽さんが書いた文章なわけですよね。他人が勝手に書いて付け足したわけじゃないですよね」

ふーっと、カインが長い溜め息をついた。

「佐藤の阿呆とおんなじこと言う」

すみません、と石田は頭を下げた。

「じゃあ訊くけど、三ちゃんはそういうこと勝手にするわけ？」

ぎくっとなる。

「私がゲラに〈トル〉って指示した朱字をわざわざ消して元に戻したり、逆に、私の文章のどこかを勝手に削ったり、あなたならする？」

「いや、」

「そうだよねえ、しないよねえ。ってか、したくても絶対できないよねえ」

石田は、黒々としたコーヒーに目を落とした。

自分にも覚えがある。原稿を好きに直せたらどんなにいいだろう――編集者なら誰しも一度は思ったことがあるのではないか。でも、具体的に選択を迫られたなら、きっと自分はしないだろう。たとえ、このほうが良くなるとどれだけ強く思っても、作品は作者のものだ。決して侵《おか》すべからざる領域というものは、ある。

カインはそれきり黙っている。今気づいたが、少し痩せたかもしれない。

作家と編集者が、家族や恋人にも話さないような秘密まで打ち明け合うものだということは自分も身をもって知っている。おまけに女同士、公私ともにあれほど親密な付き合いをしていた相手だ。カインの負った傷は想像以上に深いのだろう。

「彼女、今どうしてるんですか」

そっと尋ねると、カインはかすかに肩をすくめた。

「体調崩して休んでるんだって。ったく、あの子といい、あなたといい、どうしてそんなに打たれ弱いのよ」

なんとも答えようがない。

「その後、連絡とかは」

「どのツラさげて？　できるはずないでしょ。こっちからもするわけないし」

「……待ってるんじゃないかな、とも思うんですけどね」

「ばか言わないで。この私を裏切ったんだよ？　二度目はないからねって、あれだけ言ったのに」

「二度目？」

「何でもない」

言い捨てて、カインはコーヒーのおかわりを淹れに立った。

その後ろ姿を見やり、

「あれ？」

これまた初めて気づいた。

「天羽さん、足、どうかされました？」

左の足をかばっているように見えたのだ。

「ちょっとね、ヘマしただけ。これでもギプスは取れたのよ」

ケトルを火にかけながらあっけらかんと言って、しかし事情は説明してくれない。熱々のコーヒーを運ぼうとするのを、石田は慌てて手伝った。

見ると、窓の外、小糠雨《こぬかあめ》が降っている。いつのまに降り出したのか、あまりに静かな雨でわか

生まれて初めてかかる心療内科で、処方されたいくつかの薬をおとなしく飲んだところ、世界が劇的に変わった。頭の中の靄《もや》が晴れたように物事を論理立てて考えることができ、夜は以前より深く眠れる。それだけでもはるかに楽になった。

今ふり返ると、ほんとうにどうかしていたとしか思えない。自分の身体の内側から黒々と肥大してゆくものがあって、なんの根拠もない万能感と、かつて穢された自分など価値はないという劣等感、ほかに、自罰意識や承認欲求や自己憐憫などなどなど——十重二十重《とえはたえ》の鎖でがんじがらめになっていた。作家が削除すると決めた二行のうち一行を本人に黙って戻した後でも、さほどの罪悪感を覚えなかったのが不思議だった。

〈誰も呼ばない。私たち二人だけで待とうよ〉

そう言ってくれたカインは、選考会前夜、何の連絡もくれなかった。こちらからLINEを送ってもその晩は未読のまま溜まってゆくだけで、気を揉んでいるうちに佐藤編集長からいきなり電話がかかってきた。

不注意によるミスなのか、それとも故意にしたことかと尋ねられ、もちろん後者だと胸を張って答えたところ、なんということをしてくれたんだと悲鳴のような声で怒鳴られた。

天羽さんがカンカンに怒り狂っている。市中在庫をすべて回収せよと言っている。完全にこちらの落ち度である以上どんな要求にも誠意を持って応えなくてはならないが、今はよりにもよって直木賞が獲れるかどうかの瀬戸際だ。平身低頭頼み込み、いったん堪えてもらった。明日、彼女は上京し、選考会の始まる前に編集部に寄る。緒沢千紘に直接会って本人の口から説明を聞きたいと言っている。このうえは朝一番で会社に来い。全身全霊で許しを請え。

――行けなかった。カインの怒りが恐ろしいというよりも、自分の真意を彼女に受けとめてもらえなかった悲しみに心が萎《な》えて、外へ出ることすらできなかった。

鳴り止まないスマートフォンの電源を切って布団をかぶり、泣くことも忘れて震え続け、夜、おそるおそる再び電源を入れると、山ほどの着信記録とともにネットニュースの見出しが目に飛び込んできた。

〈直木賞受賞の天羽カインさん、直後に辞退！〉

喉の奥からへんな悲鳴がもれ、しばらくは堪えても堪えても止まらなかった。


手元にある一冊を、千紘は、諳《そら》んじるほどくり返し読み直した。どれだけ読んでも考えは変わらなかった。問題となった一文は、やはり削るよりあったほうが断然いい。

自分はもしかして、書く側に回りたかったのだろうか？　そう思って、ある日、試しにパソコンに向かってみた。

一行も書けなかった。文章が書けないのではなく、書きたいことがないのだった。

それに気づいた時、初めて心の底から、天羽カインの前に土下座したいと思った。額を彼女の足にこすりつけ、たとえ永遠にこちらを見てさえもらえなくてもかまわず許しを請いたかった。

日に何度も、あのほっそりと白い瓜実顔《うりざねがお》を思い出す。後悔が重苦しすぎてたまらなくなった時だけ、まるで酸素吸入をするように、アルバムを見ることを自分に許した。

白いアウディのボンネットに映る木々の緑、リビングの壁の何とも言えないグレー、北側の天窓から射す柔らかな光、彼女が料理に入れた野菜の色の鮮やかさ……。

——今夜はラタトゥイユにしよう。あんなふうに上手に作れるかはわからないけれど。

パプリカや茄子《なす》をカゴに追加してからレジへ向かい、漕ぐ気力の出ないまま自転車を押してマンション一階の部屋へ帰る。

と、ちょうど鍵を開けているところへ、冷蔵便のトラックが来た。ひんやりと冷えた小包を千紘に渡し、

「受け取りのサイン、こっちでしときますねー」

再びバックで出てゆく。

部屋の明かりをつけ、少し湿った送付票に目を凝らし、差出人の名前を見て取った瞬間、息ができなくなった。買い物袋など放りだしたまま、小包を開け、中の包装紙を解く。

現れたのは、箱入りのプラリネショコラだった。千紘がいちばん気に入っているあの店のもので、買えば必ずつけてもらえる小さなメッセージカードが添えられている。

勇気をふりしぼらなくてはならなかった。裏側はブランクのままか、あるいは罵《ば》詈《り》雑言《ぞうごん》か……。

思いきって裏返す。

青い万年筆でたった一言だけ、

あなたを、許さない。


朱字でならさんざん見慣れた、癖の強い文字がそこにあった。

歓喜が千紘の身体を刺し貫いていった。両手で顔を覆おうとして、慌てて離す。濡れたらカー

ドの文字が滲んでしまう。

許されなくて、いい。このひとことが永遠に私だけのものであるならば。

泣きながらショコラを一粒つまんで口に入れた。カードに目を凝らし、また泣きじゃくる。

少しも濡れていなくても、青い文字は滲み、ゆらゆらと流れて見えた。

＊

——そうだ、離婚しよう。

突然その考えが降ってきたのは、表参道《おもてさんどう》の路面店で緒沢千紘に贈るショコラを選んでいた時だった。まるで旅行会社の惹句《じゃっく》のようで、しかも京都などへ行くよりよほど簡単だった。

きっかけがあったとすれば、あの騒動のさなか、夫に投げかけられた一言だった。

〈盗作なんてバカなことするなよ、恥ずかしいな〉

口もとに浮かぶ薄笑いを見ても腹さえ立たなかった時、天からの啓示のように、もう無理だとさとった。一分一秒も一緒にいたくなかった。

夫のほうも、ちょうど新しい女ができて浮かれている時期だったようだ。別れたいと言うと二つ返事で離婚手続きに着手した。軽井沢の家をこちらに渡すことは少々渋ったが、思っていたほどにはゴネなかった。

どうしてもっと早くこうしなかったのだろう。自分の望みに自分で蓋をしていた。新しい夫婦のかたち、などという幻想にしがみつくより、せいぜい髪をばっさり切るくらいの気分で何もかも振り捨てて、さっさと自由を手に入れればよかった。

戸籍上はありふれた旧姓に戻ったけれど、これでますます〈天羽カイン〉として生きられる。これからは何もかも自分で決められるのだ。家も、車も、好きにできる。東京にも仕事場が欲しければ、先々のことまで吟味して買うか借りるかすればいい。

何より、出先から軽井沢へ帰ってきた日、家の前にいきなり夫の車が停まっている不快さとはもう永遠におさらばなのだと思うと、ぽーんと天井が抜けたような解放感があった。自分がどれほど馬鹿ばかしい我慢を続けていたか、改めて知る思いだった。


その日、東京で石田三成との打ち合わせを終えた佳代子は、例によって大丸《だいまる》の地下で惣菜を仕入れ、夕方の新幹線で帰ってきた。

ひと頃に比べれば陽の落ちるのがやたらと早くなった。お盆シーズン前後は町にあふれていた観光客も減り、駅のホームには涼しい風が吹いている。

改札を抜けると、探すまでもなく正面の壁際に立っていた。さすがに作業服ではないが、仁王立ちで腕組みをしていると無駄に目立つ。

そばまで行くと、日に灼けた手がのびてきて荷物を受け取った。ほんの一瞬だけ、佳代子の足もとへ気遣わしそうな目を向けてくる。

「やめてよ、鬱陶しい」

ぺこりと頷いた男は、コンコースを先に立って歩き、下りのエスカレーターの直前でふり返った。

「だから言ってるでしょ、いちいち見ないでよ！」

またぺこりと頷いて、先に下りてゆく。

ごま塩頭のてっぺんを見おろしながら、佳代子は舌打ちをした。この男にあんな醜態《しゅうたい》をさらすとは、自分も焼きが回ったものだ。

あの受賞会見の夜だった。帰りの新幹線で気絶したように意識を手放した佳代子は、スマートフォンのアラームで無理やり目を覚まし、ホームから改札までふらふらと這《は》うように上がった。そうして、今日と違ってサカキより先に下りのエスカレーターに乗ろうとしたとたん、くらりと天井が回り、足を踏み外した。身体を捻るようにしてほとんど下まで転がり落ちてゆく間、妙に冷静にさめきった意識の片隅で、知らない誰かの叫び声を聞いていた。

幸い、頭は強く打たずに済んだものの、サカキに抱えられるようにして病院の救急へ担ぎ込まれてみれば、足首の靭帯《じんたい》がぶっつり切れていた。支払いのためロビーに座って待っていたら、頭上のテレビには直木賞辞退のニュースが映し出されていて、何なんだこの見事なまでの〈泣きっ面に蜂〉感は、と思ったら笑えてきて困った。

あれ以来、どこでエスカレーターに乗る際も、初めて乗る子どものように腰が引けてしまう。サカキが必ず先に立って乗ろうとするのがまた本当に、ほんとうに鬱陶しい。

白いアウディはエスカレーターにいちばん近い位置に停められていた。後部座席に身体を滑り込ませる佳代子を、サカキが極力見ないようにしている。車の後ろを回って運転席に乗り込んだ彼がドアを閉めると、外の音が遠くなった。

あの時長く尾を引いて響いた、聞いたことのない声を思い出す。恐怖とも、悲しみとも後悔ともつかない、まるで獣が吠えるかのような叫び声だった。

そういえば別れるとき夫に、

〈坂木はどうする？〉

と訊かれた。

〈便利だから置いといて〉

答えると、めずらしく優しい顔で、それがいいよと言った。

思い出したとたん、いよいよ腹が立ってきた。運転席の後ろから、痛くないほうの靴底で腰のあたりを思いきり蹴りつけてやる。

「早く出しなさいよ！」

どごっ、と鈍い音がしても彼は何も言わず、しっかり律儀にシートベルトをはめている。もっと腹が立ち、重ねて蹴りつけようとした時だ。

スマートフォンが鳴った。

バッグの底から取り出し、画面を見る。知らない個人の携帯番号だ。気の進まないまま耳に当てると、おそろしくソフトな男性の声が、

（天羽カインさんですか）

一瞬で誰だかわかった。去年の秋、軽井沢で講演を行った大学教授。

（ご無沙汰しています、桑原です）

そう、桑原龍彦だ。

ゆったりと深い声が、突然電話をかけてよこした失礼を詫《わ》び、理由を告げる。実はこのたび

——と、桑原は歴史ある文学賞の名を口にした。候補に挙がっていることが事前には知らされない賞だ。

（天羽さんが問題にしていらした一文については、版元の編集部に問い合わせて、改訂版以降は確かに削除されていることを確認しました。本日の選考の結果は、ですからその事情も勘案した上でということになります。ちなみに授賞式は来月末、東京のホテルで行われる予定です。ぜひともご出席いただきたいんですが——その前に、）

言葉を切り、桑原は言った。

（この賞をお受けいただけますか？）

佳代子は、車窓の外へ目をやった。あまりに思いがけなくて頭が追いつかない。ロータリーの向こう側に植わったイロハモミジが街灯の下で鮮やかに色づいている。あそこだけ、くっきりと秋だ。

サカキはまだ車を動かそうとしない。電話中にエンジンをかけていいものかどうか量《はか》っているらしい。

（天羽さん？）

桑原の声に、佳代子はスマートフォンを握りしめた。

「ありがとうございます。謹んでお受けいたします」

通話を切り、顔を上げると、バックミラー越しにサカキがこちらを窺っていた。電話の内容をなんとなく察したようだ。目もとが和《なご》んでいる。

もう一度思いっきりシートを蹴りつけてやりながら、

「さっさと出しなさいよ」

佳代子は言った。

「帰って仕事するんだから」

村山由佳（むらやま・ゆか）

一九六四年東京都生まれ。立教大学文学部卒業。九三年『天使の卵 エンジェルス・エッグ』で小説すばる新人賞を受賞しデビュー。二〇〇三年『星々の舟』で直木賞、〇九年『ダブル・ファンタジー』で中央公論文芸賞・島清恋愛文学賞・柴田錬三郎賞、二一年『風よ あらしよ』で吉川英治文学賞を受賞。「おいしいコーヒーのいれ方」シリーズ、『ミルク・アンド・ハニー』『ある愛の寓話』『Row&Row』『二人キリ』など著書多数。

PRIZE —プライズ—

二〇二五年一月一〇日　第一刷発行
二〇二五年八月二〇日　第六刷発行

著　者　村《むら》山《やま》由《ゆ》佳《か》
発行者　花田朋子
発行所　株式会社　文藝春秋
〒一〇二-八〇〇八
東京都千代田区紀尾井町三番二十三号
電話　〇三-三二六五-一二一一
印刷所　TOPPANクロレ
製本所　大口製本
組　版　萩原印刷

ISBN978-4-16-391930-0